야수의 나라

야수의 나라

ⓒ 김나영, 2015

1쇄 인쇄일 │ 2015년 2월 3일
1쇄 발행일 │ 2015년 2월 18일

지은이 │ 김나영
펴낸이 │ 정은영

펴낸곳 │ 네오북스
출판등록 │ 2013년 04월 19일 제2013-000123호
주   소 │ 121-840 서울시 마포구 서교동 396-33
전   화 │ 편집부 (02)324-2347, 경영지원부 (02)325-6047
팩   스 │ 편집부 (02)324-2348, 경영지원부 (02)2648-1311
E-mail │ neofiction@jamobook.com
Home page │ www.jamo21.net

ISBN   979-11-5740-104-8(03810)

이 도서의 국립중앙도서관 출판시도서목록(CIP)은 서지정보유통지원시스템 홈페이지
(http://seoji.nl.go.kr)와 국가자료공동목록시스템(http://www.nl.go.kr/kolisnet)에서
이용하실 수 있습니다.(CIP제어번호: CIP2015001637)

김 나 영
장 편 소 설

야수의 나라

네오
픽션

차
례

도박의 천재

늦은 밤 시골 논둑 사이에 비닐하우스만 홀로 불을 밝혔는데, 그 앞이 고급 외제 차로 만원이다. 채 서른 가구가 살까 말까 싶은 촌구석에는 당최 어울리지 않는 그림이었다. 용팔은 그 앞에 차를 멈추고, 좌우 백미러를 살폈다. 오가는 행인은커녕 개 짖는 소리도 들리지 않았다. 그는 덜덜거리는 고물 차를 한쪽 구석에 세운 뒤, 조수석에 앉은 재휘를 쳐다봤다. 열 살밖에 되지 않은 녀석이 종일 차만 탔는데도 투정 한 번 부리지 않고 의연한 얼굴이다.

"배고프지? 안에 들어가면 아저씨가 라면 시켜줄게."

"여긴 어디예요?"

재휘가 또록또록하게 물었다. 어린 그가 보기에도 심상치 않

은 풍경이었던 모양이다. 용팔은 뭐라고 대답할까 하다가 무심
코 점퍼에 손을 찔러 넣었다. 주머니 속에서 두툼한 돈 봉투와
담배 한 갑이 잡혔다. 그는 봉투 속에 깔깔하게 담긴 천만 원을
훑어보고 도로 품에 넣었다.

'이 돈이 전부다.'

용팔은 침통한 심정이었지만 순진한 눈망울로 자신을 올려
다보는 재휘의 머리를 가만히 쓰다듬었다. 이제 이 돈을 밑천
으로 녀석과 먹고살 궁리를 해야 한다고 생각하니 마냥 기죽어
있을 수도 없는 노릇이었다.

"걱정 마라. 넌 멀찍이 앉아서 구경만 하면 되니까."

"카드 게임을 하려는 거예요?"

제 어미의 상을 치른 후로 한 번 웃은 적이 없었는데, 재휘의
입꼬리에 오랜만에 미소가 걸렸다. 용팔이 고개를 끄덕였다.

"저도 예전에 아빠하고 꿀밤 내기를 걸고 카드 게임을 자주
했어요. 엄마가 알면 아빠 등에 불이 났었지만."

용팔은 순진무구하게 웃는 재휘의 얼굴에서 친혈육이나 다
름없었던 형, 정연을 떠올렸다. 그건 15년도 더 된 얘기였다.

젊었을 때, 용팔은 미장을 했는데 일이 매일 있는 게 아니라
서 공을 치는 날에는 다른 일꾼들과 어울려 포커 게임을 했다.
그런데 언제부터인지 재미 삼아 치는 포커 수입이 점점 늘더니
나중에는 미장일보다 더 짭짤한 벌이가 됐다.

"아유, 아저씨들도 참 딱하셔. 내가 몇 번을 말해요? 포커는 카드 패를 보는 게 아니라 육감으로 치는 거라니까요."

용팔은 돈을 챙기며 일어설 때마다 패자를 향해 훈수를 두듯 말했다. 그러면 좌중에 있던 다른 일꾼들이 못마땅한 표정을 지으면서도 고개를 끄덕였다. 배가 아프긴 했지만 용팔은 꾀가 있고, 눈치가 빨라서 곧잘 다른 이의 패를 짐작해 맞혔다. 때문에 으레 포커만 쳤다 하면 용팔이 이기기 마련이었고, 자신감은 하늘을 찌르다 못해 하느님 발바닥에 닿을 지경이었다.

하지만 그런 대단한 용팔도 딱 한 사람 맥을 못 추는 양반이 있었는데, 그가 일명 '타짜'로 불리는 송 씨였다. 그는 왕년에 도박판에서 이름을 날렸지만 패가망신하고 지금은 노가다 판을 전전한다고 했다. 그런 과거사 때문인지 포커 판에 껴서 돈을 거는 법은 일절 없었으나 어쩌다 음료수 내기를 걸면 거의 그의 승리로 끝났다. 그래서 용팔도 그 앞에서는 잘난 체를 하지 않고 넌지시 승리의 비법을 물어보곤 했다. 그러나 돌아오는 대답은 한결같이 "그걸 알면 내가 여기서 이러고 있겠나?" 하는 게 전부였다.

그런데 그때쯤 해서 뜻밖의 일이 생겼다. 같이 미장을 하던 어느 영감이 일을 그만두더니 하루는 번듯한 중형차를 타고 사무실에 놀러 왔다. 어찌 된 영문인지 물어보니 변두리에 차려놓은 불법 도박장에서 돈을 엄청 땄다고 싱글벙글했다. 용팔은 속으로 어수룩하기 짝이 없는 양반이 그 큰돈을 땄다는 게 믿기지 않아 대체 어떤 호구를 덥석 물었는지 궁금해졌다.

"하나같이 전부 부잣집 사모님들이여. 서울서 번지르르한 외제 차 끌고 와가지구설랑 돈을 뭉치로 내놓는다니께. 강남에 빌딩이 몇 채씩 있다는 등 바깥양반이 병원장이라는 등 자기들끼리 그래 쌌긴 하더라. 허긴 더 말해서 뭐허긋어? 돈은 밭에 거름을 줄 정도로 썩어나고 헐 일은 없으니께 심심풀이 삼아 애인 끼고 놀러 오는 게지."

도박장에 대한 소문을 전해 들은 용팔은 그날 밤을 뜬눈으로 새웠다. 곧이곧대로 다 믿을 수는 없겠지만 아무리 셈을 해봐도 귀가 솔깃한 얘기였다.

'그래, 일단은 가서 눈치껏 기웃거려보자. 푼돈으로 몇 판 하다가 영 아니다 싶으면 내빼지, 뭐. 진짜 호구가 보이면 그때 한탕 하면 되니까. 그리고 설마 내가 돈을 잃겠어? 나 이용팔이 누군데? 못해도 본전치기는 하겠지.'

용팔은 날이 밝자마자 사무실에 하루 쉬겠노라고 전화를 건 뒤 그길로 은행에 가서 밑천 삼을 돈 천만 원을 뽑았다. 그 후 그는 보무도 당당하게 하우스를 찾아가 영감 소개로 왔노라 전하고 한 자리를 꿰차고 앉았다.

'들은 대로구나.'

명품으로 휘감은 아줌마들이 정말로 운전기사인지 애인인지 모를 놈을 하나씩 끼고 왔는데, 아주 그냥 마빡에 '호구'라고 적혀 있었다. 게다가 같은 테이블에 앉은 다른 치는 서류 가방을 의자 옆에 반듯하게 세운 얼레벌레 회사원이 아닌가.

용팔은 내심 이건 발가락으로 쳐도 해볼 만하겠다 싶어서 웃음이 절로 났다. 게다가 오늘따라 패도 신기할 정도로 쫙쫙 잘 붙으니 이건 참말 운수 대통이라. 처음에는 칩 하나하나가 신중했는데 나중에는 풀하우스에 그 어렵다는 포카드까지 나오니 눈이 휘둥그레졌다. 그러자 용팔은 내내 '콜'만 부른 게 후회가 됐다.

"레이즈!"

돈도 제법 땄겠다, 여유가 생긴 그는 마침내 판돈을 올렸다.

"어머, 이 오빠 드디어 시동 걸었구나?"

"오늘 돈을 얼마나 더 따려고 그래?"

같은 테이블에 있던 아주머니가 간드러진 웃음을 흘리며 그를 부추기자 어깨도 으쓱해졌다. 용팔은 맞은편에 울상을 짓고 있는 회사원을 힐끗 쳐다봤다. 그는 용팔보다 겨우 두서너 살 정도 많아 보였는데, 손을 달달 떨면서도 가방에서 흰 봉투를 자꾸 꺼내 칩으로 바꿨다. 가진 돈을 다 털어 부을 셈인지 겨우 투페어를 들고도 용감하게 따라붙는 게 보나 마나 알거지가 되어 나가지 싶었다.

"올인."

남자의 목소리가 떨렸다. 그는 몇 개 안 남은 칩을 모두 밀어 넣고 있었다. 그러나 결과는 용팔의 예상대로 싱겁게 끝났다. 트리플 대 플러시. 용팔은 그날 사모님들로부터 천만 원을 따고, 남자의 돈 천만 원을 거덜 냈다. 남자는 거의 죽을상을 하고 비틀비틀 일어났다. 용팔은 개평으로 차비 정도를 나눠주고도, 어쩐지 남자가 측은해서 하우스 밖까지 따라갔다.

"이보오."

용팔이 그를 부르자 남자는 어리둥절한 얼굴로 안경을 올려 썼다.

"이 돈은 생활비로 쓰고 앞으로 여긴 안 오는 게 좋겠소. 그 실력으로 포커는 무슨 포커요? 내가 아니었어도 결국 저기 아줌마들한테 다 뜯겼을 테니 날 원망하지는 마시오."

용팔은 돈 백만 원 뭉치를 그에게 던지듯 내밀었다.

"이거 지금 나 주는 거요?"

그의 물음에 용팔이 동정의 눈빛을 던지며 고개를 끄덕였다. 그러자 남자가 픽픽 웃더니 나중에는 박장대소를 터뜨렸다.

'허, 참! 큰돈을 잃더니 아예 맛이 갔구나.'

용팔은 꺼림칙한 기분이 들어 남자에게 더 말도 건네지 않고 냉큼 집으로 돌아갔다. 그리고 밤새 돈을 세어보다가 다음 날이 되자 또 출근을 하지 않고 도박장을 찾았다. 하룻밤 새 돈을 2천만 원이나 땄으니 일당 5만 원의 미장일을 하고 싶을 리 만무했다. 그런데 홀에 들어서자마자 빈털터리가 되어 돌아갔던 그 회사원이 또 테이블에 앉은 게 눈에 들어왔다.

'본전 생각 나서 또 왔네, 쯧쯧.'

용팔은 혀를 끌끌 찼다. 남자 앞에 놓인 작은 칩 뭉치는 금방 무너질 모래성처럼 보였다. 하지만 오늘은 봐줄 생각이 눈곱만큼도 들지 않았다. 어제 그처럼 쫓아가서 돈까지 쥐여주며 좋은 말로 타일렀는데, 이 멍청이가 말귀도 못 알아먹고 부나방처럼 또 왔으니 제 운명이거니 싶었다.

용팔은 기도의 안내를 받아 그가 앉은 테이블로 향했다. 테이블에는 처음 보는 아줌마 둘이 이미 패를 깔고 있었는데, 그를 보자마자 반색했다.

"아유, 이 총각 어제 2천도 넘게 땄다며? 얼굴도 참 훤하게 잘생겼다."

오늘도 일이 잘 풀리려고 그러나. 그는 어제처럼 시시하게 간을 보지 않고 아예 처음부터 판돈을 훅훅 올렸다.

"레이즈!"

용팔은 칩을 쓸어서 앞에 걸었다.

"레이즈!"

옆에 아줌마도 한참 패를 조이더니 간만에 그림이 잘 나왔는지 달려들었다. 그러자 우물쭈물하던 남자도 "레이즈!" 하고 덩달아 따라붙었다. 판돈이 걷잡을 수 없을 정도로 점점 커졌다.

그래도 용팔은 자신만만했다. 패는 어차피 K 풀하우스, 절대 질 리가 없었다. 그런데 남자가 싱긋 웃으며 자신의 패를 보였다. A 풀하우스! 용팔은 이가 으드득 갈렸지만 어쩔 수 없이 그가 칩을 쓸어 가는 걸 지켜봤다.

'운이 좋았을 뿐이야.'

하지만 다음 판도, 그다음 판도 마찬가지였다. 간밤에 '도신(賭神)'에게 비법을 전수받기라도 한 건가. 남자는 어제와는 완전히 다른 사람이었다. 답도 없는 패를 가지고 뻥뻥 내질러서 쫓아가면 스트레이트며 플러시가 연달아 쏟아지고, 지레 겁을 먹고 죽으면 겨우 원페어 하나를 쥐고 있었을 뿐이다. 어쩌다가 용팔이 한 판씩 이길 때도 있는데, 그럴 때는 일찌감치 죽거나 '콜'만 몇 번 부르고 절대 끝까지 쫓아오는 법이 없다.

용팔은 귀신한테 썬 사람처럼 어제 땄던 돈 2천에 자기 돈 2천을 더해 도합 4천만 원을 모두 꼬라박고서야 겨우 정신을 챙겨 일어났다. 그는 그날 밤 분한 마음에 통장을 골백번쯤 들여다보다가 아무리 생각해도 성이 풀리지 않아 다음 날 '타짜'로 통하는 송 씨를 찾아갔다.

"내 친구인 척하고 같이 좀 가서 봐주시오. 아무리 봐도 뒤가 구리니까."

송 씨는 영 내키는 눈치가 아니었지만 하도 용팔이 애걸복걸하자 곁에서 지켜보기만 하겠다는 조건을 걸고 하우스로 동행했다. 용팔은 그날도 피 같은 돈 5백만 원을 그 남자에게 고스란히 상납하고 말았는데, 송 씨는 옆에서 묵묵히 팔짱을 끼고 보다가 하우스에서 나오자마자 "다시는 거기 가지 마라"며 일렀다.

"그럼 아까 그놈 역시 사기꾼 맞는 거요? 내 이놈을!"

그러나 송 씨는 같이 공분하기는커녕 오히려 분개해서 씩씩거리는 그를 말렸다.

"이보게, 진정하고 잘 들어. 자네는 아까 그 양반 절대 못 이겨."

"뭐가 어째요? 내가 왜 그깟 책상물림 같은 놈을 못 이긴단 말이오?"

"아까 그자가 속임수를 쓰긴 했네. 그런데 그 속임수 말이야, 자기가 이기려고 쓴 게 아니었어."

"그게 무슨 소리요? 알아듣게 말을 해보시오."

용팔이 애꿎은 송 씨에게 버럭 화를 내며 물었다.

"다섯 판을 하면 그중 한두 판은 꼭 자네가 이겼는데 그 이기는 판에 모두 속임수를 썼단 말일세. 만약 자네가 내리 지기만 한다면 게임을 하지 않고 가버릴지도 모르기 때문에 일부러 속임수를 써가면서 져줬단 말일세. 다시 말해 자네는 그 남자가 속임수를 쓰지 않는다면 그 테이블에서 돈을 딸 확률이 거의 없다는 소리야."

"그럴 리가!"

용팔이 믿기지 않는 표정으로 송 씨를 노려봤다. 하지만 그는 확신하는 목소리였다.

"포커는 확률로 하는 게임이야. 분명히 그 남자는 완벽하게 계산하고 있었어. 치졸하게 속임수 따위를 쓰지 않아도 각 카드마다 나올 확률을 모조리 꿰고 있었다고."

"그게 가능하단 말이오?"

"내가 도박에서 손 씻기 전에 그런 놈이 있다는 얘기를 들은 적이 있어. 걸어 다니는 컴퓨터라고 해서 서로 자기네 선수로 데려가려고 한다는 소문이 파다했지. 나하고 형, 동생 하던 양반도 그놈한테 거의 1억 가까이 잃었어. 당시에 갓 스물이라고 했으니 지금쯤은 아마 저치 정도의 나이일 걸세. 그래, 그러고 보니 이름이 우리 사촌 동생과 비슷했는데, 이정연…… 그래! 이름이 이정연이라고 했었어."

송 씨의 말에 용팔은 주먹을 부르르 떨었다. 곱상하게 생긴 저 회사원 놈이 그런 천재 도박사일 리가 있는가. 백번 양보해서 모든 패를 완벽하게 카운팅했다고 하더라도 그것은 확률일 뿐. 실제 모든 카드 패를 꿰뚫어 볼 수는 없었을 텐데, 이게 어떻게 된 일인가. 용팔은 도저히 이 상황을 납득할 수 없었다.

"얼마나 잃었나?"

"2천5백이오. 피땀 흘려 한 푼, 두 푼 모은 돈 2천5백이란 말이오. 내 전 재산이나 다름없는 돈을 사흘 만에 홀랑 털어 넣었소."

"휴, 어쩌겠나. 그러게 시작을 말았어야지. 그저 비싼 수업료를 냈다고 생각하게."

송 씨는 용팔을 달랬지만 그의 귀에는 하나도 그럴싸하게 들리지 않았다. 그는 곧장 창고에 처박아뒀던 야구방망이를 꺼내 들고 도박장을 찾았다. 물론 결과는 뻔했다. 용팔은 기도들에게 붙들려 뒷골목에서 복날 보신탕집 개처럼 두들겨 맞고 피떡이 되어 엎어졌다.

"씨발…… 이 개새끼들아! 내가 너희를 가만둘까 보냐! 이 사기꾼 새끼들아!"

제 몸조차 가누지 못하면서도 온갖 욕지거리를 해대는데, 그때 모두가 떠난 컴컴한 골목길로 그 회사원 남자가 나타났다. 아까까지 똑 책만 파는 샌님처럼 안경을 쓰고 서류 가방을 끼고 있더니, 지금은 머리에 무스도 바르고 가죽점퍼도 폼 나게 입은 꼴이 양아치 할아버지쯤 되겠다.

"담배 피우나?"

남자가 주머니에서 담배를 꺼내 불을 붙인 뒤 용팔에게 건넸다. 용팔은 그를 쏘아봤지만 이 꼴로 그에게 덤빌 도리도 없는지라 담배를 받아 한 모금 길게 빨았다.

"내 알량한 충고가 퍽 우스웠겠군."

용팔의 말에 그가 피식 웃었다.

"오히려 고맙던데? 그렇게 쫓아와서 개평 주는 놈은 처음 봤거든."

용팔은 바닥에 침을 탁 뱉고 물었다.

"그쪽 이름이 뭐요?"

"이름? 내 이름은 알아서 뭐하게?"

"이정연 아니오?"

순간 남자가 움찔했다. 용팔은 송 씨가 말했던 천재 도박사, 이정연이 바로 눈앞에 있음을 확신했다. 남자는 품에서 흰 봉투를 꺼내 용팔의 앞에 던졌다.

"잃었던 돈의 10퍼센트, 딱 250만 원이다. 앞으로 이런 데 도박하러 얼씬거리지 마. 그 실력으로 포커는 무슨 포커야? 거기 앉아 있는 바람잡이 아줌마들도 너보다는 잘 쳐."

정연의 조롱에 용팔의 눈에서 불꽃이 튀었다. 이제껏 그 나름 이 동네 포커 판에서 방귀 좀 뀐다고 자부했건만 이처럼 모욕적인 경우는 또 처음이었다. 용팔은 피가 덕지덕지 묻은 손으로 정연의 바짓가랑이를 붙잡았다.

"이정연!"

정연은 인상을 찌푸리며 그를 돌아봤다.

"뭐 하는 거냐?"

"못 가."

"뭐?"

"그냥은 못 간다고!"

용팔은 젖 먹던 힘까지 짜내 그의 바짓가랑이를 잡고 늘어졌다. 정연은 맹렬히 매달리는 그를 뿌리치려고 했지만 저보다 체구가 큰 까닭에 쉬이 떨어지지도 않았다. 차마 발길질을 못한 게 화근이었을까.

"으윽!"

정연은 휘청 중심을 잃더니 용팔의 완력에 못 이겨 바닥에 나자빠졌다. 그러자 용팔은 이 기회를 놓치지 않고 그의 가슴팍에 있는 힘을 다해 올라탔다. 퍽, 퍽. 몇 대의 주먹이 정연의 얼굴을 강타하자 그의 코에서 뜨거운 코피가 솟았다.

"이 자식이!"

그제야 화가 난 정연도 용팔의 복부를 강타했다.

그러나 용팔은 피범벅이 되었을지언정 젖 먹던 힘까지 쏟아
부어 그를 붙잡았다. 정연은 몇 번 더 그에게 주먹질을 했지만
용팔은 그를 꽉 껴안고 놓지 않았다.

"독한 새끼……. 뭐 얼마나 더 달라는 거냐!"

정연이 용팔의 얼굴을 떼밀며 고함을 지르는 순간, 용팔의
눈이 무섭게 빛났다.

"어떻게 이긴 건지 말해봐라. 아무리 카운팅을 잘한다손 치
더라도 분명 내 패를 모두 읽지는 못했을 텐데 어떻게 모두 알
았느냐 말이다!"

"뭐?"

정연이 아연한 표정을 지었다. 돈을 모두 잃고 도로 토해내
라고 지랄 발광하는 놈은 여럿 봤지만 어떻게 이겼냐고 매달리
는 놈은 처음이었다.

"말해라! 어서 말해! 어떻게 모두 알았냐고 묻잖아. 네가 정
말 컴퓨터라도 된다는 거냐? 어떻게 이겼는지 말해보라고."

용팔이 악을 쓰는데 순간 정연이 풉 하고 웃음을 터뜨렸다.

"아하하, 이런 미친 새끼."

그는 어이가 없는지 싸우던 걸 멈추고 벽에 기댔다. 용팔은
거친 숨을 몰아쉬다가 스르르 그를 놨다. 정연은 이미 싸우길

포기한 것 같았다. 그는 대충 소맷자락으로 코피를 닦은 뒤 담배를 꺼내 물었다.

"…… 씨발, 지금 그거 묻자고 이렇게 때린 거야?"

그는 담배를 쭉 빨아 길게 한 모금 뱉었다.

"어떻게 한 건지나 말해."

"카드 카운팅은 딱 보면 그냥 아는 거야. 숫자가 날아다니는 게 보이거든. 그게 무슨 개소리냐고 물으면 나도 답할 도리가 없어. 내 눈에는 보이는 거니까. 하지만 그렇다고 해서 카운팅 잘하는 게 능사는 아니지. 확률이 낮더라도 상대에게 좋은 카드가 들어갈 수도 있으니까. 그럴 때는 눈을 봐야 해. 그럼 진카인지 뻥카인지 알 수 있거든."

용팔은 자기가 늘 입버릇처럼 훈수를 두던 말을 떠올렸다. 육감으로 친다는 말. 녀석은 그 육감을 눈을 통해 알아본 것인가. 하지만 어떻게? 눈빛만 보고도 알 수 있다는 말인가? 정연은 어리벙벙한 그를 보고 히죽거렸다.

"딜러가 카드를 돌리면 자기 패를 먼저 보지 말고, 상대의 얼굴을 봐야 해. 그럼 카드를 확인하는 상대의 미묘한 표정이 보이지. 맹수가 먹잇감을 사냥할 때 동공이 커진다는 걸 아나? 사람도 마찬가지야. 목표를 발견하면 저도 모르게 눈에 나타나. 찰나의 그 눈동자를 놓치지 않아야 해. 동공의 크기는 의지로 쉽게 조절되는 게 아니거든."

정연은 담배 연기를 훅 뿜고, 피가 흐르는 용팔의 얼굴을 쳐다봤다. 그는 뭔가 깨달은 얼굴로 "동공…… 동공……" 하고 중얼거리더니 정연의 팔을 턱 붙잡았다.

"그거 말고 다른 건 더 없소?"

정연은 말없이 웃었다. 참말 오랜만에 보는 미친놈이었다.

"이름이 뭐야?"

"이용팔."

"이씨야? 어디 이씬데?"

"전주 이씨."

"혹시 효령대군파?"

용팔이 고개를 끄덕였다.

"용 자 돌림인 거 보니 나보다 동생이네?"

정연은 재킷을 툭툭 털고 일어나서 용팔에게 손을 내밀었다. 용팔이 그를 물끄러미 쳐다보자 그가 싱긋 웃었다.

"돈 전부는 못 돌려줘. 나도 하우스에 빚진 게 있어서 상납을 해야 하거든."

탁, 용팔이 그의 손을 붙잡았다. 정연은 끙끙거리며 그의 한쪽 팔을 어깨에 둘렀다.

"병원 갈래? 소주 한잔 할래?"

"소주로 합시다."

"에라, 독한 새끼."

두 사람은 함께 웃었다. 그리고 그 운명적인 첫 만남 후 용팔은 아예 미장을 그만두고 정연을 따라 도박판으로 들어갔고,

그로부터 수많은 포커 기술을 전수받았다. 사람들은 둘에게 '이씨 형제'라는 별명을 붙였는데, 말이 좋아 같은 이씨 형제지 촌수로 치면 사돈의 팔촌쯤 될 법했다.

그러나 서로 속고 속이는 도박판에서 절대 배신치 않고 끈끈한 우애를 과시했으니 종내에는 친혈육이나 다름없어졌다. 그렇게 몇 년의 세월이 흐른 어느 날, 정연은 갑작스러운 발표를 했다.

"은경이가 임신을 했어. 아무래도 손을 씻을 때가 됐나 봐."

그의 은퇴 선언은 날벼락 같은 소식이었지만 용팔은 오랫동안 정들었던 그와 헤어지면서도 아쉬워하지 않았다. 동거녀와 식을 올리고, 정원이 딸린 아담한 집을 구하고, 호프집 카운터에서 느긋하게 손님을 기다리는 삶. 입버릇처럼 말하던 평범한 인생을 선택한 그는 행복해 보였다.

그러나 10년이 지난 어느 날, 용팔은 정연의 궁색한 목소리에서 그 행복한 삶에 금이 가고 있다는 걸 깨달았다. 정연은 한참 뜸을 들이다가 용팔이 무슨 일 있는 거 아니냐고 재촉하자 머뭇머뭇 용건을 말했다.

"돈 좀 빌려줄 수 있을까? 은경이가 심장판막증 진단을 받았어. 조류독감 때문에 가게도 거의 폐업을 하다시피 했고, 수중에 있던 돈도 병원비로 거의 다 써버려서……."

늘 당당하고 호기롭던 그의 목소리가 맥없이 떨릴 때 용팔은 저도 모르게 눈물을 왈칵 솟았다. 그는 돌려받지 못할 게 빤하지만 그가 가진 여윳돈 전부를 정연에게 보냈다.

그러나 불행히도 정연의 사정은 밑 빠진 독에 물 붓기처럼 날로 더 어려워졌다. 은경의 병세는 점점 악화되었고, 투병 생활이 길어질수록 병원비는 눈덩이 불듯 불었다. 의사는 수술이 급하다고 하고 아내는 말라 죽어가는데, 손 벌릴 친척은커녕 어린 재휘를 맡겨놓을 곳도 마땅치 않았다. 일을 하려고 해도 툭하면 위독하다고 보호자를 찾으니 아내를 두고 뭘 하려야 할 수도 없다.

용팔은 안타까운 마음에 자주 과일을 사 들고 병실을 들렀는데, 한 날은 무슨 일인지 정연이 먼저 퀭한 얼굴로 그의 집을 찾아왔다.

"용팔아, 지금부터 잘 들어. 며칠 전에 내 사정을 어떻게 알았는지 하우스에서 연락을 했더라. 백억대 포커 판을 벌일 거라고 하우스로 오라는데, 내 밑으로 떨어지는 게 5퍼센트란다."

백억 중 5퍼센트면 5억쯤 떼 주겠다는 말인데, 아무리 왕년에 이름을 날렸다지만 선수에게 주는 돈치고 엄청난 금액이었다. 용팔은 한편으로 꺼림칙했지만 이 곤궁한 형편에 솔깃한 제안이 아닐 수 없어 군소리를 붙이지 않고 물었다.

"누구 하우스요?"

"…… 강 회장."

정연의 침울한 목소리가 떨어지기가 무섭게 용팔은 눈을 부라리며 그의 어깨를 흔들었다.

"형님, 미쳤소? 강 회장이 어떤 작자인지 몰라서 그러우?"

서로의 등에 칼을 꽂는 게 일상인 도박판이지만 그중에서도 가장 무시무시한 악명을 떨치는 이가 바로 '식인사자', 강 회장이었다. 오금이 쪽 저리는 이 별명은 그의 머리가 사자 갈기 같은 데다 그 하우스에서 알거지로 전락해 자살한 사람이 부지기수였기에 붙여졌다.

"만약 거기서 형님이 강 회장의 돈을 잃기라도 하면 살아서 돌아올 수 있을 것 같소?"

"하지만 지금 내가 물불 가릴 처지가 아니다. 아무리 머리를 싸매봐도 그 길밖에 방법이 없어. 이번에도 수술 못 하면 은경이는……."

정연은 모든 걸 다 포기한 얼굴로 말했다.

"혹시 내가 못 돌아오거든 내 처와 아들 좀 돌봐다오."

"형님, 그게 무슨 소리요! 돈이라면 내가 어떻게든……."

"걱정 마라. 무슨 수를 쓰더라도 결국엔 내가 꼭 이기게 될 거다. 설마 은경이하고 재휘를 두고 죽을까 봐."

용팔은 그를 붙잡으려 했으나 정연은 결연하게 떠났고, 그게 생전 그와의 마지막이었다. 며칠 뒤 정연은 강원도 어느 한적한 국도 낭떠러지 아래에서 발견됐다. 사인에는 졸음운전이 의심된다고 적혀 있었다. 깜박 졸았던 게 아니고서야 새벽녘에 낭떠러지로 직행했을 리가 없다는 게 경찰의 설명이었다.

차가운 12월 겨울, 용팔은 정연의 장례를 치르고 전 재산을 처분해서 간신히 은경의 수술비를 마련했다. 그러나 정연의 죽음을 알게 된 그녀는 힘든 수술을 견디지 못했고, 결국 수술 중 남편의 뒤를 따라갔다. 남은 건 어린 재휘뿐이었다.

"재휘야, 이제 아저씨하고 살아야 한다. 알겠니?"

용팔은 홀로 남은 그를 데리고 차에 올랐다. 장례비와 병원비를 모두 제하고 나니 남은 돈은 천만 원이 전부였다. 이걸로 어떻게든 먹고살아야 하는데, 할 줄 아는 것은 그저 노름뿐이니.

용팔은 주마등처럼 스쳐 지나가는 회상을 마친 뒤 눈앞에 있는 재휘의 손을 꼭 그러쥐었다. 그때 비닐하우스 문이 열리면서 한 남자가 건들건들 담배를 물고 나왔다.

"어, 이게 누구야? 박 사장이 선수 하나 보낼 거라더니 용팔이, 자네였군그래. 요 근래 안 보여서 난 또 손 씻었나 했는데?"

"좀 바빴어."

용팔은 쓸쓸한 웃음을 흘리며 그와 가볍게 인사했다.

"그런데 옆에 꼬마는 누구야? 자네 아들은 아닐 테고."

남자가 호기심 섞인 눈을 빛내며 물었다. 용팔은 우물쭈물 눈치를 보는 재휘를 흘끗 쳐다봤다.

"내 아들이야."

"자네 아들? 결혼도 안 했는데 이렇게 큰 아들이 갑자기 생겼어?"

남자가 하하 웃었다. 그러나 용팔은 웃음기 없는 마른 표정으로 담배를 비벼 껐다.

"오늘 물주는 누구야?"

"응. 서울에서 공업사 하는 사장하고, 그 친구 하나. 박 사장이 골프 치다가 알게 됐나 봐. 오늘 판돈으로 2억 정도 갖고 올 거라는데, 적당히 봐주면서 뜯어먹으라고 하대. 그러고 보니 올 때가 다 됐는데…… 아, 저기 오네."

남자의 말과 함께 은회색의 잘빠진 외제 차 한 대가 비닐하우스 앞에 멈췄다. 이마가 시원하게 벗겨진 대머리 사장과 땅딸막한 중년의 사내. 용팔은 두 사람을 힐끗 본 뒤 비닐하우스 안으로 들어갔다. 테이블은 모두 넷, 앉은 사람 중에는 얼굴을 아는 타짜와 바람잡이도 여럿 있다. 용팔은 재휘에게 쏠리는 사람들의 시선을 모른 척하며 그를 구석진 소파에 앉혔다.

"여기 라면하고 콜라 돼?"

"어머, 웬 꼬마예요?"

심부름을 하는 아가씨가 별일이라는 표정을 지었다.

"아들. 나중에 팁 두둑하게 챙겨줄 테니 게임 할 동안만 애 좀 봐줘."

"졸지에 보모까지 하게 생겼네. 애, 너 몇 살이니?"

아가씨가 껌을 질겅질겅 씹으며 묻자 재휘가 용팔을 올려다봤다. 뭔가 불편한 얼굴이었다. 하지만 달리 수가 있나.

"누나하고 앉아서 얌전히 구경하고 있어."

용팔은 애를 맡겨두고 노름할 생각을 하니 큰 돌덩이를 품은 듯 마음이 무거웠지만 오늘 돈을 못 따면 참말 앞으로가 큰일이라, 마음을 굳게 먹고 대머리 사장이 앉은 포커 테이블로 향했다.

테이블에 앉은 사람은 사장과 용팔, 선수 둘 해서 모두 넷. 오늘의 먹잇감인 사장을 놓고 하우스 측 소개를 받아 참여한 세 도박꾼이 각축전을 벌여야 한다.

용팔은 같이 앉은 선수들을 훑었다. 하얀 투피스를 입고 화장을 여시처럼 한 중년의 아줌마와 순금 개목걸이를 찬 러시아 불곰 같은 사내. 그들은 서로의 눈치를 보며 까딱 눈인사를 나눴다. 어차피 하우스에서 돈을 대주는 게임도 아니고, 각자 소개비를 내고 들어온 자리니 여기서 이기든 지든 온전히 자신의 몫, 엄연히 모두가 경쟁자다.

하지만 세 도박꾼 사이에도 불문율은 있었다. 절대 먹잇감이 자리에서 일어나게 하지 말 것. 세 사람은 적당히 푼돈을 잃어주면서 사냥감이 긴장을 풀고 '날 잡아잡수' 할 그 순간을 기다렸다.

"아, 오늘 새로 오신 사장님 끗발이 잘 붙네."

화장을 떡칠한 아줌마일지언정 간드러진 목소리로 자꾸 부추기니 사장도 조금씩 고무되는지 "레이즈!"를 자주 외쳤다. 어느새 남은 돈은 5백. 절반이나 잃었으니 용팔도 이제 슬슬 사냥을 시작할 때가 됐다. 그런데 그때, 사장 친구라며 같이 왔던 땅딸보가 희미한 웃음을 던졌다.

"이번 판은 죽는 게 좋겠습니다."

"다이."

다 된 밥에 코 빠뜨리는 격인가. 사장은 더 쫓아오지도 않고 그 말대로 순순히 패를 접었다. 그리고 이런 플레이는 몇 턴이나 이어졌다.

"아, 뭐 하자는 거요?"

불곰 사내가 불퉁하게 굴자 사장이 어깨를 으쓱했다.

"왜 그러오? 나랑 같은 일행인데. 정 싫으면 오늘은 이 정도에서 접고."

물주가 자리를 일어나려고 하자 사내가 입을 꾹 다물었다. 오늘 저 돈 많은 등신이 현찰을 2억이나 지고 왔는데, 이대로 보내주면 뜯어먹기는커녕 용돈만 보태주는 격이다. 용팔은 땅딸보가 하는 걸 잠자코 쳐다봤다.

"레이즈!"

쫓아갈 판과 죽을 판을 알아보는 눈썰미가 분명 타짜 출신인데 안면은 없고, 발음을 들어보니 어디 외국서 놀다 온 놈 같다. 물주가 사기도박을 의심해서 끼고 온 놈일 테니 여기서 속임수를 썼다간 판이 엎어질 텐데. 테이블 위의 돈은 점차 대머리 사장 앞으로 쌓이고, 용팔의 돈은 겨우 2백 남짓 남았다.

'이걸 모두 잃으면······.'

용팔은 점점 압박감에 목이 조여왔다.

"이봐요. 괜찮소? 안색이 안 좋은데?"

불곰 사내가 그의 얼굴을 힐끗 보고 물었다. 너무 긴장해서
인가. 카드 패조차 흐릿했다. 그런데 그때 누군가 용팔의 곁으
로 다가왔다.

"아저씨, 레이즈 하세요."

하우스 안에 있는 사람들의 눈이 재휘에게 가서 멈췄다.

"꼬맹이 너도 포커 할 줄 알아?"

"그럼요."

재휘의 당당한 대답에 웃음이 터졌다. 용팔은 낮은 목소리로
꾸짖듯 말했다.

"저기 가서 얌전히 앉아 있어."

"아저씨, 레이즈 하세요. 어서요."

또다시 재휘가 보챘다.

"아, 어쩔 거요? 얘 말마따나 얼른 하쇼."

불곰도 재촉했다. 용팔은 고민에 싸인 채 테이블 앞에 놓인
마지막 돈 뭉치를 집었다. 이번 판에 판돈을 올린다면 올인이
나 다름없는데, 지금 용팔의 패는 겨우 원페어일 뿐이다. 그는
마지막 히든카드를 남겨놓고 대머리 사장의 패를 쳐다봤다. 그
역시 원페어를 잡은 상태에서 플러시를 노리는 것처럼 보였다.
이길 수 있을까? 그 순간 재휘가 그의 귀에 가만히 속삭였다.

"아저씨가 에이스 투페어로 이길 확률은 26퍼센트고, 저 아
저씨가 플러시를 잡을 확률은 6.5퍼센트예요. 그러니 어서 레
이즈 하세요."

용팔의 눈이 커졌다.

"뭐, 뭐?"

그가 재휘를 돌아봤다. 재휘는 턱으로 어서 돈을 걸라는 시늉을 했다.

"어서요."

용팔은 순간 재휘의 얼굴에서 죽은 정연이 겹쳐 보였다. 그럴 리가 없는데 하면서도 그는 뭐에 씐 사람처럼 돈 뭉치를 집어 가운데로 던졌다. 이상한 일이었다.

"레이즈!"

"뭐야? 애 말을 곧이곧대로 믿는 거야?"

대머리 사장의 조롱에 땅딸보도 팔짱을 끼고 흥 코웃음을 쳤다. 구경하는 다른 사내들도 우습다는 듯 껄껄 웃었다. 판돈은 순식간에 불고, 히든카드가 돌아갔다. 이 게임에서 진다면 용팔과 재휘는 이 비닐하우스에서 나가는 수밖에 없었다. 용팔은 카드를 천천히 조였다.

'다이아 에이스!'

재휘의 말대로다. 용팔은 침을 꿀꺽 삼키며 남은 돈을 모두 던졌다.

"올인."

어차피 다른 수는 없었다. 대머리 사장과 땅딸보의 낄낄거리는 웃음이 부디 뻥카이길 바랄 뿐. 그리고 카드가 뒤집혔다.

"오!"

좌중이 술렁였다. 에이스 투페어와 J 원페어. 용팔의 승리였다. 재휘는 펄쩍펄쩍 뛰면서 작은 주먹을 휘둘렀다.

"그것 보세요. 제가 이길 거라고 했잖아요."

대머리 사장과 땅딸보는 열이 받는지 담배를 물고 잠깐 쉬자고 말했다.

"재휘야, 우리도 바람 좀 쐬고 오자꾸나."

용팔도 재휘를 데리고 밖으로 나왔다. 마음이 떨렸다. 그는 사방을 살핀 뒤 조심스럽게 물었다.

"재휘야, 너 어떻게 안 거냐? 아까 우리가 에이스 투페어가 나올 확률, 그리고 상대방이 플러시가 나올 확률을 어떻게 안 거야?"

"딱 보면 아는데⋯⋯."

"그걸 한눈에 어찌 안다는 거야? 네가 계산이라도 했단 말이야?"

"계산이 아니라 정말로 그냥 보면 아는데."

재휘는 천진난만한 얼굴이었다.

"아, 뭐. 그래, 내 확률이 얼마인지 계산한 건 그렇다고 치자. 그건 쉬우니까. 하지만 플러시 확률은 테이블에 있는 하트 카드를 모두 세지 않는 이상 어려워. 그런데 그걸 모두 셈했단 말이야? 네가 그걸 어떻게 할 수 있다는 거지?"

"음⋯⋯ 숫자가 보여요. 그게⋯⋯ 하늘에 둥둥 떠다니거든요. 둥둥."

순간 용팔은 말을 뚝 멈췄다. 그는 설마설마하면서 물었다.

"숫자가 공중에 떠다닌다는 말이야?"

"네."

그는 입을 딱 벌렸다. 숫자가 떠다닌다고 말한 사람이 예전에 한 명 더 있었다. 재휘의 아버지, 이정연. 용팔은 더듬거리며 물었다.

"하, 하지만 너 아까 그 양반이 플러시일지도 모른다는 생각은 안 들었어?"

"그 아저씨 눈을 보니까 아니더라고요."

"눈?"

"네, 눈동자에 아무런 변화가 없었거든요. 아저씨도 아시죠? 고양이가 쥐 잡기 전에 동공이 커지는 거."

용팔은 예상치 못한 대답에 오래전 정연과의 만남이 떠올라 일순 목이 메었다.

"재휘야!"

"네? 아저씨, 왜 그러세요?"

용팔은 눈물을 주르륵 흘리며 그를 꼭 보듬어 안았다.

"형님은, 형님은 돌아가신 게 아니었구나."

그의 인생에서 두번째로 만난 천재 도박사였다.

아버지와 딸

오 사장은 마음이 급했다. 그는 연신 택시 뒤를 살피더니 기사에게 더 빨리 가달라고 주문했다.

"아, 누가 쫓아옵니까?"

기사가 허허 웃으며 농담을 던졌지만 그는 대꾸할 여유가 없었다. 단지 가슴에 폭 안은 짐 가방 손잡이만 있는 힘껏 꽉 쥐었다.

'그래, 이 돈이 어떤 돈인데! 이번에는 꼭 이긴다. 그래서 모든 걸 다시 되찾아 오는 거야.'

그는 결의를 다지며 이를 으드득 갈았다. 번듯한 슈퍼마켓을 운영하며 남부럽지 않게 살던 그가 포커 판에서 전 재산을 말아먹고, 아내로부터 이혼을 당하는 데 걸린 시간은 고작 2년.

아내는 하나뿐인 딸을 데리고 고향으로 내려가버렸고, 그는 카지노 앵벌이 생활로 명을 붙이며 살아왔다. 죽지 못해 사는 인생이라고 하던가. 허름한 목욕탕 수면실에 몸을 누이고 얼마나 울었을까.

그러던 중 12월 딸, 선영으로부터 비보가 전해졌다. 아내가 갑작스럽게 교통사고를 당해 명을 달리하게 되었다는 소식이었다. 그는 죽은 아내의 사진조차 다시 볼 면목이 없었지만 그래도 20년간 한 이불 덮고 살았던 사람이 허망하게 갔다는데 차마 안 찾아볼 수 없어 무거운 걸음으로 장례식장에 들어갔다.

그런데 그가 본 광경은 또다시 그의 가슴을 찢어놓았다. 과거 친가, 처가 할 것 없이 온통 돈을 꾸었던 탓에 일가친척의 연을 죄 끊어놨으니 빈소에 조문객이 올 리가 있나. 파리 날리는 장례식장에 혼자 앉은 선영을 보고 그는 대성통곡을 하며 아내와 딸에게 사죄했다.

선영은 두 눈이 통통 붓도록 우는 제 아비의 모습에 마음이 동했는지 나중에는 그를 용서해줬다. 물론 그녀의 용서가 쉬웠던 것은 아내와 달리 제 아비의 흠을 다 모르는 탓이 컸다. 하지만 어찌 됐든 오갈 데 없는 오 사장에게는 천만다행한 일이었다.

"아빠, 앞으로 지낼 곳이 없으면 집에서 같이 살아요. 반지하 월세방이긴 하지만 그럭저럭 지낼 만해요."

"그래도 되겠니?"

"어차피 저는 수능도 끝났고, 한국대학교 장학생 합격 통보도 받았어요. 아마 내년 봄에는 기숙사로 들어가게 될 테니, 앞으로 아버지가 살 집이라 생각하고 편하게 지내세요."

선영의 제안에 오 사장은 이제 정신을 차리고, 제대로 살아보겠노라 다짐을 하고 앵벌이 생활을 접었다. 그는 그 뒤로 인력시장을 다니면서 닥치는 대로 일했다. 자신을 받아준 딸아이가 암만 장학금을 받는다지만 서울 유학 생활에 드는 생활비가 만만치 않을 텐데, 다달이 얼마라도 부쳐줘야겠다는 생각 때문이었다. 두 달 만에 오 사장의 등허리는 파스로 도배가 됐지만 한 푼, 두 푼 모은 돈은 4백만 원을 찍었다. 어찌 보면 적은 돈이었으나 그래도 이대로만 계속되면 그럭저럭 사람답게 살 것 같은 희망이 보였다.

'그래, 선영이가 좀 영리해? 남들은 못 가서 안달인 명문대를 그 흔한 학원 한 번 안 다니고 떡하니 들어갔어. 게다가 법학과에 입학한다니 혹시 나중에 판검사가 될지 어찌 알아? 못해도 뭐 하나는 하겠지. 누가 뭐래도 앞으로는 차차 나아질 일만 남은 거야.'

그렇게 오 사장의 인생에도 다시금 서광이 비추는 듯했다. 그러나 운명이란 놈은 어쩌면 그렇게도 호락호락하지 않은지. 그 악마와도 같은 도박 병이 다시 도진 것은 가위를 찾느라 무심코 선영의 책상 서랍을 열면서부터였다. 그 안에서 그가 발견한 것은 아내 앞으로 든 보험증권과 교통사고 서류, 그리고 자그마치 1억이라는 돈이 찍힌 통장이었다.

'보험금과 교통사고 합의금이구나.'

오 사장은 서랍을 그대로 닫았으나 그날 밤 도통 잠이 오지 않았다. 낡고 오래된 반지하 셋방 냄새는 퀴퀴했고, 술 취한 주인집 남자가 새벽녘까지 아내와 싸우는 소리는 오늘도 시끄러웠다. 누렇게 변한 싸구려 냉장고 안에는 변변찮은 밑반찬과 반쯤 먹다가 넣어둔 소주병이 그를 기다릴 뿐. 현실은 초라하고 서글펐다.

오 사장은 서랍 속 1억에 대해 계속 생각했다. 선영이가 왜 그 돈을 숨기고 있었는지 모를 까닭이 없다. 하지만 그 돈이면 자신의 인생을 송두리째 망가뜨린 강 회장에게 다시 도전할 수 있는데.

'1억이 지척에 있다.'

그런 생각이 들자 가슴이 두근거렸다. 다음 날, 그는 선영이 집을 나가자마자 통장을 꺼내 들었다. 밤을 꼬박 새워 내린 결론이었다.

"정말 마지막이다. 이 한탕이 잘못되면……."

죽으려고 사놓았던 농약, 이걸 마시고 병원에 가면 의사도 치료를 포기한다고 들었다. 오 사장은 플라스틱 서랍장 제일 밑에 넣어두었던 농약을 꺼내 품에 넣고 큰 짐 가방도 하나 챙겼다. 남은 건 은행에 가서 돈을 찾는 일뿐이었다.

그런데 그때 달칵 소리가 나면서 현관문이 열렸다. 선영이었다.

"어, 아빠? 어디 가세요?"

보통 때보다 훨씬 일찍 귀가한 선영이 어리둥절한 표정으로 물었다. 커다란 짐 가방이 아무래도 어디 먼 곳으로 떠나는 사람 같은데.

"어, 어. 아, 아니. 별거 아니야."

오 사장은 주춤거리면서 한 손에 쥐고 있던 통장을 얼른 호주머니에 쑤셔 넣었다.

"그건 뭐예요?"

선영이 의심스러운 눈초리로 물었다.

"아무것도 아니라니까."

오 사장은 차마 딸의 시선을 마주하지 못하고 도망치듯 집 밖으로 뛰쳐나왔다. 그는 눈치 빠른 선영이 가로막기 전에 당장 은행으로 달려가 돈을 찾았다. 그런데 가방을 들고 나와 택시를 기다리다 보니 저쪽에서 선영이 눈에 불을 켜고 달려오는 게 보였다. 근처 은행 몇 군데를 헤집다가 이곳으로 온 게 틀림없었다.

"아빠, 안 돼요! 그 돈은 엄마가 사고로 죽으면서 남긴 돈이에요, 아빠!"

선영은 눈물범벅이 되어 도망치려는 오 사장을 붙들었다.

"이, 이거 봐! 이 돈이면 다시 붙어볼 수도 있단 말이야. 그놈 코를 납작하게 만들 수 있다고."

"아빠! 제발요! 나 장학생이라는 말, 거짓말이에요. 나 장학생 아니에요. 아빠가 돈 달라고 할까 봐 거짓말한 거예요. 그 돈, 그 돈 없으면 나 학교 못 다녀요. 제발!"

오 사장은 주위를 두리번거렸다. 길을 지나다니는 사람들이 웅성웅성하면서 두 사람을 구경하고, 은행 경비가 반쯤 문을 열고 나와 누군가에게 무전으로 보고하는 게 들린다. 그때 길 건너편에 노란 택시 한 대가 섰다.

"이거 놔라!"

"아빠!"

"이거 놓으라니까!"

짝!

오 사장은 간절하게 매달리는 선영의 따귀를 올려붙였다.

"어, 어……."

그는 붉게 달아오른 뺨을 붙잡고 바닥에 쓰러진 선영을 보며 말을 얼버무렸다. 빨리 도망치려다가 벌어진 실수였다.

그러나 사과고 나발이고 여기서 더 지체할 시간은 없었다. 사람들의 혀 차는 소리가 들리고, 은행 직원들이 하나둘 나왔다. 그는 허둥지둥 도로를 가로질러 택시에 올랐다. 잔돈 세는 데 열중해 있던 택시 기사는 방금 무슨 일이 벌어졌는지 통 모르는 얼굴이었다.

"어서 오세요. 어디로 모실……."

"춘천이요. 얼른 출발합시다."

"손님, 장거리는…….."

오 사장은 흥정하려는 기사에게 지폐 한 다발을 건네며 다그쳤다.

"얼른 출발하라니까요!"

기사는 눈대중으로도 30만 원이 족히 넘을 것 같은 돈 뭉치를 품에 넣은 뒤 군말 없이 차를 몰았다. 오 사장은 차가 달리는 동안 휴대전화를 뒤적거려 몇 차례 전화를 걸었다. 강 회장의 하우스에 들어가기 위해 거쳐야 할 절차였다.

'춘천시 동면 만천리 320번지'

마침내 도착한 한 통의 문자에 행선지가 정해졌다. 오늘이야말로 강 회장에게 복수할 기회였다. 오 사장은 그간 그가 고용한 선수들에게 홀랑 털리던 일을 떠올리며 마지막 결의를 다졌다.

택시는 어느새 구봉산 근처의 별장 앞이었다. 오 사장이 택시에서 내리자 철문 안에서 하우스 경비를 서는 건달이 나왔다.

"강 회장 있나?"

"네."

"들어가지."

별장 안 널찍한 거실 한가운데에는 떡하니 포커 테이블 몇 개가 차려져 있고, 그 주위를 둘러싼 노름꾼들은 제각각 패를 쥔 채 한창 씨름 중이었다.

"여! 오 사장님, 왔어요?"

가장 안쪽 자리에 느긋하게 등을 기댄 풍채 좋은 남자가 담배를 문 채 씩 웃었다. 아무렇게나 기른 희끗희끗한 머리카락은 사자 갈기 같고, 약지와 소지에 긴 쇠로 된 의수는 을씨년스러웠다. 오 사장은 그의 무시무시한 아우라에 지고 싶지 않아 힘주어 가슴을 활짝 폈다.

"강 회장님도 못 본 새 얼굴이 더 좋아지셨네요?"

"나야 뭐 늘 그렇지요. 앉아요. 참, 여기 이 사람들 다 처음 보죠?"

그는 테이블에 앉은 네 사람을 소개했다.

"이 친구는 아마추어 골프 선수, 제임스 박이고 여기는……."

그때 오 사장이 말을 끊었다.

"오늘은 강 회장님하고 둘이서 치고 싶은데요."

어차피 소개는 받으나 마나. 오늘 여길 찾은 이유는 자잘한 판에서 다른 노름꾼들을 상대할 작정으로 온 게 아니다. 그가 상대하고 싶은 사람은 이 거지꼴이 되게 만든 원흉이자 하우스의 우두머리, 강 회장이었다.

"갑자기 우리 오 사장님한테 무슨 바람이 불어서 그러시나? 나, 게임 안 하는 거 알잖아요."

"VIP 요청인데 재미 삼아 좀 들어주시죠. 오늘은 이렇게 현찰도 잔뜩 싸 왔는데."

오 사장이 들고 있던 가방 지퍼를 열자 강 회장은 허허 웃더니 담배를 껐다. 보통 억부터는 VIP 취급을 하는 데다 그간 그가 잃어준 돈이 어마어마했던 걸 감안하면 이대로 쉽게 내칠수는 없는 노릇이었다. 거기다가 현찰 돈 가방이라니 이 얼마나 탐나는 먹잇감인가. 그러나 강 회장은 무슨 이유인지 몸을 뺐다.

"오 사장님, 아무리 그래도 나는 게임 안 합니다. 하지만 오 사장님이 정 그렇게 원하신다면 일대일 VIP 룸을 만들어드리겠습니다. 그리고 저를 대신할 하우스 대표 선수를 직접 고를 수 있게 해드리죠. 어떻습니까?"

어차피 일대일이고, 하우스 측 돈은 다 같은 주머니에서 나오니 강 회장이나 하우스 대표 선수나 다를 것은 없었다. 오 사장은 가만히 생각을 하다가 고개를 끄덕였다.

"좋습니다."

강 회장은 한편에서 대기 중이던 딜러들을 불렀다.

"자, 여기 사장님이 딜러 중 한 명을 하우스 대표 선수로 고르실 겁니다. 판돈은 하우스 측에서 다 댈 거고, 진다고 해도 다른 페널티는 없습니다. 이길 경우에는 수고비는 10퍼센트, 제한 시간은 무조건 세 시간입니다."

네 명의 딜러는 서로를 두리번거리다가 다른 의견이 없다는 데 동의했다. 오 사장은 그들을 찬찬히 훑었다. 염소처럼 수염을 기른 늙수그레한 놈, 얼룩덜룩 곰보 자국이 핀 하이에나 같은 놈, 입술을 빨갛게 바르고 홍학처럼 다리가 야윈 여자, 콧구멍이 커다랗고 히죽거리는 오랑우탄 같은 남자. 그는 고심하다가 개중에 제일 셈이 느릴 것 같은 하이에나 같은 남자를 지목했다.

"이분으로 하지요."

그러자 강 회장은 빙그레 웃더니 수하들을 시켜 안방에 테이블 하나를 따로 마련하게 하고 자신은 멀찍이 떨어져 앉았다. 오 사장은 심장이 벌렁벌렁했지만 최대한 굳은 표정을 유지하며 카드를 잡았다.

'이 한 장, 한 장에 모든 것이 달려 있다!'

모든 걸 잃고 아내에게 이혼당한 일, 강원랜드에서 괄시를 당해가며 앵벌이를 하던 일, 딸의 애원을 뿌리치며 따귀를 올려붙인 일이 차례로 스쳤다.

"콜!"

투지가 불타올라서인지, 그간 노름꾼 사이에서 여차저차 배운 게 제법 통해서인지 수중의 돈은 불과 한 시간도 지나지 않아 5천이 넘게 불었다.

'그래! 바로 이거야!'

오 사장은 자신만만한 얼굴로 하이에나의 얼굴을 살폈다. 그러나 하이에나는 큰돈을 잃었으면서도 태연했고, 강 회장 역시 이렇다 저렇다 참견 한마디 없이 고개만 끄덕끄덕했다.

'속으론 애가 타겠지. 어디 두고 봐.'

시곗바늘은 계속 돌아가고, 어느새 남은 시간은 한 시간 남짓. 하우스 측에서는 벌써 1억 가까이 잃었다. 강 회장은 손목

시계를 들여다보더니 수하에게 손짓을 했다.

"돈 가방 더 갖고 와."

수하는 냉큼 밖으로 나가 종이 가방 몇 개를 들고 왔다. 그런데 개중에 돈 가방으로 보이지 않을 만치 큼지막한 가방 몇 개가 섞였다.

"회장님, 방금 차 상무님이 물건 보내오셨습니다."

"아, 그 무역회사 상무 말이지?"

강 회장은 종이 가방을 풀었다. 그러자 고급 양주 세트와 모피 코트 몇 벌이 나왔다. 오 사장은 저도 모르게 강 회장의 물건 보따리에 시선을 빼앗겼다.

"이런 건 처리하기도 까다로운데, VIP들한테 선물로 나눠주는 게 낫지. 안 그래요, 오 사장님?"

눈이 마주치자 강 회장이 능글능글 웃으며 모피 코트를 펼쳤다.

"이 모피 코트 시가로 천만 원도 넘는 건데, 서비스로 드릴게. 나중에 사모님한테 주세요."

오 사장은 '사모님'이라는 말에 씁쓸한 표정을 지었다. 죽은 와이프도 왕년에 사업이 한창 잘될 때는 저런 코트가 세 벌쯤 있었는데. 갑자기 속이 꽉 막히는 기분이었다.

"소문에 오 사장님 사모님이 미스코리아 출신이라고 들었는데, 굉장한 미인이실 것 같아요."

오 사장의 얼굴이 점점 굳었다.

"나는 총각이라 그런지 결혼해서 잘 사는 분들 보면 그게 그렇게 부럽더라고요. 늙으면 마누라가 최고라는데. 그죠?"

"…… 와이프하고는 사별했습니다."

그의 목소리가 미세하게 떨렸다. 그러자 기다렸다는 듯 강회장과 하이에나의 입꼬리가 히죽 올라갔다.

"이런, 제가 쓸데없는 소리를 했네요. 죄송해서 어쩝니까? 그럼 양주 몇 병 가방에 담아놓겠습니다."

그러나 공짜로 받는 선물이고 뭐고, 오 사장의 상한 기분은 풀어지지 않았다. 카드 패를 보고도 숫자가 읽히지 않고, 도박 좀 하지 말라고 애원하던 생전의 아내 얼굴이 떠올랐다. 게다가 이 돈이 무슨 돈인가. 죽은 아내를 보낸 몸값이나 다름없는데. 바짓가랑이를 붙잡던 딸아이의 따귀를 올려붙이고 이 돈을 갖고 나오다니.

"다이."

오 사장의 기세가 꺾였다. 게다가 계산도 흐려졌다. 하이에나는 수그러든 오 사장을 몰아붙이듯 거칠게 돈을 던졌다.

"레이즈!"

그는 판돈도 올렸다. 세가 기운 상대는 자신만만한 적의 허수에도 곧잘 넘어가는 법이라, 이제 오 사장은 하이에나가 든 카드가 뺑카인지 진카인지조차 구분하기 어려웠다. 전황이 역전되자 이제까지 딴 돈은 허무할 정도로 금방 사라졌다. 오 사장은 시계를 들여다봤다. 약속했던 시간은 거의 다 됐고, 판돈

1억은 고작 몇백이 남았을 뿐이다. 이대로 계속 죽는 수만 쓴다면 이길 가능성은 없었다.

"오, 올인······."

그는 신에게 빌었다. 천금 같은 1억을 이렇게 물거품으로 만들 수는 없다. 제발, 제발, 제발, 신이시여.

"9 풀하우스!"

"Q 풀하우스!"

딜러의 목소리와 함께 오 사장의 손에 들려 있던 스페이드 9 카드가 테이블 위로 팔랑 떨어졌다. 동시에 하이에나가 두 손으로 테이블 위의 돈을 쓸어 갔다.

"오 사장님, 아쉬운 승부였습니다."

강 회장은 목석처럼 멍하게 앉은 오 사장의 어깨에 손을 올렸다. 그는 경련이라도 일어난 것처럼 부들부들 떨었다.

"이, 이럴 수가······."

1억을 잃었다. 마지막 희망이었던 1억을. 오 사장은 비틀비틀 테이블에서 일어나 강 회장 앞에 무릎을 꿇었다.

"가, 강 회장. 내, 내 전 재산이었어요. 도박에 물리는 건 없다는 거 압니다. 하지만, 하지만······."

그는 거의 빌다시피 애걸했다. 그러나 친절하던 강 회장은 이미 온데간데없었다.

"쯧쯧. 이거 왜 이러십니까? 이 바닥 룰 잘 아시면서. 판돈이 없으면 나가셔야지요. 얘들아, 사장님 차비 챙겨서 배웅해드려라."

강 회장이 혀를 끌끌 차며 돌아서자 수하들이 우르르 오 사장의 팔을 붙들었다. 그런데 그때 문이 벌컥 열리더니 교복 차림의 한 여학생이 끌려 들어왔다. 선영이었다.

"아빠!"

"선영아! 여긴 어떻게 온 거야?"

강 회장이 질책하듯 수하를 노려봤다. 외부인이 어떻게 알고 들어온 건지 따져 묻는 표정이었다.

"갑자기 나타나선 여길 들어오겠다고 막무가내로 덤비지 뭡니까? 휴대전화 위치추적 어플로 따라온 모양인데, 이 산속에 다른 건물이 없으니 여기를 꼭 들어와야겠다고……."

강 회장은 그가 내미는 휴대전화 화면을 보더니 미간을 찌푸렸다.

"세상 참 좋아졌어요. 이런 걸로 우리 하우스를 다 찾아오고."

싸늘한 목소리와 함께 픽! 강 회장의 구둣발이 휴대전화를 짓뭉갰다. 방 안에는 조용한 적막이 찾아왔다. 그러나 선영은 강 회장의 대단한 기세에도 기죽지 않고 당돌하게 외쳤다.

"경찰에 신고는 안 했어요. 돈 돌려주세요. 그 돈, 엄마가 죽으면서 남긴 돈이에요. 돈 없으면 저 대학 못 들어가요."

강 회장은 그녀의 얼굴을 흥미롭다는 표정으로 뜯어봤다. 낯선 곳에서 건장한 사내들에게 둘러싸여 무슨 일을 당할지도 모르는데, 이토록 당당한 어린 계집애라니. 실로 오랜만에 보는 물건이었다.

"맹랑한 아가씨군요. 하지만 안타깝게도 오 사장님은 돈을 모두 잃었어요. 아가씨가 찾아왔다고 해서 돌려줄 순 없다는 말이죠."

"하지만 이거 불법이잖아요. 돈 돌려주세요. 안 그러면 신고할 거예요."

선영이 최후의 수단으로 아껴뒀던 말을 입 밖으로 내뱉었다. 하지만 강 회장은 눈도 깜박하지 않았다. 아니, 오히려 그의 입가에는 가소롭다는 듯한 여유가 배어 나왔다.

"겨우 그런 협박에 아무 준비도 없었을 거라 생각하나요? 아가씨가 속상한 마음은 알겠지만 이게 바로 아가씨 아버지가 선택한 도박판이라는 겁니다. 약육강식의 룰만 있을 뿐, 사자가 다 잡은 얼룩말을 불쌍하다고 살려주는 일은 없어요."

한 치의 흔들림도 없는 부드러운 말투에 선영은 말문이 막혔다. 그녀는 아버지를 향해 시선을 돌렸다. 오 사장은 원망에 찬 눈빛을 똑바로 마주하지 못하고 고개만 축 떨어뜨렸다.

"미안하다. 미안해, 선영아."

그는 모든 게 다 끝났다는 심정으로 바닥에 무릎을 꿇고, 점퍼 호주머니에 손을 넣었다. 손끝에 닿는 작은 농약병. 이걸 마시는 순간 고통스러운 지옥은 끝난다.

그런데 그때, 털썩! 강 회장이 돈 가방을 테이블 위에 올렸다.

"하지만 한 번 더 기회를 드릴 수도 있습니다."

오 사장은 품 안에 든 농약병을 꺼내려다가 눈을 번쩍 떴다.
강 회장이 그를 향해 묘한 웃음을 지었다.

"승부는 단 한 번. 저는 10억을 걸겠습니다."

그 말에 모두 입을 딱 벌렸다. 한 판에 10억이라니. 이건 카운
팅이고 뭐고, 순수 운에 맡기겠다는 것과 같은 말이었다.

"돈 가지고 와."

수하는 강 회장의 명령이 떨어지기가 무섭게 옆방에서 지폐
무더기가 든 가방을 여러 개 들고 왔다. 오 사장은 예상치도 못
했던 10억의 생생한 출현에 머리가 멍해졌다.

"대신 오 사장님도 그에 상응하는 무언가를 걸어야 합니다."

하지만 돈 1억에 무릎을 꿇고 애원하는 그에게 10억에 준하
는 뭔가가 있을 리가. 순간 선영은 섬뜩한 강 회장의 시선을 마
주했다. 그녀는 기겁을 하면서 소리를 질렀다.

"아빠! 안 돼요!"

강 회장은 오 사장의 눈앞에서 현찰 다발을 팔락팔락 넘겼
다. 돈 냄새, 강렬한 돈 냄새! 그 돈이 이 가방에도, 저 가방에도
가득하다. 돈의 족쇄를 차고 생사의 갈림길에 선 그에게 이보
다 달콤한 유혹이 있을까.

"오 사장님은 딸을 거시는 겁니다. 어떻습니까?"

선영은 흔들리는 오 사장의 눈동자를 보고 절규했지만 그는
고개를 돌려 딸을 외면했다. 지는 것 따위는 생각하고 싶지도
않았다. 10억만 있다면 이 지긋지긋하고 비루한 인생을 다시

예전처럼 돌릴 수도 있다. 선영이도 제 아비가 이기고 나면 생각이 달라질 것이다. 그래, 모든 건 제자리를 찾을 수 있다. 가능한 일이다.

"…… 네, 좋습니다."

수하들은 소란을 피우는 선영을 의자에 끌어 앉힌 뒤 입에 테이프를 붙였다. 딜러는 오 사장과 하이에나에게 카드를 나눠 줬다. 어차피 한판뿐인 승부, 딜 같은 게 없으니 두 사람 모두 말없이 카드를 응시했다. 카드 패는 착착 두 사람 앞에 떨어졌다. 오 사장에게 주어진 패는 A, 2, 3, 4. 그가 이길 방법은 오직 스트레이트 하나였다. 그리고 상대는 4 원페어. 히든카드에 따라 승부가 결정된다. 먼저 패를 펼친 쪽은 하이에나였다.

"6 투페어."

딜러의 말에 오 사장의 아랫입술이 움찔움찔했다. 믿기지 않았다. 딜러는 오 사장이 내려놓은 패를 뒤집었다.

"A 탑."

딜러가 냉랭하게 말했다. 그랬다. 아무것도 나오지 않았다. 원페어도. 심지어 원페어조차 나오지 않고 끝났다. 오 사장은 이 믿을 수 없는 결과를 가만히 응시했다. 이제 정말 모든 게 끝났지만 자리에서 일어날 수 없었다. 꿈같았다. 그는 자신의 뒤통수를 바라보는 선영을 향해 고개조차 돌리지 못했다. 그의 떨리는 손이 잠바 호주머니 속으로 들어갔다. 농약병이 잡혔다.

"선영아, 미안하다."

그는 그 말을 마지막으로 순식간에 병을 꺼내 꿀렁꿀렁 들이
켰다.

"읍! 으읍!"

뒤에서 선영이 몸부림을 치며 일어나는 순간 농약병이 바닥
으로 굴러떨어졌다. 쿨럭쿨럭, 오 사장은 배를 잡고 농약 냄새
가 섞인 기침을 뿜었다. 입에서는 검붉은 피가 주르륵 흘렀다.

"이런, 이런. 아내는 교통사고로 죽고, 딸은 도박판에서 팔아
버리고, 본인은 농약으로 자살이라니."

순간 고통스럽게 일그러지던 오 사장의 눈빛이 바뀌었다.

"다, 당신…… 그 사람이 교통사고로, 교통사고로 죽은 거 어
떻게 알았어?"

아내와 사별했다고는 했지만 교통사고로 죽었다는 말을 한
적은 없는데. 오 사장은 휘청거리며 일어나서 강 회장의 목덜
미를 움켜쥐었다.

"이 개자식아! 너…… 너 이 자식 그새 내 뒷조사를 했구나.
처음부터 알면서, 일부러! 일부러…… 크흑, 나를 흔들어놓으
려고 수작을, 수작을 걸었어."

수하들은 마지막 힘을 쥐어짜 발광하는 그를 붙잡았다. 강
회장은 피가 튄 재킷을 닦으며 그를 조롱하듯 말했다.

"오 사장님, 그러게 여긴 왜 오셨어요? 강원랜드 앵벌이까지
하셨으면 이 길이 아니구나 하고 단념을 하셨어야지요. 이제
딸까지 팔았으니 제 발로 지옥으로 들어간 겁니다. 부디 가시

는 길 마음 편안히 가시고, 더는 나를 원망하지 마세요."

"윽! 내가, 내가 너를…… 너를!"

그러나 이미 속이 다 녹아내린 그가 강 회장에게 덤빌 힘은 없었다. 퍽! 그는 바닥에 고꾸라져 희미하게 사라지는 선영의 모습을 응시했다.

"선영아…… 이 애비를 용서하지 마라. 읍! 읍!"

선영은 머리를 세차게 흔들었으나 오 사장은 더 이상 일어나지 못했다.

"피곤하군. 난 그만 들어갈 테니 알아서 적당히 치워."

"저 애는 어떻게 할까요?"

수하의 질문에 강 회장이 선영을 흘낏 쳐다봤다.

"일단 강릉에 있는 닥터 황한테 보내. 얼굴 반반하니까 신장 말고, 다른 데는 손 안 댔으면 좋겠다고 하고."

"네."

수하 둘은 거세게 저항하는 선영을 억지로 차에 태웠다.

'이대로 끌려가면 죽는다.'

순간 남자의 손이 그녀의 코를 틀어막았다. 폐부를 찌르는 독한 약물 냄새. 그게 강 회장 하우스에서의 마지막이었다.

탈출

"가다가 어디 세워놓고 재미나 좀 볼까?"

"에이, 그러다가 나중에 회장님한테 걸리면 욕먹어."

"아, 왜? 교복 입은 거 보니까 난 더 꼴리는데."

선영은 남자들의 대화 소리에 정신을 차렸다. 하지만 쉽게 움직일 수는 없었다. 차 뒷좌석에 누운 그녀의 입에는 테이프가 붙었고, 양팔은 끈으로 묶였다. 그녀는 두려움 속에서도 깨어난 기척을 내지 않고 탈출 방도를 생각했다.

'내비게이션 소리는 분명히 고속도로 같은데. 여기서 난리를 피워봤자 도망칠 도리가 없어. 어쩌지?'

그런데 그때 운전석에 앉은 남자가 깜빡이 넣는 소리가 들렸다.

"휴게소 좀 들렀다 가자."

선영의 귀가 번쩍 뜨였다. 하지만 두 남자가 동시에 자리를 뜨지 않는 한 도망은 불가능에 가까웠다.

"나 화장실 다녀올 동안 좀 있어. 쟤 일어나면 무슨 짓 할지 모르니까."

"에이, 아직 정신도 못 차리는데."

남은 쪽은 투덜투덜하더니 다른 사내가 문을 닫고 떠나자마자 습관적으로 웃옷을 뒤적거렸다. 담배와 라이터를 찾는 모양이었다.

"꼭 이럴 때 담배가 없다니까. 나 참."

그는 무료한 사람처럼 라이터를 떵떵거리며 여닫기를 반복하다가 선영의 어깨를 흔들었다.

"야! 야!"

그러나 선영은 미동도 하지 않았다.

"이년, 이거 완전 맛이 갔네. 뭐, 이 정도면 잠깐 담배 사러 갔다 와도……."

쾅. 차 문 닫히는 소리가 나고 남자의 발소리가 멀어지자 선영은 눈을 떴다. 밖은 이미 깜깜하게 저물었고, 휴게소는 한적했다. 근처를 오가는 사람도 없거니와 가게에서도 너무 외떨어진 곳이다.

'어떻게든 상점까지 가야 해!'

겨우 몸을 일으켜 차 문을 열고 나온 선영은 혼신의 힘을 다

해 달렸다. 그런데 그때, 화장실에 들어갔던 남자가 밖으로 나왔다. 선영은 얼른 몸을 낮췄다.

'이대로 잡힐 순 없어! 어쩌지? 상점 안으로 뛰어들어갈까?'

하지만 휴게소에 사람이 별로 없는 데다 지척에서 남자가 걸어오니 사람들 눈에 띄기도 전에 먼저 제압당할 가능성이 높다. 더군다나 사람들이 구조 요청을 듣고 꼭 도와준다는 보장은 있는가? 막무가내로 끌고 가려고 한다면? 경찰이 제때 도착하지 않는다면? 거기까지 생각이 미치자 선영은 상점으로 들어가는 걸 포기하고 대신 빙글빙글 주차장을 돌며 주차된 차 문을 잡아당겼다.

그런데 그때 기적처럼 한 차의 뒷좌석 창문이 반쯤 열린 게 보였다. 선영은 냅다 양손을 넣어 문을 열고 몸을 구겨 넣다시피 그 안으로 기어들어갔다.

'어서 여길 벗어나야 하는데.'

선영은 웅크리고 앉아 창문 밖을 흘끔흘끔 살폈다. 그때 차량 주인으로 보이는 두 사내가 휴게소 상점 밖으로 나왔다. 서글서글한 인상의 훤칠한 젊은이와 그 아버지뻘로 보이는 중년의 남자. 두 사람은 오징어와 커피 같은 간식거리를 들고 차를 향해 걸어오는 중이었다.

'그래! 저 사람들에게 자초지종을 설명하고……'

그런데 순간 강 회장 수하의 발걸음이 두 사내 앞에서 우뚝 멈췄다.

"어? 이게 누굽니까? 이 사장님하고 아드님 아니십니까? 서울 사시는 분들이 여기는 무슨 일로 오셨어요?"

수하가 거들먹거리며 묻자 두 남자의 얼굴이 굳어졌다.

"우리? 강원랜드나 한번 가볼까 해서. 그런데 자네들은 여기 무슨 일이야?"

"우리가 어디 가는지는 알 거 없고요. 혹시 뭐 다른 하우스 다니시는 건 아니시지요? 얼마 전에 박 상무가 우리 허락도 없이 하우스를 차려가지고 피 봤다는데. 혹시 들어보셨습니까?"

"아, 그런 일이 있었어? 우린 통 몰랐네. 우리야 뭐, 요새 하우스 안 다녀서 말이야. 강 회장한테 밉보여서 좋을 것도 없고. 안 그래?"

용팔이 재휘의 옆구리를 쿡 찌르자 그는 시큰둥한 표정을 지었다. 수하는 재휘의 어깨를 툭 치면서 웃었다.

"다 같이 잘 먹고 잘살자고 그러는 건데, 인상 좀 펴고. 우리 서로 조심하십시다. 네?"

수하가 사라지자 용팔이 이를 갈면서 그 뒤를 흘겨봤다.

"강 회장네 똥개 새끼 같으니라고. 여긴 무슨 일이래, 재수 없게. 으, 없던 스트레스도 쌓이는구먼. 속 쓰리다. 속 쓰려."

선영의 등줄기로 땀이 훅 떨어졌다. 하필 탄 차가 강 회장 하우스 졸개들과 아는 사이라니! 하지만 이제 와서 문을 열고 나갈 수도 없는 노릇이다.

그런데 그때 저편에서 고성이 들렸다. 강 회장 수하가 내지르는 소리였다.

"이년이 어딜 도망갔어!"

선영은 숨을 죽이고 차 바닥에 바싹 엎드렸다.

"재휘야, 저 새끼들 뭐 문제 생겼나 보다. 괜히 얽히면 골치 아프니까 어서 가자, 어서."

"네, 아버지."

용팔의 재촉에 재휘가 서둘러 차에 시동을 걸었다. 부르릉, 천만다행으로 휴게소를 빠져나오고, 한참을 달리는데 문득 용팔의 휴대전화가 울렸다. 기다리던 하우스 전화였다.

"응? 김 사장? 우리 지금 춘천 고속도로야. 거기 주소 정확하게 말해봐. 응. 강릉시 저동 94번지. 경포대 펜션? 알았어. 오늘 선수는 몇 명이나 와? 여덟 명? 판돈은? 블라인드 5~10만 원이면 꽤 세네. 그래, 가서 봐. 재휘야, 여기서 강릉 방면으로 가려면 오른쪽으로 빠져야 된다. 여기, 여기."

"그런 건 빨리 말씀하셔야죠."

"나도 방금 들은 걸 어떻게 해? 어서, 여기서 차선 변경해."

그런데 그때, 빠방! 옆 차선에서 클랙슨이 크게 울리더니 급제동이 걸렸다.

"윽!"

선영은 그대로 운전석 하단에 머리를 박고 짧은 신음 소리를 뱉었다. 용팔은 끔쩍 놀라 뒤로 돌아봤다.

"당신 누구야?"

그 상황에서 나올 말은 그 한마디뿐이었지만 입에 테이프가 발린 선영이 제대로 대답을 할 리 없었다. 차는 눈 깜짝할 새 갓길에 세워졌다.

"살려주세요."

입이 떨어지자마자 선영은 간절하게 애원했다. 재휘와 용팔은 서로를 쳐다봤다. 강 회장 수하가 소리를 지르며 찾던 여자가 틀림없었다.

"씨발…… 하필이면 우리 차를 타고 지랄이야. 어째 어젯밤 꿈이 뒤숭숭하더라니."

용팔의 비틀린 입꼬리에서 한숨이 새 나왔다.

"제발 부탁이에요. 저 거기 가면 죽어요. 살려주세요."

그러나 용팔은 고개를 흔들었다.

"강 회장 하우스 일에 괜히 끼어들었다가 봉변만 당한다. 전화해서 데리고 가라 그래."

재휘가 안타까운 눈으로 선영을 쳐다봤다. 교복 차림에 아직 앳된 얼굴이었다.

"그럴 순 없어요."

"너 강 회장이 어떤 놈인지 몰라서 그래?"

"아무리 이 판이 이판사판 개판이라지만 아직 애잖아요. 저는 절대 전화 못 해요."

"너, 이 자식. 머리 굵어졌다고 애비 말 안 들을래? 그래, 정 그렇게 네가 못 하겠으면 내가 한다."

용팔이 품에서 휴대전화를 꺼내 드는 순간 선영이 끼어들었다.

"만약! 만약 절 강 회장 하우스에 넘기면 다, 다, 불어버릴 거예요."

두 사람의 시선이 그녀에게 돌아갔다.

"뭐?"

용팔이 되물었다. 선영은 부들부들 눈물을 흘리면서도 이를 악물었다.

"강릉시 저동 94번지. 경포대 펜션. 블라인드 5~10만. 선수 여덟 명. 이거 강 회장이 알아도 되는 건가요?"

순간 두 사람이 입을 다물었다. 방금 전 통화 내용을 몽땅 외워서 읊을 줄이야.

"씨발……."

다시 용팔의 입에서 욕이 새 나왔다. 하우스 정보를 아는 이상 강 회장에게 넘겨줄 수는 없었다. 그렇다고 이대로 태우고 가다가 어디 내려줄 수는 있냐? 아니. 경찰서로 달려가 이 모든 걸 불어버릴지도 모르는 일인데 뭘 믿고. 용팔은 머리를 북북 긁으며 욕지거리를 한바탕 쏟아냈다. 방법은 하나뿐이었다.

"일단 데리고 가야겠다."

재휘는 저도 모르게 소리 내어 웃어버렸다. 이 바닥에서 산전수전 다 겪은 용팔을 쩔쩔매게 하는 여고생은 처음이었다.

"너 꽤 영리하구나."

선영은 포획당한 맹수처럼 눈을 매섭게 뜨고 재휘를 응시했다. 곱상한 얼굴에 부드럽게 미소 띤 이 젊은 남자가 나쁜 사람처럼 보이진 않았다. 하지만 경계심을 풀 순 없었다.

"어딜 데리고 간다는 거죠?"

"경포대 펜션. 내일 아침에 게임이 끝나면 서울로 갈 거야. 그때 집에 보내줄게. 그러니까…….."

잔뜩 움츠린 그녀를 향해 재휘가 손을 뻗었다. 온몸의 신경이 곤두섰다. 그녀는 눈을 감고 소리를 질렀다.

"내 몸에 손대지 마요!"

재휘는 선영의 손목을 묶고 있던 끈을 풀었다.

"그러니까…… 불편해도 조금만 참아. 엉뚱한 생각 하지 말고."

선영은 실눈을 떴다. 순간 재휘의 가늘고 긴 손가락이 그녀의 머리 위를 훑고 지나갔다. 잠시 얼떨떨했다. 재휘는 낯선 손님에게 던지는 환영의 인사 같은 묘한 웃음을 던지고 차에 올랐다.

복수를 꿈꾸다

"널 친척 여동생이라고 설명했어. 좀 이상하게 여기는 눈치지만 어차피 내일 아침까지 다들 못 나가니까 그러려니 할 거야. 참, 음식은 전부 공짜야. 먹고 싶은 거 있음 아무거나 먹어. 술 빼고."

펜션 구석에 앉은 선영에게 재휘가 음료수를 내밀었다. 하지만 선영은 물 한 모금조차 목구멍으로 넘어가지 않았다. 어찌어찌 구사일생으로 몸을 피했지만 아버지는 자살했고, 졸지에 무일푼 거지 신세로 쫓기게 됐다. 선영은 그제야 참담한 현실이 실감 나 눈물을 뚝뚝 흘렸다.

"얘, 너 괜찮아?"

재휘가 물었지만 선영은 아무 대답도 하지 않았다. 아무리 생각해봐도 아버지가 그렇게 허망하게 생을 마감했다는 게 믿기지 않았다.

"마음이 좀 진정되면 얘기해. 여길 나가면 뭐라도 도와줄 테니까."

선영은 입을 다물고 손만 꿈지럭거렸다.

'난 이제 어떻게 해야 되지?'

아버지의 죽음도 죽음이지만 오늘 당장 먹고살 일을 생각하니 까마득했다. 반지하 셋방은 보증금도 없는 깡통이고, 대학 등록금 납부일은 당장 내일모레였다. 선영은 호주머니에 손을 넣어 가진 돈을 전부 꺼내 봤다. 2만 5천 원. 답이 보이지 않았다. 그런데 그때 저쪽 중앙 테이블에서 카드를 쥐고 있던 용팔이 재휘를 불렀다.

"재휘야, 교대하자. 오늘따라 끗발이 안 붙네. 좀 쉬다 하련다."

툭, 그가 무심하게 지폐 다발을 던졌다. 순간 선영의 시선이 노름꾼들에게 향했다. 누구는 아버지 죽음조차 슬퍼할 겨를이 없는데, 테이블에서는 달랑 카드 몇 장에 돈이 뭉치로 오갔다.

"그 소문 들었어? 대구에서 입시 학원 크게 하던 그 황 원장 있잖아. 그 양반 이번에 강 회장 하우스에서 다 꼬라박고 망했다더라고."

"황 원장이? 에잇, 쯧쯧. 내 그럴 줄 알았어. 암만 판돈이 커도 강 회장 하우스 가서 어디 잘되는 사람 봤어? 푼돈 좀 따고 재미 보다가 결국 한 방에 간다니까."

"그런데 황 원장이 속임수에 당했다고 펄펄 뛰면서 경찰에 신고를 했다더라고."

"신고? 하면 뭐해? 강 회장이 뒷돈 대주는 게 얼만데. 백날 해봐야 어림도 없어. 어디 한번 잡혀 들어가는 거 본 적 있어? 없잖아?"

경찰에게 신고를 해도 소용이 없다니. 강 회장이 자신만만하게 신고할 테면 해보라며 배짱부리던 모습이 떠올랐다. 선영은 타는 가슴을 붙잡고 눈을 감았다. 아버지가 피를 뿜으며 쓰러지던 장면이 또다시 스쳤다. 끝내 가족을 버리고 도박을 선택한 아버지가 야속하지만 스스로 농약을 마신 그 마음은 어떠했으랴. 그 썩어 문드러졌을 속을 헤아리니 불쌍한 생각이 들어 선영의 마음도 천 갈래 만 갈래 찢어졌다.

그런데 그때 한 남자가 농담처럼 물었다.

"강 회장 잡을 사람 누구 없나?"

"천하의 강 회장을? 에이, 그럴 위인이 있을 리가 있나."

한데 구석 자리에 앉아 있던 늙은 남자가 말을 받았다.

"옛날에는 하나 있었지. 그 강 회장이 하고 다니는 손가락 의수 말이야, 그것도 그 사람 작품이라던데?"

순식간에 사람들의 시선이 몰렸다. 강 회장의 손가락 의수라니 솔깃한 얘기였다.

"지금은 강 회장이 직접 게임 하는 일이 절대 없지만 한때는 강 회장도 하우스 도박사로 유명했어. 그땐 성격도 지금처럼 개좆같지는 않았다는데. 뭐, 그것까지는 안 봐서 모르겠고. 아무튼 그 당시에 손 선생이라고, 강 회장하고 비등비등하던 놈이 하나 있었거든. 처음에는 둘이 친한 사이였던 모양인데, 나중에는 사이가 틀어졌나 봐. 결국 둘이 한판 크게 붙었다가 강 회장이 졌다더라고. 그때 다시는 게임을 안 하겠다고 각서 쓰고, 손가락도 자른 거라던데."

사람들이 모두 입을 벌리고 이야기를 경청했다.

"그래서? 그 대단한 손 선생은 지금 뭐 한대?"

"실종됐대. 강 회장이 손가락 잘린 후로 손 선생한테 복수의 칼을 갈았다고 하니까 다들 강 회장한테 소리 소문 없이 당했을 거라고 추측을 하던데. 그런데 뭐, 증거도 증인도 없고 소문만 무성하니 믿거나 말거나지."

선영의 주먹이 부르르 떨렸다. 그의 손에 얼마나 많은 사람이 희생당했단 말인가. 행복했던 가정이 파탄 나고, 아버지가 자살하고, 그녀 자신은 납치당해 몹쓸 짓을 겪을 뻔했다. 그런데 아무것도 할 수 없다니! 선영은 가슴 깊은 곳 저 밑바닥에서부터 힘차게 일어나는 강한 소용돌이를 느꼈다. 복수심이었다. 선영은 손가락을 오그라뜨리면서 주먹을 꽉 쥐었다.

'강 회장…… 도박판을 약육강식의 세계라고 말했던 남자.'

야수처럼 무시무시했던 그의 눈빛이 생생하게 되살아났다.

'어떻게 하면 되갚아줄 수 있을까? 어떻게 하면?'

분노로 떨리는 두 주먹에 핏줄이 솟아올랐다. 그런데 재휘가 마치 그 질문에 대꾸라도 하듯이 대답했다.

"칼로 흥한 자는 칼로 망하는 법이니, 카드로 흥한 자는 카드로 망하지 않겠습니까? 언젠가는 강 회장도 카드로 망하는 날이 올 겁니다. 누가 그 양반을 테이블로 끌어 앉히느냐가 문제겠죠."

그의 말에 노름꾼들이 하하 웃었다.

"고양이 목에 방울 달기인가. 누가 강 회장을 테이블에 앉힐 수 있겠어?"

한 남자가 몸서리를 치면서 혀를 내둘렀다.

"야, 말도 마라. 저번에 가라오케 한다던 허 사장 있었잖아. 아, 글쎄 두 달 전쯤이었나. 강 회장 하우스에서 그 양반하고 포커를 치는데, 돈을 다 잃더니 완전히 야마가 돌았나 보더라고. 다짜고짜 강 회장더러 왜 당신은 게임을 안 하는 거냐면서 따지는 거야. 그러더니 겁쟁이라고 한바탕 욕을 지껄이는데, 나 그날 강 회장 뚜껑 열린 거 처음 봤잖아. 강 회장 손에 얼마나 얻어터졌는지, 나중에 실려 나가는 거 보니까 얼굴에 코가 아예 안 붙어 있더라. 와, 내가 그거 보다가 이 나이에 오줌 지릴 뻔했다는 거 아니냐?"

그 옆에 있던 남자는 생각만 해도 으슬으슬하다는 듯 몸을 떨었다.

"아니, 그 양반 잠시 머리가 어떻게 된 거 아니야? 세상에, 미치지 않고서야 강 회장을 상대로 겁쟁이라니…… 무슨 배짱으로 그랬대?"

"그날 그 양반이 술을 좀 먹었거든."

"그럼 그렇지. 제정신에는 못 그러지."

남자들은 자기들끼리 이러쿵저러쿵 얘길 하다가 재휘를 흘끔 쳐다봤다.

"그나저나 자네, 오늘 몇 시간이나 게임할 거야? 이상하게 자네만 오면 우리가 항상 잃던데?"

"에이, 어쩨 너무 띄우시는데요?"

"아버지 대타로 딱 한 시간만 치라고. 알았지?"

"알겠습니다."

재휘는 너스레를 떨며 카드를 받더니 선영을 돌아봤다. 선영은 무덤덤한 표정으로 눈길을 피했다. 하지만 머릿속에는 방금 전 그가 했던 말이 맴돌았다.

'카드로 흥한 자는 카드로 망하지 않겠습니까? 언젠가는 강 회장도 카드로 망하는 날이 올 겁니다. 누가 그를 테이블로 끌어 앉히느냐가 문제겠죠.'

그리고 뒤이어 그의 자신만만한 목소리가 방 안에 울렸다.

"레이즈!"

선영은 소파에서 일어나 뭔가에 이끌리듯 테이블로 향했다. 말로 설명할 수 없을 만치 강한 힘이 그녀를 유혹하는 듯했다.

'강 회장에게 복수할 수 있는 방법! 그를 이길 수 있는 방법!'

선영은 눈을 부릅뜨고 테이블을 바라봤다. 테이블 중앙에는 쉴 새 없이 칩이 쌓였고, 카드를 나눠주는 딜러의 손길은 한시도 쉬지 않고 분주했다. 그녀는 테이블의 카드가 돌아가고, 사람들이 얼굴을 찡그렸다가 폈다 하면서 돈 던지는 걸 구경했다. 포커 룰은 생각보다 그렇게 어렵지 않았다.

'숫자와 무늬를 맞추는 거구나. 낮은 패부터 보자면 두 개의 숫자가 같을 때를 원페어, 원페어가 두 개일 때 투페어, 숫자 세 개가 같으면 트리플이다. 그 위가 숫자 다섯 개가 이어지는 스트레이트고, 그보다 높은 건 무늬 다섯 개가 같은 플러시, 그보다 더 높은 게 풀하우스. 그 위는 숫자 네 개가 같은 포카드와 동일한 무늬로 숫자 다섯 개가 이어지는 스트레이트 플러시가 있지만 이건 저 사람들 말처럼 나올 가능성이 희박해.'

선영은 룰을 파악하자 더욱 집중해서 승부를 살폈다. 이제 패를 든 사람들이 하나, 둘 죽고 남은 이는 오직 셋. 재휘와 왜가리처럼 입이 툭 튀어나온 젊은 남자, 부엉이처럼 큰 눈동자를 이리저리 굴리는 중년의 남자뿐이었다.

"레이즈!"

계속 판돈을 올리는 재휘를 더 이상 못 견디겠는지 중년의 남자가 카드를 접었다.

"다이."

계속해서 자신만만하게 레이즈를 해대니 으레 겁을 먹고 죽는 눈치였다. 그러나 젊은 남자는 이미 칩을 너무 걸었다. 그는 이제 죽으려고 해도 죽을 수 없어 보였다. 선영은 그의 얼굴을 살폈다.

'무슨 패를 들고 있을까?'

그는 굳게 입술을 다문 채 불안한 듯 눈을 계속 깜박거렸다. 반면 재휘는 시종일관 미소를 지은 채 포커페이스였다.

"J 투페어."

젊은 남자의 패와 함께 재휘의 패도 뒤집혔다.

"Q 투페어."

간발의 차이로 모든 칩이 재휘에게 돌아가자 젊은 남자의 표정이 무너졌다. 그녀는 다음 판도 유심히 지켜봤다. 이번에도 재휘는 공격적으로 따라붙으며 플레이했다. 하지만 이번 카드는 겨우 9 원페어.

"이 사람이! 고작 이거 들고 끝까지 따라붙었어?"

한 노름꾼이 퉁을 주자 재휘가 쑥스러운 듯 하하 웃었다.

'진다는 걸 알면서 따라붙었다? 하지만 표정의 변화는 없었어. 어떻게 된 걸까? 아무리 포커페이스라고는 해도 저 패를 가지고 승부를 걸다니. 혹시……'

선영은 재휘의 칩 수를 눈으로 계산하며 그의 플레이를 계속 관찰했다. 더하고, 빼고, 더하고, 빼고. 그러던 중 그녀의 입술에서 작은 탄성이 새 나왔다.

"아……."

순간 등골이 찌르르했다.

'처음부터 모든 걸 다 계산하고 있었구나! 저 사람의 칩은 결코 줄지 않아. 게임은 둘째치고, 칩을 얼마나 따고, 잃을지까지 다 계산에 넣은 거야. 그러니 표정의 변화가 있을 리가 없지. 그 정도로 자신 있구나.'

선영은 재휘가 주도하는 게임 테이블을 넋 나간 사람처럼 쳐다봤다. 그는 교묘하고도 치밀하게 사람들의 칩을 땄다가 잃었다가 하면서 한편에 자신만의 탑을 쌓아 올렸다. 그리고 그 탑은 절대 무너지는 법이 없었다. 선영은 재휘의 눈동자 속에 유유히 빛나는 무언가를 봤다.

'모든 판이 그가 원하는 대로 흘러가고 있어. 대단한 남자다. 천재라고 할 수밖에 없어. 만약 내가 강 회장에게 복수할 수 있는 방법이 카드밖에 없다면, 그 방법을 배우기 위해서는……'

"올인."

순간 재휘가 테이블 위로 자신의 칩을 모두 쏟아부으며 '올인'을 불렀다. 계속 콜을 부르며 판을 쫓아가던 한 남자가 잠시 주춤했다.

"아…… 씨……."

남자가 갈등하는 표정으로 씩씩거렸다. 죽자니 이제껏 쏟아부은 돈이 너무 많고, 따라붙자니 그럴 깡은 모자랐다. 시간이 자꾸 흐르자 딜러가 숫자를 셌다.

"20, 19, 18……."

5초쯤 남자가 두 눈을 질끈 감았다.

"에라, 모르겠다. 올인!"

그의 손이 칩을 몽땅 밀어 넣자마자 테이블의 다른 노름꾼들이 "우와" 하는 탄성을 질렀다. 올인과 올인이 격돌한 큰판이었다. 그러자 쉬고 있는 사람들까지 모두 테이블로 모여들었다. 선영은 바닥에 깔린 패를 봤다. 다이아 K, 스페이드 3, 스페이드 A, 스페이드 8. 클로버 10.

'스페이드가 세 장이니 스페이드 플러시가 나올 확률이 높겠구나. 숫자는 다 제각각이라서 트리플밖에 가능성이 없고. J, Q 카드가 있다면 스트레이트 가능성도 있겠네. 누가 이기게 될까?'

그런데 그때 용팔이 담배를 피우고 들어오더니 놀란 얼굴로 호통을 쳤다.

"야! 이재휘! 너 제정신이냐? 한 시간만 치라고 했더니 너 왜 내 돈으로 올인을 하고 난리야?"

말투는 재휘를 타박하는 듯했지만 선영은 용팔의 목덜미를 보고 알았다.

'조금도 팽팽하게 부풀어 오르지 않았어. 긴장하지도, 걱정하지도 않아. 처음부터 아는 거야. 이재휘라는 저 남자가 이길 거라는 걸.'

"죄송해요. 다 잃으면 노가다를 뛰어서라도 갚을게요."

재휘의 대답에 하우스에 있던 사람들이 하하 웃었다. 모든 플레이어와 구경꾼의 눈은 이제 딜러의 손끝으로 모아졌다. 그가 플레이어들의 카드를 뒤집어 승패를 가를 차례였다. 딜러가 먼저 남자의 패를 뒤집었다. 스페이드 A, 하트 K로 A 투페어. 높은 패였다. 구경꾼들은 "오!" 하고 목소리를 높였다. 연이어 재휘의 카드 역시 뒤집혔다. 하트 10, 다이아 10. 순간 "와!" 하는 소리가 하우스를 울렸다. 10 트리플로 재휘의 승리였다.

"젠장."

얼굴이 벌겋게 달아오른 남자가 테이블을 박차고 일어나더니 이내 다른 방으로 사라졌다. 선영은 재휘의 입꼬리에 머무는 옅은 미소를 보며, 이상하게 숨이 가쁘고 가슴이 벅차올랐다.

'그래, 저 남자라면, 내가 저 남자처럼 될 수 있다면…… 분명 강 회장을 이길 수 있을 거야!'

그때 용팔이 커피를 홀짝이며 선영에게 말을 걸었다.

"아유, 십년감수했네. 저 녀석, 어쩌려고 저러나 몰라. 그런데 뭘 그렇게 유심히 보고 있어? 포커 치는 게 재미있어 보여?"

"글쎄요. 재미있다는 건 상대가 어떻게 나올지 모를 때 재미있다고 하는데, 저건 별로 재미있어 보이지 않네요."

용팔은 생각지 못한 대답에 뭔가 뜨끔한 표정으로 선영을 쳐다봤다.

'말도 안 돼. 알아봤을 리 없잖아.'

머리를 흔들며 돌아서려는 그때, 선영이 들릴 듯 말 듯 작은 목소리로 말했다.

"하우스 끝나면 저도 서울에 데리고 가주세요."

"뭐?"

용팔이 잘못 들은 사람처럼 획 몸을 돌렸다. 선영은 그의 뚫어질 것 같은 눈빛을 담담하게 마주했다.

"포커를 배워야겠어요."

동행

    손님들이 떠난 하우스에 끝까지 남게 된 인물은 뜻밖에도 엉뚱한 사람들이었다. 용팔은 고개를 절레절레 흔들며 무거운 목소리로 말했다.

    "포커를 가르쳐달라니? 절대 안 될 말이야."

    재휘도 난처한 표정이었다. 그러나 그 앞에 마주 앉은 선영은 요지부동이었다.

    "부탁드립니다. 가르쳐주세요."

    "강 회장 하우스에서 무슨 일이 있었는지 모르겠지만 집으로 돌아가. 부모님이 걱정하실 거야."

    "…… 두 분 다 돌아가셨어요. 어머니는 교통사고로 돌아가셨고, 아버지는 모든 재산을 강 회장 하우스에서 탕진한 뒤 자살했어요."

생각지도 못한 선영의 고백에 재휘의 말문이 막혔다. 양친이 다 돌아가셨다니 왠지 제 처지와 다르지 않은 것 같아 일순 마음이 아릿했다. 하지만 그렇다고 철부지 어린애를 데리고 도박이라니, 암만 해도 있을 수 없는 일이었다. 재휘는 좋게 달래는 투로 말했다.

"안타깝긴 하지만 넌 아직 학생이잖아? 대학도 가야 하고. 신세를 질 만한 친척은……."

"곧 졸업이에요. 대학은 갈 형편이 못 되고요. 일가친척도 없고, 말 그대로 무일푼이에요."

용팔은 혀를 끌끌 찼다. 하지만 그렇다고 그의 반대가 누그러지진 않았다.

"네 사정은 불쌍하다만 지금 형편에 포커를 배워서 뭘 하겠다는 거야? 설마 강 회장에게 복수라도 할 생각이라면 꿈 깨. 노름꾼들은 결코 만만한 상대가 아니야. 개나 소나 카드 무늬를 맞출 줄 안다고 도박을 할 수는 없어."

선영은 무릎을 꿇었다.

"한 번만 기회를 주세요."

"기회는 무슨 기회? 물에 빠진 거 건져냈더니 보따리까지 내놓으라는 격이구나. 이럴 거면 차에 태워주지 않을 거야. 이 돈으로 택시를 불러 집으로 가든지 알아서 하려무나."

용팔은 말귀를 알아듣지 못하는 게 괘씸한 듯 10만 원을 상위에 턱 놓고 자리에서 일어났다. 그러자 선영이 그 등 뒤에 대고 또박또박 말했다.

"절 받아주지 않으시겠다면 차라리 강 회장 하우스로 돌아가겠어요."

"뭐?"

용팔이 어이가 없다는 듯 되물었다.

"아버지는 판돈을 다 잃자 결국 저까지 걸더군요. 강 회장은 절 강릉에 있는 닥터 황에게 보내겠다고 했어요. 갈 곳도 없는데 어쩌겠어요? 이렇게 죽을 운명이라면 죽어야지요."

'닥터 황'이라는 말에 두 사람의 눈동자가 흔들렸다. 선영이 구태여 그 사람에 대해 더 설명할 필요는 없어 보였다. 그러나 용팔은 버럭 큰소리를 질렀다.

"이 계집애가 보자 보자 하니까 사람을 보자기로 보나? 지금 우릴 협박이라도 하겠다는 거야? 너한테 포커를 가르쳐주지 않으면 차라리 죽겠다고 유세라도 하는 거냐고. 네가 어떻게 되든 우린 아무 상관이 없어. 알아? 강 회장한테 잡혀서 무슨 짓을 당하든 우리 알 바가 아니라고. 별 웃기는 계집애를 다 보겠네. 재휘야, 그만 가자!"

그는 불룩하게 챙긴 돈 가방을 들고 펜션 문을 쾅 열었다. 그러나 재휘는 바로 일어나지 않았다.

"너 우리가 나쁜 사람들이면 어떻게 하려고 그래?"

"그 정도 보는 눈은 있어요."

"눈이 있다?"

"네, 아저씨가 진카와 뻥카를 알아맞히듯 저도 보는 눈이 있 단 말이에요."

"하지만 강 회장 하우스로 돌아간다는 협박 같은 건 통하지 않아."

"제가 하는 말이 거짓말 같아요?"

그때 밖에서 용팔이 성화를 해댔다.

"더 얘기하고 자시고 할 게 뭐 있어? 어서 가자!"

재휘는 선영의 눈동자를 뚫어져라 쳐다봤다. 당장 벼랑 끝에 섰으면서 그 눈빛에는 한 치의 흔들림도 없었다. 그는 그녀의 뜻을 깨닫자마자 자리를 박차고 일어났다. 선영에게 남길 말은 하나뿐이었다.

"부디 네 말이 거짓이길 바란다."

차에서는 용팔이 투덜거리면서 안전벨트를 매는 중이었다.

"재휘야, 요즘 애들 다 저러냐? 뭐 저런 정신 나간 계집애가 있어?"

하지만 그 역시 백미러로 선영이 홀로 남은 방을 흘끔거리긴 마찬가지였다.

"말은 저렇게 하지만 진짜 강 회장 하우스로 가진 못할 게야. 설마 제 죽을 자리인 줄 알면서 거길 가겠어?"

말없이 운전대를 잡은 지 3분, 5분, 시간은 흐르고 펜션은 멀 어졌다. 하지만 재휘는 도통 그 눈빛이 잊히지 않았다.

'말은 그렇게 했지만 아닐 거야. 아니겠지.'

그때 통행이 적은 도로 맞은편으로 빈 택시 한 대가 달려오는 게 보였다. 이 외진 산길에 콜택시가 들어왔다? 선영이가 부른 걸까? 그 눈빛은, 흔들림 없던 그 눈빛이 진심일 것 같다는 생각은 착각일까? 아니, 진심이 아니길 바라는 건 나의 바람일 뿐인가? 모르겠다. 그게 진심이었는지, 아닌지. 재휘는 핸들을 꺾어 차를 돌렸다.

"뭐 하는 거야?"

용팔이 갑작스러운 유턴에 놀라 차 천장에 붙은 손잡이를 움켜쥐었다.

"아무리 생각해도 모르겠어요. 걔 말이 진심이었는지, 거짓말인지. 이게 진카인지, 뺑카인지 확인해야겠어요."

"모르긴 뭘 몰라! 걔가 정말 강 회장 하우스에 갈 것 같단 소리야?"

용팔이 화를 냈다.

"네."

"말도 안 되는 소리 마라!"

"전 꼭 확인해야겠어요."

재휘가 무거운 목소리로 대답했다. 차는 빠른 속도로 왔던 길을 되돌아갔다.

"하여튼 그 똥고집!"

그러나 용팔에게 상욕을 들어가며 돌아간 펜션은 텅 비어 있었다. 두 사람이 도착했을 때 그녀는 콜택시를 타고 떠난 후였다. 선영은 창밖 풍경을 바라보며 옛일을 떠올렸다. 눈물이 흘러 뺨을 적셨다.

"학생, 괜찮아? 우는 거 아냐?"

택시 기사가 음악을 흥얼거리다가 뭔가 이상하다 싶었는지 뒤를 힐끗 돌아봤다.

"네, 네. 괜찮아요."

"교복이 여기 학생은 아닌 것 같은데, 지금 학교 갈 시간 아냐? 강릉에서 춘천 구봉산까지는 무슨 일로 가는 건데?"

"…… 누구 만나려고요."

"누구?"

기사의 질문에 선영의 시선이 아래로 꺾였다. 제대로 대답할 자신이 없었다. 기사는 멋쩍었는지 어색한 웃음소리를 냈다.

"아, 대답하기 곤란해? 그러고 보니 내가 너무 꼬치꼬치 캐물었나 보다. 나도 학생만 한 딸이 있어서 말이야. 걱정도 되고."

"그게…… 저도 모르겠어요."

"응?"

기사가 고개를 갸우뚱했다.

"제가 제대로 본 게 맞는지, 아닌지."

차는 이미 구봉산 입구까지 다 왔는데, 마음은 한없이 어지러웠다. 그가 정말 되돌아올까. 그러지 말라며 붙잡아줄까. 그런데 그때 부아앙, 검은색 차 한 대가 택시 앞을 가로막았다. 급제동이 걸린 택시가 끽 멈추자 선영과 기사의 몸뚱이가 앞으로 쏠렸다.

"야, 이 미친놈아!"

기사가 단박에 욕지거리를 하며 창문을 내리는데, 검은 승용차 운전석에서 젊은 남자가 내렸다. 그는 대단히 화가 난 표정으로 택시 문을 열어젖히더니 다짜고짜 선영을 끌어내렸다.

"너 정말 미쳤어? 진짜 강 회장 만나려고 여기까지 온 거야? 내가 안 오면 어쩌려고 그랬어?"

재휘의 목소리가 산길을 타고 쩌렁쩌렁 울렸다. 그는 선영의 손목을 꽉 쥐고, 잡아먹을 듯이 노려봤다. 설마설마했는데 그녀가 정말로 여기 있다는 사실 때문에 화가 머리 꼭대기까지 났다.

"아저씨가 올 거라고 믿었어요."

"날 믿었다고? 어떻게 믿어? 뭘 보고?"

선영은 울먹거리면서도 재휘의 사나운 기세에 눌리지 않고 대답했다.

"알아보잖아요. 아저씨는 상대방 말이 진심인지, 거짓인지 알아보잖아요."

"모른 척할 수도 있었어."

"아뇨. 모른 척 안 하는 사람이에요."

"뭐? 네가 그걸 어떻게 알아?"

"제가 말씀드렸죠, 저 그 정도 사람 보는 눈은 있다고. 봐요,

아저씨 지금 여기 왔잖아요."

선영은 눈물을 뚝뚝 흘리면서도 한마디도 지지 않았다.

"젠장……."

그녀의 손목을 부러질 듯 옥죄던 재휘의 손이 스르르 빠졌다.

"따라와."

그가 등을 돌려 차에 오르자 조수석 창문으로 두 사람을 지켜보던 용팔이 찌부러진 면상으로 "퉤!" 하고 침을 뱉었다.

"내 이럴 줄 알았어!"

"아깐 절대 강 회장 하우스에 갔을 리 없다고 호언장담을 하시더니. 이럴 줄 알긴 뭘 알아요?"

"야, 이놈의 새끼야. 애비가 처음부터 알아봤으니까 알아봤다고 그러지, 엉?"

용팔은 재휘의 면박에 뭐라고 더 대거리를 하려다가 애꿎은 선영을 향해 빽 소리를 질렀다.

"뭐 해? 빨리 안 타고? 여기가 어딘지 몰라? 날 잡아 잡수 하고 계속 그러고 서 있을래?"

"네, 네."

선영은 택시 기사에게 요금을 주고 얼른 재휘의 차에 올랐다.

"안전벨트 매."

재휘의 무뚝뚝한 목소리와 함께 부릉, 시동이 걸리고 차가 출발했다. 세 사람의 목적지는 서울이었다.

스승과 제자

선영은 용팔이 월세로 내놓으려고 했던 별채 방 한 칸을 차지하게 됐다. 용팔은 돈도 안 되는 군식구가 늘었다며 선영을 홀대했지만 그의 태도가 바뀌는 데는 그리 오랜 시간이 걸리지 않았다.

선영이 온 뒤로 퀴퀴하던 홀아비 냄새도 싹 사라졌고, 한 번도 세탁한 적 없었던 창문의 커튼 색까지 원래의 빛을 찾았다. 부엌에서는 저녁으로 생선구이와 찌개가 올라왔다. 만성 위염으로 고생하는 용팔을 위해 녹즙도 매일같이 갈았다. 이쯤 되자 용팔의 냉정했던 마음이 눈 녹듯 녹지 않을 수 없었다. 반년쯤 지나자 용팔은 모르는 사람에게 선영을 자기 딸이라고 소개할 정도로 변했다.

하지만 재휘는 달랐다. 선영이 아무리 살갑게 굴어도 그는 좀처럼 상냥하게 변하지 않았다. 처음 만났을 때의 그가 다정하고 친절했었다는 게 믿기지 않을 정도였다. 게다가 그는 선영의 끈질긴 요구에도 포커를 가르쳐주지 않았다. 어쩌다 카드 만지는 걸 보면 카드를 뺏기 일쑤고, 용팔에게도 절대 아무것도 가르쳐주지 말라고 신신당부를 했다.

그의 말에 따르면 도박은 패가망신의 지름길이었고, 한 번 빠지면 헤어 나오지 못하는 지옥 불구덩이였다. 하루는 선영이 포커를 가르쳐달라고 떼를 쓰다 씨알도 안 먹히자 "자기가 하면 로맨스고, 남이 하면 불륜인가요?" 하고 쏘아붙인 날도 있었는데, 그때 그는 한 치의 미동도 없이 냉랭하게 대답했다.

"꼬마야, 난 호텔 카지노학과 졸업했고, 곧 카지노 딜러로 취업할 거야. 하우스 도박장을 들락거린 건 현장 실습을 겸해서 호기심과 재미로 다녔을 뿐, 그 이상의 의미는 조금도 없어. 하지만 넌 그렇지 않잖아. 네겐 그 무엇도 가르쳐줄 수 없어. 이쯤에서 너도 다시 생각해. 원하면 대학 등록금을 내줄 수도 있으니까."

"싫어요. 포커 가르쳐주세요."

재휘는 등을 돌려 들어가버렸다. 하지만 선영은 끈질기게 용팔과 재휘의 곁에 머물렀다. 용팔은 가타부타 말없이 지켜봤는데, 선영 역시 보통내기가 아니라는 생각에서였다. 그녀는 재휘와 용팔이 이런저런 연습 게임을 하는 걸 어깨너머로 보면, 반드시 바둑에서 복기를 하듯 기록하고, 그 확률을 계산했다.

"여기에서 클로버 에이스가 나올 확률은 22.8퍼센트."

용팔은 내색지 않았지만 선영의 영민함과 노력에 깜짝 놀랐다. 실력은 날이 갈수록 일취월장했고, 나중에는 전문적인 카운팅을 할 수 있는 경지에 이르렀다. 용팔은 그녀가 매일 부엌데기 노릇만 하기엔 재주가 아깝다는 생각이 들어 재휘에게 넌지시 부탁할 기회를 봤다.

그러던 중 재휘가 강원랜드 신입 직원 채용에 합격했다는 기쁜 소식이 날아들었다. 용팔은 선영에게 미리 귀띔을 해서 케이크도 사고, 그가 좋아하는 갈비까지 푸짐하게 올려 축하 파티를 열었다. 분위기는 좋았다. 재휘가 맥주를 몇 잔쯤 마셨을 때, 용팔은 선영에게 넌지시 묻듯 말을 꺼냈다.

"선영아, 너 강원랜드 한 번도 안 가봤지?"

"네, 마침 여름이라 불꽃 축제도 한다던데."

"그럼 너도 재휘를 따라 정선에 놀러……."

재휘가 수저를 탁 놨다. 용팔은 뜨끔한 얼굴로 입을 닫았다.

"올 생각 마라."

술김에도 그는 단호했고, 파티는 싱겁게 끝났다. 선영은 재휘가 짐을 싸서 정선으로 떠나자 용팔에게 붙어 포커를 가르쳐달라고 노상 졸랐다. 이제 재휘가 집에 있는 것도 아니니 가르쳐주자면 못 가르칠 것도 없었지만 그래도 용팔은 망설여졌다.

"선영아, 도박을 꼭 해야겠니?"

"네."

"강 회장 때문에?"

"네."

스무 살 독기 어린 눈망울에 두려움은 없었다. 용팔은 걱정 어린 눈으로 한참이나 품에 손을 넣었다 뺐다 하다가 "에라!" 하면서 흰 봉투를 꺼내 건넸다.

"아저씨, 이게 뭐예요?"

봉투 안에 든 빳빳한 신권 다발에 선영의 눈이 커졌다.

"뭐긴 뭐야? 돈이지."

"네?"

"정 그렇게 소원이라면 그 돈 밑천 삼아서 배워보란 말이다. 인생 짧은데, 어쩔 거야? 우물쭈물하다가 늙어 죽지 않으려면 하고 싶은 걸 하고 살아야지."

선영은 감격한 표정으로 돈 봉투를 품에 안았다.

"아저씨, 그럼 저 이제 포커 가르쳐주시는 거예요?"

"혼자 김칫국 원샷 하지 말고, 잘 들어라. 내가 가르쳐주겠다는 소리는 아니니까."

"그러면?"

"도박사에게 제일 중요한 건 세 가지다. 빠른 눈, 의연한 손, 정확한 머리. 이 셋 중 하나만 없어도 도박사가 아니다. 난 이미 퇴물이라 눈이 흐리고, 셈도 틀려. 게다가 재휘 같은 포커페이스도 아니지. 난 너에게 단 한 가지도 제대로 가르칠 수 없다.

도박을 배우려거든 재휘를 따라 정선으로 가야 해. 그 녀석이
받아줄지는 모르겠지만."

선영은 용팔과 헤어진다는 게 섭섭했지만 지금의 이 기쁨은
말로 표현할 수 없었다. 그녀는 연신 바닥에 머리를 찧으며 절
을 했다.

"아저씨, 고맙습니다. 나중에 이 은혜는 꼭 갚을게요."

"아니야, 은혜 같은 건 갚을 필요 없다. 다만 네가 그 마음을
달리 먹었으면 좋겠구나. 내가 널 재휘에게 순순히 보내는 데
는 도박을 배우라는 뜻으로 그러는 게 아니다."

용팔의 눈동자는 옛 추억을 더듬듯 가물가물 젖었다.

"너도 이미 눈치챘겠지만 재휘는 내 친아들이 아니야."

선영도 두 사람이 친부자 사이가 아니라는 것은 짐작했었다.
천생 두꺼비상을 한 용팔과 비교했을 때, 팔다리가 길고 이목
구비가 시원한 재휘는 조금도 닮은 구석이 없었다. 그리고 용
팔이 재휘를 바라보는 눈빛도 석연찮았다. 그는 때때로 누군가
를 그리워하듯 재휘를 보곤 했다. 그것은 부정(父情)이라기보다
는 누군가를 추도하는 눈빛이었다.

"재휘 친부는 강 회장 하우스 선수로 나갔다가 돌아오지 못
했지. 증거는 없지만 난 그게 강 회장 소행이라고 믿고 있다. 두
말할 필요도 없는 일이었으니까. 지금 생각해도 억울하고 분한
일이지. 하지만 다행스러운 건 재휘가 천부적인 재능을 가지고
도 그걸 복수하는 데 쓰지 않는다는 거야. 녀석은 복수보다는

행복을 선택한 거지. 먼저 간 친부도 그러길 원할 거고. 나는, 나는 선영이 너도 그럴 수 있으면 좋겠다."

선영은 아무 대답도 하지 않았다. 용팔은 이 침묵에 미소로 화답했다. 지금은 마음에 와 닿지 않겠지만 언젠가 시간이 지나면 그녀도 재휘처럼 복수심을 내려놓게 될 거라고, 그리고 그 길을 분명 재휘가 보여줄 수 있으리라 믿고 싶었다.

선영은 다음 날 아침, 용팔이 좋아하는 고등어찜에 나물 밥상과 식혜를 차려놓고 짐을 챙겨 정선으로 떠났다.

때는 8월이었고, 휴가 성수기를 맞은 정선 사북면은 사람들로 끓었다. 선영은 허름한 모텔에 방을 잡고, 카지노로 향했다. 사북의 어느 모텔이든 카지노까지 셔틀을 운행했는데, 그 정도로 카지노에 목매는 사람이 부지기수였다. 선영은 셔틀에 오른 사람들을 훑었다. 모두 허우대가 멀끔하고, 잘 차려입은 사람들이었다.

"누님, 어제 좀 땄어요?"

"처음에 뱅커로 줄타기할 때는 돈 좀 땄는데, 딜러 바뀌니까 흐름이 뚝 끊겼어. 결국 2백 잃고 접었잖아. 넌?"

"저는 워게임에서 5백 정도 땄다가 다 잃고, 겨우 본전으로 나왔어요. 더 치고 싶은 걸 피곤해서 그냥 왔는데, 오늘은 만회를 해야죠."

선영은 셔틀 안에서 사람들이 나누는 얘기를 잠자코 들었다. 처음 듣는 게임 이름과 룰이 낯설었지만 한편 가슴이 두근 거렸다.

'강원랜드 카지노 내부는 사진 촬영이 금지되어 있어서 인터 넷에서도 제대로 된 사진을 못 봤는데, 어떤 곳일까?'

선영은 카지노에 도착하자 사람들을 따라 내렸다. 길 건너편 에는 하늘 높이 솟은 호텔 건물이 햇빛을 받아 매혹적으로 빛났 다. 사람들은 부나방처럼 줄지어 그 입구로 몰려들어갔다. 선영 도 그들을 따라 입장권을 끊은 뒤 바로 앞 우체국에서 백만 원 을 뽑았다. 현찰 더미를 수북하게 가방에 쑤셔 넣는 사람들에 비하면 소액이지만 이 돈이 오늘 재휘를 도발할 판돈이었다.

선영은 휘황찬란한 카지노 입구로 들어섰다. 슬롯머신은 번 쩍거리며 요란스럽게 돌아갔고, 전광판에는 잭팟 누적 금액이 쉴 새 없이 올라갔다. 사람들은 넋을 잃은 얼굴로 기계적으로 버튼을 눌러대고 있었고, 바카라와 블랙잭 테이블에는 칩이 탑 처럼 쌓였다가 무너지길 반복했다. 선영은 여기저기 기웃거리 며 게임 룰과 베팅 금액을 익혔다.

그때 재휘가 눈에 들어왔다. 그는 제일 안쪽 다이사이 테이 블에 있었다.

"칩 바꿔주세요. 여덟 개요."

선영은 빈자리 하나를 차고앉아 재휘에게 백만 원을 건넸다. 그는 선영을 보자마자 못마땅한 듯 인상을 찌푸렸지만 옆에 선 사수를 의식해서인지 묵묵히 칩을 교환해줬다. 선영이 돌려받은 것은 10만 원짜리 노란 칩 여덟 개와 만 원짜리 검은 칩 스무 개였다.

다이사이는 주사위 세 개를 굴려 홀짝, 대소 등 숫자를 조합해 경우의 수를 맞추는 확률 게임으로 룰은 매우 간단했다. 선영은 칩을 받자마자 노란 칩 세 개를 '대'에 올려놓았다. 숫자의 합이 11 이상이 나오면 그녀는 30만 원을 따게 되지만 10 이하가 나올 경우 30만 원을 잃는다. 재휘는 선영을 노려봤다. 무슨 돈으로 여길 왔는지 더 생각해볼 것도 없었다. 사람들은 마감 시간이 되자 우르르 칩을 놓았다.

"No more bet."

재휘가 손을 들어 베팅을 제한했다. 주사위가 돌아갈 시간이었다. 다르르르, 양쪽에 걸린 모니터에서 주사위 구르는 게 나타났다. 6, 1, 5. 합은 12. '대'였다. 테이블에 수북했던 칩은 이제 불이 켜진 쪽과 불이 꺼진 쪽으로 나누어졌다. 칩을 잃은 사람들의 표정이 참담하게 구겨졌다. 몇몇은 담배를 피우러 가버렸다. 그에 반해 돈을 딴 사람들은 열에 들떠 딜러가 제 몫을 나눠주기를 기다렸다.

"5만 원, 누구십니까?"

"저요."

"30만 원, 누구십니까?"

"여기요."

선영에게도 노란 칩 세 개가 붙어서 돌아왔다. 그녀는 칩 중에 하나를 재휘 앞에 놓았다.

"고생하셨습니다. 팁으로 가지세요."

그의 이마에 실핏줄이 섰다. 그러나 동요치 않았다.

"감사합니다."

재휘가 칩을 받아 넣자 선영의 곁에서 천 원, 5천 원짜리 칩으로 소위 '짤짤이'를 치던 할아버지가 안경을 고쳐 쓰며 말했다.

"아따, 아가씨. 통 크네."

"딜러 오빠가 잘생겼잖아요."

선영이 너스레를 떨자 할아버지가 껄껄 웃었다. 그런데 그때 젊은 남자 하나가 불쑥 끼어들어왔다.

"할아버지 많이 따셨어요?"

"응? 아까부터 '대'만 나오네. 한 5만 원 딴 것 같아. 어때? 자네는 좀 땄어?"

남자는 이리저리 이지러진 출목표를 보이며 고개를 흔들었다.

"엉망이에요. 바카라는 오늘 운이 안 따라주나 봐요. 이제 여기서 할아버지 덕이나 좀 봐야지."

"어허, 나 따라 하지 마. 난 재미로 하는 건데. 나보다는 여기 아가씨가 잘해. 들어오자마자 잘 맞히네."

"그래요? 그럼 옆자리에 앉아야겠다. 왠지 돈 많이 딸 것 같아."

"핑계는. 예쁜 아가씨 옆자리에 앉고 싶었구먼."

"앗, 눈치채셨네."

남자는 씩 웃더니 선영에게 까딱 눈인사를 하며 옆자리에 앉았다. 그녀는 재휘를 흘끔 쳐다봤다. 눈빛이 얼음장처럼 차가웠다. 선영은 옳다구나 싶어서 또 '대'에 30만 원, '홀'에 30만 원의 칩을 놓았다. 예상은 적중했다.

"아가씨, 둘 다 먹었어."

옆에 할아버지가 축하의 눈빛을 보냈다. 선영과 똑같이 베팅을 했던 옆자리 남자도 탄성을 질렀다. 선영은 이길 때마다 잊지 않고 재휘에게 팁을 챙겨줬다. 옆에 사수는 "야, 너 시작부터 운 좋다"며 슬쩍 그의 옆구리를 찔렀다. 그러나 재휘의 표정은 점점 돌 씹은 사람처럼 변했다. 선영의 칩은 금세 백만 원에서 3백만 원까지 불었다.

"수고하셨습니다."

재휘는 교대 시간이 끝나자 인사를 하고 물러났다. 이제 20분 휴식 후, 2층 바카라 테이블로 이동해서 근무하도록 되어 있었다.

하지만 그는 휴식이고 뭐고 머리가 복잡했다. 재휘는 먼저 사수를 휴게실로 보내고 선영을 따라갔다. 그녀는 콧노래까지 부르며 환전소로 향하는 중이었다. 재휘는 당장 가서 그 손모가지를 비틀어 끌고 나가고 싶었다. 그런데 그때 선영의 곁으로 아까 그 다이사이 테이블의 남자가 주춤거리며 다가왔다.

"저기요, 오늘 많이 따셨어요?"

남자가 시답잖은 말로 대화를 텄다.

"네, 한 2백 정도요."

선영은 돈을 환전해서 가방에 챙겨 넣으며 대답했다. 남자도 돈을 환전하는데, 그 역시 지폐 다발이 수북했다. 어림잡아도 3백은 너끈해 보였다.

"저도 그쪽 따라 걸면서 덕분에 돈 많이 땄어요. 3백 정도. 아참, 혼자 오셨어요?"

"네."

남자의 표정이 밝아졌다.

"아, 그래요? 나도 혼자 왔어요. 그럼 식사나 같이 하실래요? 마침 저녁 시간도 다 됐는데. 제가 여기 레스토랑에서 삼계탕 쏠게요."

"삼계탕요?"

"네, 여기 여름 특선으로 전복삼계탕을 하는데, 맛이 괜찮아요."

순간 선영의 손을 누군가 홱 낚아챘다. 재휘였다. 그는 더 참고 볼 수 없다는 듯 그녀를 끌고 나갔다. 중간에 매니저가 "무슨 일이야?" 하고 묻긴 했지만 "사촌 동생입니다"라고 대답하자 별다른 제지를 하지 않았다. 혈육이라는 말에 뭐 그러려니 하는 얼굴이었다. 재휘는 선영을 끌고 휴게실로 들어갔다. 다행히 안에는 아무도 없었다. 그는 열이 나는지 창문부터 벌컥 열었다. 화가 머리끝까지 난 얼굴이었다.

"너, 여긴 왜 왔어?"

그는 잡아먹을 듯이 으르렁거리며 물었다. 그러나 거기에 기죽을 선영도 아니었다. 그녀는 태연하게 귀를 후볐다.

"구경하러 왔어요."

"나하고 장난쳐?"

"포커 가르쳐주세요."

능구렁이 같은 노름꾼들과 한판 승부를 벌일 때도 평정을 유지하던 그였건만 지금은 주먹이 부들부들 떨렸다.

"못 가르쳐줘."

"그럼 가볼게요."

선영은 별수 없다는 듯 입을 한 발쯤 내밀었다.

"어딜 가?"

"게임 하러 갈 거예요."

"집으로 돌아가."

"싫어요. 포커 가르쳐주세요."

속 터지는 소리에 맞춰 창문 밖에서 불꽃도 펑펑 터졌다. 이곳 여름 축제의 하이라이트였다. 사람들의 환호가 파도 소리처럼 밀려왔다. 선영은 자신보다 한 뼘쯤 키가 큰 재휘를 똑바로 올려다봤다. 서늘한 달빛 아래에서 보는 재휘의 얼굴은 아까보다 더 냉담하고 무시무시했다.

"네가 날 시험하려는 모양인데, 좋아. 마음대로 해. 네가 뭘 하든 내가 포커를 가르치는 일은 없을 거야. 그걸 배워 어디에 쓰려는지 뻔히 알면서 가르쳐줄 순 없으니까. 알았어?"

그는 정말로 돌아설 마음이었다. 그런데 선영의 말 한마디가 그 걸음을 붙잡았다.

"시험하려는 건 오빠가 아니라 저예요."

"…… 뭐?"

"아저씨는 절 보내주시면서 그러셨어요. 오빠에게 포커가 아니라 복수심을 내려놓는 법을 배우라고. 궁금해요. 그 방법이 뭔지, 그게 되긴 되는 건지."

순간 재휘는 뒤통수를 세게 한 대 얻어맞은 듯했다.

"오빠가 가르쳐주세요."

선영의 목소리가 가늘게 떨렸다. 재휘는 그녀의 눈동자를 응시했다. 가족을 잃은 슬픔과 들끓는 복수심이 그 까만 눈동자에 비쳤다. 그 역시 그 마음을 모를 리 없었다. 아니, 너무 잘 알았기에 그녀를 안고 토닥토닥 등을 쓸어주고픈 강렬한 욕구가 솟았다. 그러나 재휘는 포옹은커녕 어떤 따뜻한 위로도 건네지 않았다. 그의 목소리는 담담하고 차분했다.

"좋아, 기회를 줄게. 하지만 내가 주는 시험을 통과하지 못하면 도박을 그만두기로 약속해."

"약속할게요."

펑, 펑. 두 사람의 뒤로 형형색색의 불꽃들이 꽃처럼 피어올랐다.

카지노의 시험

선영은 날이 밝자마자 재휘가 내건 시험을 치르기 위해 카지
노로 향했다. 카지노는 어제와 다름없이 화려한 위용을 자랑했
고, 대기표를 뽑은 사람들로 오늘도 문전성시를 이루고 있었다.
그리고 그 입구에는 기다렸다는 듯 재휘가 서 있었다. 그는 선
영에게 돈 봉투를 내밀며 사무적인 어투로 말했다.

"카지노에서 이 돈을 밑천으로 가능한 한 많은 돈을 따 와.
제한 시간은 열두 시간이야. 내가 처음 카지노에 왔을 때보다
못하면 넌 집으로 돌아가야 해. 전화도, 인터넷도 그 어떤 외부
의 도움도 받을 수 없어. 만약 꼼수를 쓰다 걸리면 결과와 상관
없이 아웃이야. 시간 내에 돈이 다 떨어지거나 포기하고 싶으
면 전화해."

선영이 뭐라고 더 묻기도 전에 재휘는 홀 안으로 사라졌다. 그녀는 슬롯머신 기계 의자에 앉아 돈 봉투를 열었다. 안에 든 돈은 백만 원이었다.

'오빠는 얼마나 땄을까. 천만 원? 아니면 2천만 원? 글쎄, 오빠 실력이라면 VIP실까지 올라가서 억을 뽑았을지도. 만약 그런 큰 금액이라면 내가 이길 가능성은 희박해. 그는 절대 포커를 가르쳐주지 않을 생각인 걸까?'

온갖 의문과 의심이 머리를 헤집었다. 그러나 무참히 깨질지언정 지레 겁을 먹고 포기하긴 싫었다. 선영은 제 손으로 양 뺨을 짝 때렸다.

'정신 차리자. 모든 건 심리적 압박을 주기 위한 장치야. 시간제한도 마찬가지고. 오빠를 이기려면 승률이 가장 높은 게임부터 찾아야 해. 내가 이길 방법은 그것뿐이야.'

선영은 이를 악물고 카지노로 들어갔다. 우선 할 일은 1층과 2층을 죄 훑으며 모든 게임을 꼼꼼히 살피는 것이었다. 그녀는 먼저 룰렛부터 찾았다.

'룰렛의 경우 번호가 서른여덟 개니 맞출 확률은 1/38이야. 하지만 돈은 서른다섯 배로 받으니 환산 승률이 46퍼센트. 한 번에 두 개씩 베팅한다고 하면 확률이 1/19이지만 건 돈의 열일곱 배를 받으니 승률이 45퍼센트로 떨어져. 네 개씩 베팅하면 1/9.5인데 여덟 배를 받으니 승률은 42퍼센트로 더 떨어지고. 차라리 다이사이가 낫겠어.'

그러나 다이사이라고 예외도 아니었다. 지난번에는 무당에 가까운 신기로 찍어 백만 원을 3백만 원까지 불렸지만 그날과 지금의 목적은 판이했다.

'대, 소나 짝, 홀에 걸어도 승률이 50퍼센트가 아니야. 트리플 (주사위 세 개가 동일한 숫자일 때)은 특별 케이스로 분류되기 때문에 1/36만큼 손해를 보게 되어 있어. 승률은 48.6퍼센트다. 다른 숫자로 조합을 해봤자 승률은 더 떨어져.'

선영은 블랙잭 테이블로 자리를 옮겼다. 〈21〉이라는 영화에서는 MIT 수학 천재들이 블랙잭으로 일확천금을 땄지만, 그들은 카운팅 기술을 훈련해 서로 짜고 쳤었다. 사람이 많은 강원랜드에서는 불가능한 일이었고, 초보는 승률이 더 낮았다. 선영은 바로 옆 바카라 테이블로 향했다. 카지노의 꽃이라고 불리는 게임이었다.

'플레이어 승이 44.6퍼센트, 뱅커 승이 45.8퍼센트, 셋 중 타이가 될 확률은 9.51퍼센트 정도다. 승률을 환산하면 49.4퍼센트로 다른 게임보다 월등히 높은 것 같지만 베팅 금액이 높고 진행이 너무 빨라. 오히려 다른 게임보다 더 위험하다.'

선영은 그 후로 빅 휠, 워 게임, 캐리비언 스터드 포커 등의 테이블을 돌았다. 그러나 승률을 계산해도 쉽게 답이 나오지 않았다. 목이 탔다. 선영은 무료로 제공되는 음료 코너에서 아이스커피 한 잔을 받아 의자에 앉았다.

그때 옆자리에 앉은 두 남녀의 신경질적인 대화가 귀에 들어왔다. 아까 바카라 테이블에서 얼핏 본 커플이었다. 두 사람은 "휴가비나 뽑아 가자"며 50만 원어치 칩을 바꿔 테이블에 앉았고, 금방 3백만 원 가까이 땄다. 그들은 화기애애하다 못해 배가 아플 정도로 닭살 커플이었는데, 금세 저렇게 가자미눈을 하고 서로를 흘기다니 이상한 일이었다.

"내가 아까 딜러 바뀌면 무조건 반대로 간다고 얘기했었잖아. 뱅커 줄 나올 거라고 그렇게 말을 했건만 내 말 안 듣더니 잘한다."

"출목표 안 봤어? 계속 뱅커였는데, 거기서 또 뱅커가 나오는 게 말이 돼? 그리고 내가 좀 틀렸던 거 다 해봐야 50만 원도 안 돼. 네가 말한 데 백만 원 걸었다가 한 번에 홀랑 날린 건 기억 안 나?"

두 남녀는 티격태격하다가 언성이 점점 높아졌다.

"야! 그렇게 잘났으면 너 혼자 해라. 난 집에 돌아갈 테니까."

"뭐? 지금 그게 할 소리야? 아까 돈 모자라서 2백만 원 더 뽑은 건 어쩌고? 나 혼자 둘러쓰라는 소리야?"

분위기가 격해지자 욕설이 오가고, 곧 가드들이 다가와서 제지했다. 다정했던 커플은 철천지원수가 되어 헤어졌다.

선영은 그 뒷모습을 보다가 곰곰이 생각에 잠겼다. 분명 '휴가비나 뽑아 가자'는 게 그들의 목표였다. 그렇다면 3백만 원을 땄을 때 틀림없이 일어났어야 하는데, 두 사람은 왜 일어나질 못했을까. 처음 시작했던 시드머니 50만 원을 다 잃다 못해 심지어 돈 2백만 원을 더 뽑아 베팅을 하게 된 이유는 무엇일까. 수첩에는 이제까지 카지노 게임의 승률이 빼곡하게 적혀 있었다. 49.3퍼센트, 42.8퍼센트……. 그 어떤 것도 50퍼센트의 승률은 없었다.

'계속 앉아 있을수록 돈을 딸 가능성은 더 떨어지고, 출목표 같은 건 하등 도움이 안 돼. 확률적으로 카지노를 이길 가능성은 없다. 큰돈 몇 판으로 승부를 봐야 하지만 운이 없으면 한 번에 다 잃게 될 거고, 설령 딴다고 해도 절대 만족하고 일어나질 못해. 돈을 잃으면 시드머니를 복구하기 위해 더욱 베팅 금액을 늘릴 수밖에 없고, 위험은 더 커져. 게다가 난 오빠가 얼마나 땄는지를 모르기 때문에 계속 게임을 해야 하는 부담이 있고, 베팅 금액도 점점 높일 수밖에 없어. 이건 절대 이길 수 없는 시험이야. 덫이다.'

선영은 자리에서 일어났다. 여전히 돈 백만 원은 한 푼도 쓰지 않았고, 제한 시간은 아직도 열 시간이나 남아 있었다. 그녀는 카지노에서 나와 재휘에게 전화를 걸었다. 그는 금방 입구로 나왔다. 생각보다 너무 일찍 부른 탓인지 그는 좀 맥 빠진 얼굴이었다.

"돈을 다 잃었어? 아님 포기하는 거야?"

"둘 다 아니에요."

선영이 봉투를 내밀었다.

"시험을 일찍 끝내려는 것뿐이에요."

순간 재휘의 표정이 바뀌었다. 그는 봉투 안을 확인했다. 시드머니 백만 원은 고스란히 남아 있었다.

"카지노에선 돈 못 따요. 아마 게임을 한다면 열두 시간이 지났을 즈음 10원도 남지 않았을 거예요. 여기서 제일 많이 딸 수 있는 돈은 본전, 그게 최대 금액이에요."

선영의 말에 재휘는 배를 잡고 "하하하" 큰 소리로 웃었다. 선영은 움찔했다. 만약 그녀가 내놓은 답이 틀렸다면 이제는 정말 끝이었다.

"내가 졌다, 졌어."

"…… 오빠가 졌다고요? 그럼 제가 이긴 거예요?"

"그래, 네가 이겼어."

"오빠가 돈을 잃었었단 말이에요?"

어안이 벙벙했다. 그가 빙그레 웃었다.

"난 밥 먹고 나오느라 2만 원 썼거든."

"네?"

"아버지가 그랬지. 카지노 와서 밥만 먹고 가는 놈은 너밖에 없을 거라고."

재휘는 처음 만난 그때처럼 선영의 머리를 가볍게 쓰다듬었다. 가슴이 두근거렸다.

"서울 가서 짐 챙겨 와. 아버지께 말씀드려서 사북에 방을 얻을 테니까."

시험은 통과였다. 선영은 기쁨을 이기지 못하고 재휘의 품

안에 와락 달려들었다. 눈물이 터졌다.

"고마워요. 정말 고마워요, 오빠."

"고마워할 거 없다. 고생만 진탕 하게 될 거니까."

그는 선영을 안고 서서, 카지노 홀을 비추는 무수한 조명을 바라봤다. 황금으로 만든 세상에 단둘이 서 있는 기분이었다.

그리고 그때 문득 어렸을 때 아버지, 정연이 했던 얘기가 아련히 떠올랐다.

— 재휘야, 카드 게임이 좋아?

— 네, 그런데 자꾸 아빠한테 져서 억울해요. 나도 이겨보고 싶은데. 어떻게 해야 이길 수 있죠?

— 카드 게임에서 이기려면 도박의 신한테 잘 보여야 해.

— 도박의 신요? 그런 신도 있어요?

— 그래, 도박의 신은 이런 게임을 할 때마다 우리 옆에 몰래 앉아 게임 하는 걸 지켜보는데, 성격이 제멋대로라서 어떤 사람에게는 엄청난 선물을 주지만 또 어떤 사람에게는 모든 걸 빼앗아 가는 시련을 주기도 해.

— 그럼 어떻게 해요?

— 도박의 신에게 미움받지 않으려면 욕심을 버려야 돼. 더 많이 갖겠다는 것도, 잃은 것을 찾겠다는 것도 모두 욕심이야. 때때로 신은 우리 마음을 시험하기도 하지만 그걸 이겨낸 사람에게는 반드시 값진 선물을 주고 떠난단다.

다정했던 아버지의 음성은 깊은 종소리처럼 재휘의 가슴속에서 울렸다. 그는 선영의 작은 어깨를 토닥이며 생각했다.

'선영이도 언젠가는 알게 될 거야. 복수심도 결국 욕심일 뿐이라는 걸. 꼭 알게 될 거야.'

범과 매

선영은 사북에 작은 평수의 아파트를 하나 얻었다. 재휘는
비번인 날마다 그녀의 아파트에 들러 포커를 가르쳤는데, 독기
어린 선영도 치가 떨릴 정도로 훈련이 고됐다. 그중에서도 가
장 힘든 건 카운팅 시간을 줄이는 일이었다.

"여기서 내가 A 스트레이트로 이길 확률은 몇 퍼센트지?"

선영이 시간을 끌다가 입을 열었다.

"26.4퍼센트."

"3번 플레이어가 K 트리플일 확률은?"

"14.3퍼센트."

"느려."

서릿발 같은 호통이 떨어졌다.

"연습한 게 맞아? 대답하는 데 10초나 걸려서는 실제 테이블에서 아무것도 할 수 없어."

맞는 말이었다. 담배 연기와 사람들이 웃고 떠드는 소리, 음악, 오가는 술잔, 심리적 압박감을 모두 고려하자면 하우스 도박장에서의 카운팅 기술의 정확도와 시간은 더 나빠질 수밖에 없었다. 선영은 밤이고 낮이고, 카드가 다 닳아 없어질 정도로 카운팅 연습을 했다. 그렇게 한 달쯤 지나자 카드를 보자마자 확률부터 나오는 수준이 됐다. 그러나 재휘는 거기에 대해서도 크게 기뻐하지 않았다.

"카드 카운팅은 기본 중의 기본이야. 그것보다 더 중요한 건 베팅이지. 노련한 겜블러는 백 번을 죽더라도 한 번의 기회가 오길 기다려. 다른 겜블러를 관찰하고 그 각각에 확률을 붙여야 해. 어떤 카드에 돈을 얼마나 거는지, 콜을 많이 부르는지, 레이즈를 자주 부르는지, 시드머니 대비 몇 퍼센트의 위험을 걸고 승부를 보는지 각 겜블러의 모든 확률을 계산할 수 있어야 해."

선영은 그 후로 며칠 동안 가상의 적을 만들어 확률을 계산하고, 해외 도박 사이트에서 소액의 현금을 걸고 이를 시험했다. 물론 결과는 예상보다 훨씬 좋았고, 한 번에 서너 개의 멀티테이블을 유지하면서도 높은 승률을 유지했다.

"그럼 이제 나하고 제대로 붙어봐."

"좋아요."

선영은 재휘와 진심으로 붙어보는 순간까지도 자신만만했다. 그러나 어찌 된 일인지 그와의 실제 게임에서는 번번이 참패였다.

"어째서 계속 오빠에게 지는 거죠? 카운팅이라면 이제 오빠 못지않은데."

"인터넷 도박에서 승률이 높은 사람이 실제 포커 테이블에서는 죽을 쑤는 경우가 많아. 확률 계산은 능하지만, 표정이나 행동을 읽고 그 사람의 심리를 알아채는 데 실패하기 때문이야. 우리는 이제 가상의 적이 아니라 실제의 다른 사람을 만나야 해. 살아 있는 플레이어는 절대 우리의 예상대로 행동하지 않거든."

재휘는 선영을 자신의 숙소로 초대해 다른 카지노 직원들을 소개하고, 재미 삼아 치는 간식 내기 포커 게임에 참가시켰다. 선영은 그날 치킨을 세 마리나 쏘면서 면 대 면 게임이 얼마나 어려운지 깨달았다. 돌아오는 길에 재휘는 선영을 놀리듯 물었다.

"오늘 돈 너무 많이 쓴 거 아니야?"

"굉장히 고소하다는 얼굴인데요? 고작 치킨 내기인데 좀 살살해주지. 다들 너무해요."

선영이 눈을 흘기자 재휘가 하하 웃었다.

"핫도그 내기였어도 다들 열심히 쳤을 거야."

그 말에 선영이 입을 삐죽거렸다.

"도박이라는 건 그런 거거든. 그걸 이겨서 뭘 얻는지, 뭘 잃는

지보다 이겼다는 쾌감 자체가 좋아서 빠져드는 거니까."

"치, 그게 무슨 말이에요?"

"무턱대고 이기려고만 들지 말라고. 승리에 집착하는 순간 지는 거야."

재휘가 선영의 머리를 헝클어뜨리듯 문질렀다.

"아, 정말! 애 취급 하지 말라고 했죠."

선영이 쏘아붙이면서 재휘의 손을 붙잡았다.

"어허, 어디 스승님 귀하신 손에 족발을 올려? 지금 반항하는 거야? 요즘 내가 너무 봐줬나 보네."

재휘가 장난삼아 선영의 목 조르는 시늉을 하자 선영도 이번에는 지지 않겠다고 팔을 휘저었다. 그러다 누가 먼저랄 것도 없이 두 사람이 서로를 껴안았다. 손이 미끄러지면서 생긴 일이었다.

"어흠!"

재휘는 얼굴이 벌게져서 더듬더듬 선영을 떼놓았다. 선영도 눈이 휘둥그레져서 떨어졌다. 기분이 묘하고 심장이 벌렁벌렁했다. 그리고 이 야릇한 기분은 시간이 지나도 없어지기는커녕 날마다 더해갔다. 선영은 재휘가 수업을 해주러 오는 날에는 괜히 거울 보는 일이 잦아지고, 나갈 데도 없으면서 얼굴에 분칠을 했다. 재휘 역시 평소라면 절대로 클릭해보지 않을 '여자들의 속마음' 같은 시시한 인터넷 연애 칼럼을 읽거나, 입이 궁금해서 샀다면서 이런저런 간식을 사 들고 가는 일이 잦아졌다. 그러나 이런 묘한 관계에도 불구하고 그 이상의 진전은 없었는데, 두 사람이 워낙 숙맥이기도 하거니와 재휘가 마음을 강경하게 먹은 탓이 컸다.

'선영이는 나한테 수업을 받는 입장이야. 만약 선영이도 좋아하는 게 아니라면 그건 사랑 고백이 아니라 폭력일 뿐이야.'

재휘는 그런 생각을 한 후로 오히려 수업에 더욱 칼같이 굴었다. 선영은 그런 재휘가 때때로 야속했지만 그녀 역시 겨우 붙잡은 스승을 섣부른 사랑 고백으로 난처하게 만들고 싶지 않았다. 재휘는 선영이 면 대 면 포커에서 더 이상 치킨을 사지 않아도 될 정도로 승률이 높아지자 그날에야 겨우 좀 나긋해졌다.

"잘했어. 드디어 상대를 제대로 카운팅할 수 있는 실력을 갖췄구나. 전쟁터에 들어가기 전에 네가 쓸 칼을 준비한 셈이야. 앞으로 이걸 어떻게 사용할지는 너한테 달렸으니 잘 관리하도록 해. 술, 담배를 하지 않고 최상의 컨디션을 유지하면 그나마 두 시간 정도는 완벽하게 쓸 수 있을 테니까."

"겨우 두 시간요?"

선영이 '에계?' 하는 얼굴로 물었다. 으레 도박꾼들이 하우스에서 보내는 시간은 네 시간 이상이고, 반나절에서 하루 정도 아예 합숙을 들어가기도 한다. 그런데 최고의 기술인 카운팅이 두 시간밖에 쓸 수 없는 무기라니. 하지만 재휘는 그조차도 대수롭지 않게 말했다.

"그래, 나 역시 마찬가지야. 내가 하우스 도박장에서 한두 시간만 게임을 하는 이유지. 물론 억지로 버틴다면 그보다 훨씬 더 오래 쓸 수도 있겠지만 그만큼 돈을 잃을 확률도 더 높아져. 돈을 잃게 되면 심리적 압박감을 느끼기 때문에 컨디션은 더 떨어지게 될 거고 점점 더 엉망이 돼. 그러니 도박은 적당한 선에서 멈춰야 되는 거야."

재휘는 다음으로 '블랙', 즉 속임수를 가르쳤다.

"하우스 도박장에서 블랙을 쓰다 걸리면 무슨 봉변을 당할지 몰라. 게다가 그 후엔 아예 게임을 하기가 어려워지지. 도박장 사장끼리도 블랙리스트를 만들어서 공유하니까. 난 네가 실력만 있다면 블랙 따위를 쓸 필요는 없다고 생각해. 하지만 최소한 그걸 알아보는 눈은 있어야겠지. 카지노 딜러와 달리 하우스 도박장 딜러는 블랙을 쓰기도 하니까. 바보처럼 당할 순 없잖아."

재휘는 카드를 정리해서 셔플 한 뒤 선영에게 한 장을 뒤집게 했다. 무늬는 스페이스 6이었다.

"영화 〈타짜〉를 보면 눈보다 손이 빠르다는 말이 있어. 우린 그 손을 알아봐야 해. 딜러가 속임수를 쓸 때와 쓰지 않을 때의 손놀림이 어떻게 다른지."

놀라운 일이었다. 스페이스 6은 하트 6으로, 하트 6은 다이아 6으로, 다이아 6은 클로버 6으로 바뀌었다. 하지만 그 마술 같은 쇼는 거기서 끝이 아니었다. 그는 다시 여러 번 셔플 한 뒤 선영에게 카드 네 장을 고르게 했다.

"네가 고른 카드 무늬를 맞춰볼게. 클로버 2, 하트 퀸, 다이아 8, 다이아 킹."

선영이 카드를 뒤집자 과연 그의 말대로였다.

"어떻게 이걸…… 나눠주기 전에 본 것도 아닌데. 어떻게 맞힌 거예요?"

"이 카드는 뒷면 무늬에 속임수가 있거든. 자세히 보지 않으면 일반인들은 눈치채기 어려워. 하지만 이 카드로 계속 연습을 한 사람들은 단번에 패를 읽을 수 있지. 게다가 포커는 플레이어들이 직접 카드를 만지는 만큼 겉면에 손톱자국을 내거나 살짝 구부릴 수 있어. 물론 이걸 방지하기 위해 플랍, 턴, 리버카드의 윗장을 버리긴 하지만 가능하면 큰판에서는 카드를 한 번만 플레이하고 바꾸도록 해."

재휘는 선영에게 이런저런 블랙 기술을 알려주고, 완벽한 수준으로 마스터할 때까지 훈련시켰다. 그리고 두 달쯤 지나 선영이 블랙까지 자유자재로 구사할 수 있게 되자 그는 휴가를 써서 선영을 데리고 서울로 향했다. 하우스 도박장에서 '현장실습'을 하기 위해서였다. 용팔은 두 사람을 뛸 듯이 기뻐하며 맞았다.

"어, 그래. 잘 지내다 왔어?"

선영은 고개를 끄덕이며 차분차분히 그간 익힌 것들을 용팔에게 선보였다. 그런데 그녀의 설명을 들을수록 용팔의 표정이 도리어 어둡게 변했다.

"그러니까 그동안 이런 것만 배웠어?"

"네?"

선영이 이상하다는 듯 되묻자 용팔은 엉뚱하게도 곁에서 TV를 보던 재휘의 등을 발로 픽 후려쳤다.

"둘이 뭐 좋은 것도 좀 보고, 좋은 데도 다니고 하지. 너는 어째 애한테 이런 것만 가르쳤냐? 얼마나 달달 볶아댔기에 애가 이 지경이 돼? 너무 잘하잖아."

"언제는 못 가르쳐서 안달이더니 가르쳐줘도 그래요?"

"청춘 남녀 단둘이 외지에서 꼬박꼬박 만나면 정분이라도 나는 게 정상이지. 쯧쯧, 하여튼 밥상을 차려줘도 받아먹질 못하니…… 에라, 등신 같은 놈."

용팔의 핀잔에 재휘와 선영은 서로의 얼굴을 흘끔 쳐다봤다. 둘 다 얼굴이 달아올랐다.

"아, 아버지 어디 아프세요? 갑자기 무슨 쓸데없는 소릴 하는 거예요? 재랑 나랑 나이 차가 몇 살인데."

"그러니까 하는 말 아냐? 네가 어디 가서 선영이 같은 애를 만나냐고. 둘이 좀 잘 해보면 안 돼?"

재휘는 꽤나 무안한 모양인지 허둥지둥 자기 방으로 들어가 버렸고, 선영도 부엌에 일을 보는 척하고 자리를 옮겼다. 하지만 두 사람 모두 기분이 나쁘지 않았다. 아니, 오히려 웃음이 비식비식 비어져 나오고 은근히 좀 더 엮어주지 싶었다.

그러나 이런 사정을 알 리 없는 용팔은 암만 생각해도 안타까운 노릇이었다. 선영이 나이가 어린 게 좀 걸리긴 해도 두 사람은 그림 같은 선남선녀였고, 둘 다 머리가 비상하고 특출 나서 하나가 범이면 하나는 매라고 할 만했다. 이 둘이 어울리면 호랑이 등에 날개를 단 격이 될 텐데. 그는 홀로 안방에 앉아 벽에 걸린 달력을 쳐다봤다. 달력에는 빨간 동그라미 하나가 희다 검다 설명도 없이 그려져 있었다.

'이제 얼마 안 남았구나.'

그런데 그때 저릿하게 속을 후비는 통증이 배 속에서 꿈틀거리며 올라왔다. 또 시작이었다. 그는 서랍장에서 약 봉투를 꺼내 입에 털어 넣었다. 진통제였다. 용팔은 배를 움켜쥐고 침대에 누웠다. 쓸쓸한 웃음이 나왔다. 며칠 전 병원에서 의사가 했던 말이 귓전에서 떠돌았다.

"위암 3기입니다. 그동안 설사나 복통 같은 증상이 잦았을 텐데, 좀 늦게 오셨어요. 그나마 다행이라면 전이가 심하지 않다는 겁니다. 하지만 아주 문제가 없다고 볼 순 없어요. 위 중간부터 아래쪽까지 종양이 퍼졌으니 3분의 2 이상을 절제하고 경과를 봐야 할 것 같습니다. 위암 1, 2기는 수술 후 생존율이 80~90퍼센트 정도 되지만 3기는 50퍼센트 정도 되니 미리 마음의 준비를 하십시오."

용팔은 죽는 게 별로 두렵지 않았다. 젊은 시절 내내 술, 담배를 달고 살았으니 새삼 억울할 것도 없고, 처자식이 딸린 것도 아니니 걱정거리가 남지도 않았다. 그간 살았던 세월을 돌이켜

보면 비싼 차에 좋은 집에서 호의호식도 해봤고, 비 새는 처마 아래서 거지로 살았던 적도 있으니 이 정도면 세상 구경도 잘 했다. 그러나 다만 하나 아쉬운 게 있다면 양아들로 들인 재휘였다.

"죽기 전에 그 녀석 장가가는 걸 보고 싶었는데, 암만 봐도 내가 먼저 뒈지겠구먼."

내일은 두 사람을 엮을 궁리를 해봐야겠다. 용팔은 가시지 않는 통증을 꼭 끌어안고 웅크린 채 잠을 청했다.

여름 섬

　재휘는 용팔의 재촉으로 궁평항까지 차를 몰긴 했으나 이건 아무리 생각해도 이상한 일이었다. 난데없이 입파도 펜션에서 벌어지는 큰판이라니. 경찰 단속을 피해 한적한 시골 펜션에서 하우스 도박장이 열리는 일이야 왕왕 있어왔지만 40분이나 배를 타고 들어가긴 처음이었다.

　"거, 인상 좀 펴라. 이 애비 여름휴가도 못 갔는데 온 김에 바다 구경도 하고 그러는 거지."

　용팔이 선창 밖에 날아다니는 갈매기 먹이로 새우깡을 한 뭉텅이 뿌리며 재휘에게 통을 줬다.

　"진짜 여기서 하는 게 맞아요?"

　"네가 정선 카지노에만 박혀 있어서 요새 하우스 판이 어떻게 돌아가는지 모르나 본데, 올봄에 경찰청장 바뀌고 지금 불법 도박장 일제 단속 기간이야. 하우스 사장들도 대부분 휴업하고 단골 VIP들만 겨우 출입 가능하다고. 뭐, 얼마 있으면 풀리기야 하겠지만 지금은 이만한 곳도 찾기 어렵지."

"하지만 암만 봐도 여기는 좀……."

"애비가 말하면 좀 듣는 체라도 해라. 그리고 선영이도 좋아하잖아."

용팔은 재휘의 옆구리를 쿡 찔렀다. 선영은 선미에 서서 함박웃음을 짓고 있었다. 배를 처음 탔다더니 꽤 재미있는 눈치였다. 그제야 재휘도 더 이상 불평을 하지 않았다.

그때 멀리 입파도의 아름다운 풍광이 모습을 드러냈다. 이 작은 섬은 이름도 알려지지 않았을뿐더러 쉰 가구도 채 살지 않는 곳이라 모래 해변은 깨끗하고 기암괴석들도 자연 그대로의 멋이 있었다.

"펜션은 어디 있어요?"

선착장에 도착한 재휘는 짐 꾸러미를 챙겨 내리며 물었다. 용팔은 아까부터 주머니를 뒤적뒤적했다. 뭔가 찾는 물건이 안 보이는 눈치였다.

"저기 산등성이에 보이는 노란 지붕 펜션, 103호."

한참 걷던 용팔이 "아차!" 하더니 걸음을 멈췄다.

"큰일이다. 나 휴대폰 놓고 내렸나 봐. 금방 찾아서 갈 테니 먼저 들어가."

용팔은 두 사람을 떼놓고 부리나케 선착장으로 뛰었다. 배는 섬에서 나가려는 사람들을 싣고 출발하기 직전이었다. 그러거나 말거나 용팔은 허겁지겁 배에 올랐다. 재휘와 선영은 가던 길을 멈추고 용팔이 무사히 내리길 기다렸다. 그런데 어찌 된 일인지 배가 굉음 같은 엔진 소리를 내며 선착장에서 멀어졌다. 용팔을 실은 그대로 떠날 모양이었다.

"아, 아버지……."

재휘가 예상치 못한 일에 배에서 눈을 떼지 못하고 선착장으로 허둥지둥 내려갔다. 다행히 용팔이 여객선 직원을 붙들고, 여차저차 무슨 얘기를 나누는 게 보였다. 재휘는 여객선이 가던 길을 멈추고 용팔을 내려줄까 싶어 그 두 사람을 뚫어져라 쳐다봤다.

그러나 용팔은 느긋했다.

"이 배 오늘 나가는 마지막 배 확실하지요?"

"네, 이게 마지막 배예요."

"그럼 이제 섬에서 못 나가겠네요?"

"그렇죠. 급하면 고깃배를 타고 나갈 순 있겠지만 어민들도 웬만한 일 아니고선 잘 안 나가니까 못 나간다고 보면 되죠. 그런데 왜 그러세요?"

"아, 아닙니다. 그럼 됐어요. 고맙습니다."

용팔의 얼굴에 음흉한 미소가 퍼졌다. 저편을 보니 멀리 재휘와 선영이가 배 떠나는 걸 멍하게 쳐다보고 있었다. 아직 상

황 파악이 안 되는 얼굴이었다. 용팔은 안쪽 주머니에서 휴대
전화를 꺼내 쥐고 손을 세차게 흔들었다.

"재미있게 놀다 와라!"

재휘는 용팔이 함박웃음을 지으며 멀쩡하게 손 흔드는 걸 보
고서야 깜박 속은 걸 깨달았다.

"아버지!"

용팔을 불러보지만 이제 와서 배가 돌아올 리도 없고, 참말
기가 찰 노릇이었다. 재휘는 황당해서 한숨만 폭폭 나왔다. 용
팔이 무슨 작정으로 이 일을 꾸몄는지는 고민할 필요도 없었다.

"어휴, 미안하다."

재휘가 선영에게 영문도 모를 사과를 했다.

"아, 아니에요."

선영이 더듬거리며 대꾸했다. 그녀도 용팔의 속셈을 모르지
않았다. 두 사람은 어색하게 서성댔다. 어느덧 해는 바다 끝에
뉘엿뉘엿 걸렸고, 배가 끊긴 선착장으로 물이 차올랐다. 재휘는
용팔의 꾀에 당한 게 억울했지만 마냥 그러고 있을 수도 없어
용팔이 알려준 펜션으로 향했다.

"안녕하세요? 오늘 여기 103호에 묵기로 한 사람들인데요."

펜션 주인인 50대 사장이 마당에서 낚시 도구를 손질하다가
손을 털고 일어났다. 그는 바지춤에서 열쇠 뭉치를 꺼내 그중
하나를 재휘에게 넘겼다.

"아, 오셨구먼. 방 열쇠는 이거고, 103호는 저기 맨 위짝 집

이요. 냉장고 안에 주문하신 해물탕거리허구 술 있으니까 꺼내
자시면 되고."

"저, 방 하나 더 빌릴 수는 없을까요?"

"방을 하나 더? 성수기라 방 다 찼는디. 아마 다른 민박집도
남는 방은 없을 것이여. 왜? 방이 하나 더 필요혀?"

"네."

재휘가 머뭇거리며 대답했다. 주인은 두 사람을 번갈아 보더
니 주머니에서 휴대전화를 꺼냈다.

"정 그럼 내가 전화라도 시방 한번 돌려볼까?"

"그래 주시겠어요?"

"뭐, 못 할 것도 없지."

사장이 시치미를 뚝 떼며 전화 거는 시늉을 했다.

"어, 삼식이 아부지. 손님이 방 하나 더 없냐고 그래서 전화했
는데, 어, 그렇지. 방이 없어부러야? 그럼 성례 할멈 집에는 방
이 있을까? 그 집도 손님이 다 찼다고 그래싸? 그려, 하긴 이 성
수기에 빈방이 워딨긋어? 그렇지. 그래. 들어가더라고."

사장이 내 말이 맞지 않느냐는 눈치를 주며 전화를 끊었다.
젊은 남녀는 꽤 곤란한 표정으로 애꿏은 뒷목만 긁고 서 있었
다. 그러나 사장은 별도리가 없다는 듯 손을 내저었다.

"배는 끊겼고, 방은 없는데 어쩔 것이여? 헤엄쳐서 육지 들
어갈 거 아니면 그냥 여서 주무셔. 둘이 자도 안 좁으니께. 싸게
올라가서 방 한번 보고 말하더라고."

사장은 머뭇거리는 두 사람을 방으로 데려가 몰아넣었다. 그러나 방은 펜션이라는 이름이 무색할 정도로 단출해서 바닥에 이불 두 채를 나란히 깔면 딱 맞아 보였다.

"아따 이 정도면 괜찮지 않소? 둘이 손잡고 자기는 딱이제. 일단은 식사부터 하쇼. 출출할 것인디. 뭐, 필요한 거 있음 말허고. 그럼 나 갑니다잉."

두 사람은 사장이 떠나자 서로의 눈치를 살폈다. 어색한 침묵을 메워주는 것은 창 밖에서 들려오는 여름 바다의 시원한 파도 소리뿐이었다. 선영은 괜히 머쓱해서 주방 여기저기를 뒤지는 시늉을 했다. 냉장고 안에는 주인이 말한 해물탕거리가 스티로폼 박스째로 들어 있었다.

"오, 오빠. 배고프죠? 제가 저녁 준비할게요. 이 꽃게, 낙지 전부 생물이라서 되게 싱싱해 보이……."

순간 꽃게 집게가 불쑥 선영의 손가락을 꽉 깨물었다.

"악!"

짧은 비명에 재휘가 한달음에 달려왔다.

"괜찮아? 어디 봐."

그는 피가 맺힌 선영의 손을 살피더니 서랍장에서 밴드를 찾아왔다.

"이거 붙이고 저기 그냥 앉아 있어. 저녁 준비는 내가 할 테니까."

"아니에요. 제가……."

"어허! 가서 앉아 있으라면 앉아 있어."

재휘는 칼을 탕탕 두드려 꽃게 다리를 부수고, 낙지도 소금에 바락바락 문질러 손질했다. 선영은 힐끔거리며 그를 지켜봤다. 기분이 묘했다. 꽃게한테 물린 걸 보고 미간을 찌푸리던 그 얼굴을 다시 볼 수 있다면 한 번쯤 더 물려도 좋을 것 같다. 그때 그와 눈이 마주쳤다. 그런데 그도 뭔가 쑥스러운지 눈을 피했다. 바람에 살랑살랑 나부끼는 선영의 긴 생머리에 순간 가슴이 철렁한 까닭이었다. 그동안 꽁꽁 감춰뒀던 야릇한 감정이 또 그의 마음을 휘저었다. 재휘는 눈도 못 마주치고 한참 국 끓는 것만 보다가 선영을 불렀다.

"이, 이리 와서 국 간 좀 볼래?"

용기를 내어 한 말이었다. 선영이 얼굴을 붉히며 다가오자 그는 국물을 후 불어 입에 대주었다. 선영은 국 간이 짠지 매운지도 모르고 무작정 고개를 끄덕끄덕했다. 심장이 뛰고, 얼굴이 달아올랐다.

"맛, 맛있는데요."

"싱겁지 않고?"

"네."

두 사람 모두 그날의 저녁상이 무슨 맛이었는지 몰랐다. 코로 들어가는지, 입으로 들어가는지조차 기억나지 않는 저녁이 끝나고, 두 사람은 맥주 한 캔을 따서 테라스 벤치에 나란히 앉았다. 하늘은 어느새 촘촘히 빛나는 별들로 가득 채워졌고, 멀리 등댓불은 일렁이는 바다 위에서 춤추듯 파도를 탔다.

"아, 좋다."

재휘는 맥주 한 모금을 넘기고, 피식 웃었다. 술이 들어가니 긴장이 좀 풀어졌다. 그러자 선영도 따라 웃었다.

"저도요."

벤치에 기댄 두 사람의 손끝이 서로 닿을 듯 말 듯 가까웠다. 용기를 내볼까, 말까. 바람이 두 사람의 머릿결을 부드럽게 훑고 지나갔다. 그러나 재휘는 차마 선영의 손을 잡지 못했다. 그녀에게 결코 부담을 주고 싶진 않았다. 그때 선영이 물었다.

"오빠, 우리 진실 게임 할래요?"

뜻밖의 제안이었다. 재휘의 눈썹이 으쓱 올라갔다.

"진실 게임?"

"네. 카지노의 워 게임이랑 룰은 같아요. 더 높은 카드를 가진 사람이 이기는 거죠. 타이 카드일 경우 두번째 판에는 질문 두 개 대신 소원 한 개로 업그레이드하고요. 어때요?"

"궁금한 게 많아?"

"네, 나한테 아직 안 가르쳐준 숨은 비법이 있을지도 모르니까 오늘 좀 알아내려고요."

선영의 말에 재휘가 싱긋 웃었다.

"왜 네가 이길 거라고만 생각해? 도박사의 오류인 거 몰라?"

"제가 얼마나 운이 좋은데요."

선영은 방에서 카드 한 벌을 갖고 나와 셔플 했다. 그녀는 한

장을 자기 앞에 다른 한 장을 재휘 앞에 내려놨다. 재휘는 카드를 보더니 빙긋이 웃었다.

"난 Q."

"난 7."

재휘의 승이었다. 그가 하하 웃었다.

"행운이 따른다더니 이거 순 거짓말 아냐?"

"네, 거짓말이었어요. 질문 하나 끝."

"그런 게 어디 있어?"

"여기 있죠. 의문문은 전부 질문이에요."

선영이 혀를 쏙 내밀며 카드를 섞었다.

"이런 식으로 했다 이거지? 앞으로 안 봐준다. 다시 해."

"알았어요. 자, 갑니다."

다음 카드는 재휘가 8, 선영이 10이었다. 선영은 입술을 오므리고 잠시 고민하다 물었다.

"상대방이 든 패가 진카인지, 뻥카인지 알아보려면 어떻게 해야 되는 거예요?"

"그건 영업 비밀인데."

"내가 이겼잖아요. 어서 알려줘요."

선영의 눈이 반짝 빛났다. 재휘는 그 맑은 눈동자가 귀여워 웃음이 났다.

"상대방의 눈을 잘 들여다봐야 해. 맹수들은 사냥할 때 동공이 커지거든. 상대방이 카드를 받아본 순간 눈동자에 어떤 변화가 있는지 잘 봐. 그건 내 의지대로 숨길 수 있는 게 아니니까."

"오, 눈동자를 봐야 하는구나."

그 말과 동시에 두 사람이 약속이라도 한 듯 서로의 눈동자를 쳐다봤다. 선영은 얼굴이 붉어졌다. 재휘도 헛기침을 하면서 눈을 돌렸다. 분위기가 묘했다.

"그럼 게임 계속해볼까요?"

선영이 화제를 돌리며 다음 카드를 나눴다. 이번에도 재휘 8, 선영 9로, 선영의 아슬아슬한 승리였다.

"또 제가 이겼네요."

"이거 오늘 영업 기밀 다 빼 가겠는데."

재휘가 머리를 쓸어 넘기며 허허 웃었다. 그런데 그때 선영이 대뜸 물었다.

"오빠, 혹시 만나는 여자 있어요?"

맥주 한 캔의 기운을 빌려 용기를 냈지만 심장이 쿵쾅쿵쾅 뛰었다. 두 사람의 눈이 서로를 꿰뚫듯 했다. 재휘는 의외의 질문에 뭐라고 대답해야 할지 몰라 얼음처럼 굳었다. 또 짧은 침묵이 두 사람 사이를 훑고 지나갔다. 선영이 어색한 웃음을 지었다.

"이, 있구나. 하긴 오빠 같은 사람이 만나는 여자가 없을 리 없는데."

괜히 풀이 죽었다.

"너 말고 만나는 여자 없어."

재휘의 대답에 시무룩했던 선영의 입꼬리가 살그머니 올라갔다. 좋아서 자꾸만 웃음이 나왔다. 선영은 겨우 표정을 누그러뜨린 뒤 다음 카드를 내려놓았다. 이번에는 재휘가 A, 선영이 J로 재휘의 승리였다.

"내가 이겼네. 나 질문해도 되지?"

"네."

"네가 방금 오빠 같은 사람이 만나는 여자가 없을 리 없다고 했잖아. 나 같은 사람이 어떤 사람이야?"

선영이 눈동자를 오른쪽으로 굴리며 쭈뼛쭈뼛 대답했다.

"어…… 솔직히 오빠 잘생겼잖아요. 키도 크고, 목소리도 좋고. 여자들한테 인기 많을 것 같아서요. 접때 보니까 같이 일하는 딜러 언니들도 오빠 되게 좋아하는 눈치였고."

재휘의 입꼬리도 피식 올라갔다. '은근히 질투했었구나' 하는 생각이 들자 기분이 좋았다. 선영이 또 다음 카드를 내려놓았다. 이번 카드도 재휘가 A, 선영이 10으로 재휘의 승리였다. 재휘가 머뭇거리다가 물었다.

"너는 좋아하는 사람 있어?"

"…… 네."

대답은 그게 끝이었지만 재휘는 심장이 둥둥 뛰었다. 최근 선영이 만난 남자라곤 간식 내기 포커 참가자들뿐이었는데, 남자는 죄 유부남이거나 여자 친구가 있으니 아무래도 그 좋아하는 사람이 자기인 듯싶었다. 선영이 또 다음 카드를 열었다. 이번에는 재휘가 6, 선영이 7. 선영의 승리였다.

"오빠는 어떤 스타일의 여자를 좋아해요?"

선영의 목소리가 조마조마했다. 재휘는 잠시 생각하는 표정으로 말이 없었다.

"당돌한 여자보다는 조신한 여자가 좋아. 먼저 들이대는 스타일은 별로거든."

"아, 네……."

선영의 들떴던 얼굴이 순식간에 굳었다. 그녀가 먼저 대뜸 진실 게임을 하자는 둥 만나는 여자가 있느냐는 둥 물었으니 이건 빙 둘러서 하는 거절처럼 들렸다. 선영의 실망감은 이루 말할 수 없었지만 그렇다고 재휘에게 이 속내를 들키고 싶지도 않았다.

'역시 날 제자로만 보려는 거구나.'

그녀는 힘없이 카드를 넘겼다. 이번 카드는 5, 5. 타이였다. 하지만 재미가 하나도 없었고, 궁금해서 물어보고 싶었던 질문도 깡그리 지워졌다. 선영의 머릿속에는 방금 전 재휘가 했던 말이 메아리처럼 반복됐다.

'처음부터 물어보지 말걸 그랬어. 내가 오빠에게 괜한 부담을 준 거야.'

그녀는 기계적으로 다시 카드를 펼쳤다. 재휘가 A, 선영이 2로 재휘의 승리였다. 선영은 한숨을 폭 쉬며 쥐고 있던 카드 뭉치를 손에서 놓았다. 그만하고 싶었다.

"오빠가 이겼네요."

이제 재휘가 소원을 말할 차례였지만 기대감이라곤 눈곱만치도 없었다. 아마 평소의 그라면 연습량을 더 늘리라거나 승률을 올리라는 얘기나 할 게 뻔했다.

"소원 말해도 되지?"

"네."

"앞으로는 내가 먼저 들이댈 테니까 넌 가만히 있어."

순간 선영이 본 재휘의 눈동자는 뻥카가 아닌 진짜였다.

"오, 오빠……."

재휘의 손이 선영의 목덜미를 잡고, 입을 포갰다. 갑작스러웠지만 그 입맞춤은 부드럽고 달콤했다. 선영은 눈을 감았다. 아스라한 파도 소리가 들리고, 여름 수국 향이 물씬 담긴 바람이 불어왔다. 첫사랑이었다.

시간은 흘러

희고 고운 손에서 그 특유의 달콤한 꽃향기가 났다. 재휘는
자신의 뺨을 어루만지는 선영을 침대 안으로 끌었지만 그녀는
까르르 웃으면 몸을 내뺐다.

"어서 일어나. 오후에 출근해야 된다며."

재휘는 눈을 비비고 일어나 선영이 화장대 앞에서 단장하는
걸 쳐다봤다. 그녀는 단정하게 머리를 묶어 올리고, 작은 진주
귀고리를 했다. 5년이 지난 지금, 그녀는 소녀에서 여자가 되어
그의 곁에 있었다. 재휘는 선영의 뒤로 다가가 그녀를 꼭 끌어
안았다.

"오늘 어디 가려고?"

"윤구 오빠네 하우스. 네 시간만 와달래."

순간 재휘의 표정이 못마땅한 듯 바뀌었다.

"걔네 하우스 안전한 거 맞아?"

선영은 기분 풀라는 듯 그의 뺨에 입을 맞췄다.

"오빠도 참, 윤구 오빠랑 카지노 동기였잖아. 둘이 친하면서 그런 건 왜 물어? 걱정돼?"

"윤구랑 친하긴 하지만 걔 인성을 높이 평가하진 않아. 걔는 돈을 너무 밝혀서 분명히 나중에……."

"또 잔소리 시작이다. 내가 애도 아닌데."

선영의 타박에 재휘는 하던 말을 그만뒀다. 사실 이러쿵저러쿵 잔소리를 한다고 들을 그녀도 아니었다.

5년 새 많은 것이 변했다. 선영은 이제 선영이라는 이름 대신 은지라는 가명을 썼고, 완전한 도박사로 거듭났다. 바뀐 것은 그녀뿐만이 아니었다. 도박판도 마찬가지였다.

불법 도박장이 우후죽순처럼 생겼고, 그중에서도 바카라와 홀덤 바로 눈먼 돈이 쏟아져 들었다. 하우스 사장들은 딜러가 모자라자 나중에는 아예 카지노를 돌면서 딜러를 스카우트해 가기에 이르렀다. 물론 벌이는 카지노보다 월등히 나았다. 기본 급도 셀뿐더러 손님들의 팁과 사장의 보너스도 만만치 않아 딜러 생활 1년 내 외제 차를 못 뽑으면 등신이라는 소문이 날 정도였다. 사정이 그렇다 보니 재휘의 동기들도 3분의 2 이상 불법 도박장으로 빠졌고, 개중에는 아예 가게를 차리는 경우도 드물지 않았다. 그리고 선영 역시 3년 전부터 틈틈이 하우스 딜러로 일하고 있었다.

"나 그만 갈게."

재휘는 씁쓸한 얼굴로 대충 나갈 차비를 했다. 부산하게 토스트를 굽던 선영이 아쉬운 표정으로 물었다.

"그냥 가려고? 이거라도 같이 먹고 가지."

"아냐, 가기 전에 아버지 병원에 들렀다 가려면 서둘러야 할 것 같아서."

그는 정선으로 가기 전에 용팔이 입원한 병원에 들를 예정이었다. 다행스럽게도 용팔은 5년 전 위 절제 수술을 성공적으로 마친 후 건강을 되찾았다.

오늘 그가 병원에 있는 까닭은 최근 복통을 호소하면서 갑자기 쓰러졌기 때문인데, 의사는 재휘에게 용팔의 위암 재발 가능성을 조심스럽게 설명하며 예정된 정기 검진일보다 훨씬 앞당겨 종합검진을 받자고 요구했다. 재휘는 용팔이 싫다는 걸 억지로 설득해서 병원에 겨우 재입원시킬 수 있었다. 5년 전에 얼마나 충격을 받았는지 아느냐며 화를 버럭 낸 덕이었다.

재휘는 용팔이 입원한 병실 유리창 앞에 서서 그가 몰래 위암 수술을 받았던 때를 떠올렸다. 다시는 생각하기도 싫은 일이었지만 지금 침대에 기대어 쉬는 용팔의 모습은 많이 늙고 야위어 자꾸만 그때를 떠올리게 했다.

"아버지, 저 왔어요."

재휘가 문을 열고 들어가자 용팔이 반가운 얼굴로 맞았다.

"어, 그래. 마침 잘 왔다. 나 여기 계속 있으려니 머리도 아프고, 갑갑해 죽겠어. 퇴원은 언제쯤 된다고 그러니?"

"조금만 참으세요. 담당 의사 말이 추가 검사를 좀 더 해야 돼서 다음 주에나 퇴원할 수 있대요. 다른 불편한 건 없어요?"

재휘는 냉장고에 있는 음료와 간식거리를 정리하고, 수건과 휴지도 넉넉한지 확인했다.

"담에 오거든 식혜나 좀 사 와. 뭔가 달달한 게 당기기는 하는데, 커피는 너무 많이 마시면 잠이 안 오고, 주스는 시큼해서 싫어. 하긴 뭐, 그리 오래 있을 것 같진 않다만. 그치? 금방 퇴원하겠지?"

"그럼요. 걱정 마세요. 식혜는 제가 매점에서 사다 놓을 테니, 나중에 저 가고 다른 필요한 거 생기면 선영이한테 전화하세요. 말해놓을게요."

재휘의 말에 용팔이 두어 번 고개를 주억거렸다. 그런데 그때, 선영이 얘기가 나온 김에 생각났다는 듯 용팔이 조심스럽게 물었다.

"저기 말이다, 그런데 선영이 요즘 딜러만 하는 거 맞아?"

"왜요?"

"어젯밤에 신월동에서 홀덤 바를 하는 돼지엄마가 병문안을 왔었는데, 자기네 하우스에 종종 포커 치러 온다는 거야. 의뢰받아서 선수로 뛴 적도 몇 번 있다고 하고."

재휘가 입술을 꾹 다물었다. 지난 주말 내내 선영과 같이 있었으면서도 처음 듣는 소리였다.

"몰랐어?"

용팔의 얼굴도 굳었다.

"돼지엄마 말로는 큰판 준비하는 모양이라고, 돈을 꽤 모았을 거라더라. 워낙 실력이 출중하니 사장들이 서로 눈독을 들이나 봐. 하지만 어디 도박판이 실력만으로 통하는 곳이야? 내가 앞으로 하우스 선수로는 절대 받지 말라고 신신당부를 하긴 했는데……."

큰판, 그건 강 회장 하우스 게임을 말했다. 갑자기 물에 젖은 솜처럼 무거운 정적이 뚝뚝 흘렀다. 그러나 어쩌면 좋을지 해답이 보이지 않았다. 용팔이 느린 한숨을 뱉었다.

"아직도 미련을 못 버린 모양이야. 지금은 강 회장이 모르니 다행이지만 이대로라면 분명 큰일을 치르게 될 텐데. 그 애를 멈출 사람은 너뿐이다. 무슨 사고 터지기 전에 네가 선영일 꼭 붙잡아야 해."

"네, 그건 걱정 마세요. 제가 알아듣게 말해볼게요. 그보다 아버지는 아버지 건강부터 챙기세요."

겉으로 떳떳하게 대답은 했으나 병실을 나오는 재휘의 발걸음은 쉽게 떨어지질 않았다. 그는 사북으로 가는 기차 안에서 깊은 고민에 빠졌다. 선영이 재휘에 대적할 정도의 실력을 갖추게 된 건 사실이었지만 그녀는 여전히 순진한 풋내기에 불과했다. 게다가 그 위험천만한 강 회장에게 도전하는 건 섶을 지고 불 속에 뛰어드는 거나 마찬가지일 텐데.

'어떻게 하면 선영이를 막을 수 있을까?'

일이 손에 잡히지 않았다. 이제 곧 핏 보스 승진을 앞두고 있어 신경을 바짝 써야 하는데도, 오늘은 종일 실수 연발이었다. 콤프 카드 적립도, 초급 딜러들 교육도 엉망이었다. 좀처럼 없던 일이었다. 근무시간이 끝나자 재휘의 상급자인 도 과장이 로커룸으로 찾아왔다.

"술이나 한잔 하자."

그는 엄하게 야단을 치는 대신 재휘를 데리고 근처 소줏집을 찾았다. 분명 도 과장도 재휘 때문에 경위서를 쓰니 뭐니 꾸중을 잔뜩 들었을 텐데, 그는 일절 일 얘기는 않고 술만 한 잔 따라줬다.

"너, 뭐 고민 있냐? 요새 은지랑 사이 안 좋아?"

도 과장은 선영과 몇 번 친목 게임을 한 적이 있어 그녀를 알았다. 재휘는 도 과장에게 선영의 이야기를 넌지시 둘러 물었다. 그는 소주잔을 빙빙 돌리다가 바닥에 놓았다.

"우리 와이프도 딜러였잖아. 결혼 전에 있었던 일인데, 제주도 외국인 전용 카지노에 취업했다더니 알고 보니까 구라더라고. 불법 도박장에서 딜러 하는 거 딱 걸려서 대판 싸웠지. 내가 그렇게 가지 말라고 귀에 딱지가 앉도록 말했는데, 참 여자들 웃겨. 그놈의 명품 가방이 뭔지, 그걸 꼭 한 번 들어보고 싶어서 다녔다는 거야. 어휴."

그는 자기 잔에 든 소주를 훌쩍 마셨다.

"그래서 어떻게 하셨어요?"

"어쩌긴 뭘 어째. 결혼하고 같이 정선 들어왔지. 너도 이참에 은지한테 프러포즈하는 건 어때? 은지도 우리 와이프처럼 결혼해서 자식 낳고 키우다 보면 마음 달라질 거야. 갓난쟁이가 옆에 있는데 하우스 딜러를 하겠어, 선수를 하겠어? 제수씨가 노름에 환장한 것도 아니고 자기도 지켜야 할 게 생기면 알아서 그만두겠지."

"…… 선녀와 나무꾼 같네요."

"우리 와이프가 선녀처럼 예쁘면 다행이게."

재휘는 도 과장의 농담에 실없는 웃음을 지었다. 그날 밤 그는 이런저런 생각에 잠을 이루지 못하고 뒤척였다. 좀 더 번듯해지면 프러포즈하려고 했는데, 그것도 욕심이었을까. 재휘는 선영이 프러포즈를 받아준다면 바로 식을 올리고 사북에 신혼집을 차리고 싶었다. 그게 아니라면 자신이 서울에 있는 관광호텔 카지노로 이직을 해도 좋았다. 아니, 아예 다른 일을 할 수도 있었다. 그는 자신이 선영을 얼마나 사랑하는지 잘 알았다.

다음 날 재휘는 도 과장의 말대로 쥬얼리 숍에서 반지 한 쌍을 사고, 서울 근교의 근사한 레스토랑도 예약했다.

그런데 그날 오후, 용팔이 입원한 병원 담당 의사로부터 한 통의 전화가 걸려왔다.

"이용팔 씨 검사 결과가 나와서 연락드렸습니다."

의사의 목소리는 지나칠 정도로 묵직했다. 뭔가 불길했다.

"이런 소식을 전해드려 유감입니다만, 환자분 위암이 재발한 것으로 판단됩니다. 보호자께서는 빠른 시일 내 병원으로 와주십시오."

재휘는 심장이 미친 듯 뛰는 걸 느꼈다.

"위, 위암이 재발했다고요? 상태가 많이 안 좋은가요?"

의사가 목소리를 가다듬었다. 그는 난처한 기색이었다.

"직접 뵙고 자세히 설명을 드리겠지만…… 환자분 같은 경우 혈관과 림프구를 따라 암 세포가 상당히 퍼진 상태입니다."

"상당히 퍼졌다고요?"

"네, 그러니까 전신에…… 전신에 다 퍼졌다고 보면 됩니다."

귀가 먹먹했다. 방금 들은 말뜻을 이해할 수 없었다. 재휘가 휴대전화를 잡고 매달리듯 물었다.

"치료할 수 있는 거 맞죠? 치료하면 회복하실 수 있는 거 맞죠?"

"이런 말씀을 전해드려 유감입니다만 환자분의 경우 항암 치료를 하더라도 큰 기대를 걸기는 어려울 듯합니다. 일단은 빨리 병원으로 와주십시오. 원하시면 다른 병원으로 모실 수 있도록 도와드리겠습니다."

재휘는 전화를 끊고 털썩 무릎을 꿇었다. 감당하기 어려운 소식이었다. 그는 그날 사표를 쓴 뒤 짐을 싸서 곧장 서울로 올라왔다. 이젠 직장이 문제가 아니었다. 모든 톱니바퀴가 어그러진 것처럼 마음이 아팠다.

위험한 사람들

선영은 자신의 카드를 확인했다. 테이블에 마주 앉은 네 사람은 눈을 이리저리 굴리는 중이었다. 다들 무슨 카드를 받았을까 재는 게 분명했다. 다라락 다라락. 칩 만지는 소리만 울리는 가운데 선영이 무표정하게 자신의 칩 두 줄을 앞으로 몰아넣었다.

"레이즈."

푸들처럼 곱슬머리를 한껏 부풀린 중년의 여자가 금팔찌를 찰랑거리며 머리를 만졌다. 그녀는 죽어야 할지, 돈을 더 얹어야 할지 고민하는 표정으로 다른 이들을 죽 둘러봤다.

"에라, 그냥 끝까지 한번 가보련다. 콜."

그녀 옆자리에 은갈치 정장을 입은 남자도 패를 들췄다가 감쳤다 하길 반복하다가 입을 뗐다.

"나도 콜."

다음은 흰 공작새처럼 우아하게 부채를 부치던 젊은 사모님 차례였다. 그녀는 콧소리를 섞어 "코오올"을 부르며 마지막 칩 두 줄을 밀었다. 내내 잃기만 하더니 이번은 자신 있는 모양이었다. 카드가 뒤집혔다. 푸들 아줌마는 Q 투페어, 은갈치 남자는 J 투페어, 공작새 사모님은 10 트리플, 선영은 A 트리플. 선영의 승리였다. 은갈치 남자는 열불이 터지는지 카드를 찢어버렸고, 고상했던 공작새 사모님도 "씨발, 존나 안 풀리네"를 연발했다. 선영은 개평으로 백만 원짜리 칩 세 개만 남겨놓은 뒤 나머지 칩을 쓸어 제 앞으로 가져왔다. 칩은 이미 성처럼 쌓여 있었다. 세 사람은 선영을 향해 눈을 흘기며 백만 원 칩을 하나씩 주워 넣었다.

그때 화려한 꽃무늬 남방을 걸친 하우스 사장이 건들거리며 VIP실 문을 열고 들어왔다.

"아이고, 많이들 따셨습니까? 시간 다 됐는데 이제 일어나셔야지요."

사장이 등장하자마자 공작새 사모님이 간드러지게 그에게 달라붙어 가슴을 비볐다.

"아잉, 천 사장. 어떻게 해? 나 오늘 다 잃었어."

"누나, 내가 우리 하우스 VIP룸 들어오려면 강심장이어야 된다니까 내 말을 안 듣더니 잘한다. 아까 공 마담한테 꽁지도 많이 빌려 쓴 것 같던데, 어쩌려고 그래?"

"그러니까. 자기, 나 이제 어떻게 해? 우리 영감 알면 나 죽는데."

"어쩌긴. 일단 차 맡기고 가봐. 내가 이자는 좀 싸게 해달라고 할 테니까."

세 사람이 떠들썩하게 하우스를 나가자 선영은 환전소에 칩을 넘겼다. 큼지막한 보스턴 가방은 지폐 다발로 가득 찼다. 그녀는 가방을 들고 사장실로 향했다. 손님들 배웅을 마치고 돌아온 건달 사장은 휘파람을 불면서 돈 뭉치를 셌다.

"수고했어. 역시 은지 씨가 다르긴 다르네."

그는 번쩍거리는 금니를 환하게 드러내며 가방 안에서 돈뭉치를 꺼내 셌다.

"1억에서 약속한 대로 10퍼센트, 천만 원이야."

"고맙습니다."

선영은 자기 핸드백을 열어 5만 원권 지폐 다발을 챙겨 넣었다.

"잘했으니까 5백 더 줄게."

천 사장이 빙긋 웃으며 지폐 한 다발을 더 내밀었다. 선영은 사양치 않고 돈다발을 받았다. 그런데 그때 천 사장이 선영의 손을 덥석 붙잡았다.

"앞으로 우리 가게에서 계속 선수로 일할 생각은 없어? 내가 앞으로도 잘 챙겨줄 수 있는데."

선영은 주물럭거리는 손을 뿌리치고 남은 돈다발을 핸드백에 넣었다.

"생각은 해볼게요."

"돼지엄마 하우스에서 퇴짜 맞았다고 들었어. 그러지 말고 우리랑 일하자, 응? 내가 은지 씨 많이 좋아하는 거 알잖아."

천 사장의 말투가 능글맞게 바뀌었다. 선영은 눈을 치뜨고 또박또박 대꾸했다.

"천 사장님, 용팔 아저씨랑 재휘 오빠가 사장님 많이 보고 싶어 하던데. 안부도 묻고."

천 사장은 입맛 떨어지는 표정으로 쩝쩝거렸다. 생각 같아선 공사를 쳐서라도 선수로 묶어놓고 싶지만 이 바닥에서 잔뼈가 굵은 용팔이와 재휘를 적으로 돌려서 좋을 게 없었다.

"언제 술 한잔 하자고 전해드려."

"그럼 저 그만 가볼게요."

"그래, 다음에 또 전화할게."

천 사장이 손까지 흔들며 배웅했지만 선영은 대답도 없이 새침하게 문을 닫고 나갔다. 천 사장은 블라인드 사이로 선영을 훔쳐보며 혀를 날름 뺄았다.

"나는 날 잡아잡수 하는 년들보다 저런 계집애가 더 좋더라. 오은지, 저년은 무슨 맛이려나?"

천 사장은 흐흐 웃다가 전화를 눌러 부하를 호출했다.

"네, 사장님."

"야! 오은지, 용팔이 집에 들어가기 전에 뭐 했는지 뒷조사 좀 해봐."

"네, 알겠습니다."

천 사장은 5만 원 지폐 뭉치를 하나 집어 뺨을 문댔다.

"그래도 내가 제일 좋아하는 건 누나야. 내 맘 알죠?"

돈 냄새가 달콤했다.

*

선영은 커피 잔을 내려놓고, 잠시 레스토랑 창밖을 바라봤다. 조명이 환한 야외 정원은 아름답고 상쾌해 보였고, 잔잔하게 흐르는 피아노 재즈 선율도 더할 나위 없이 감미로웠다. 하지만 그녀도, 재휘도 여느 때처럼 표정이 밝진 못했다.

"오빠, 나 할 얘기 있어."

한숨만 쉬던 선영이 먼저 운을 뗐다.

"둘러서 물어보지 않을게. 돼지엄마 하우스에서 선수로 못 뛰게 막은 거 아저씨랑 오빠, 맞지?"

"그래."

재휘가 힘없이 대답했다.

"아직도 내가 오빠 제자로 보여? 나도 프로야. 이제 내 앞가림 내가 한다고."

"위험하다는 거 알잖아."

"이래라저래라 참견 좀 하지 마."

선영은 머리를 짚고, 숨을 크게 몰아쉬었다. 그러나 재휘는 화내지 않았다. 그는 오늘 꼭 해야 할 말이 있었다. 그는 평소처럼 부드럽고 다정하게 그녀의 이름을 불렀다.

"선영아, 난 네가 걱정돼."

그러자 선영도 다소 누그러졌다.

"나도 알아. 오빠와 아저씨에게 도박을 배웠고, 그 덕에 지금 이 바닥에서 무탈하게 지낼 수 있다는 거. 하지만 오빠도 알잖아. 내가 뭘 원하는지……."

그녀가 원하는 게 뭔지 왜 모르겠는가. 재휘는 굳은 표정으로 그녀의 말허리를 잘랐다.

"아버지 위암이 재발했어."

"뭐?"

선영이 놀라서 되물었다.

"오늘 병원 다녀왔는데, 전신에 암이 전이돼서 치료도 어렵대. 아마 내년 봄을 넘기기는 힘드실 것 같아."

재휘는 눈물을 참으며 겨우 미소 지었다.

"우리 결혼하자."

그는 재킷 안주머니에서 준비했던 반지 케이스를 꺼내 내밀었다. 선영은 충격적 소식에 연달아 청혼까지 받자 완전히 할 말을 잃은 얼굴이었다. 재휘는 반지를 꺼낸 뒤 선영에게 손을 내밀었다.

"아버지 돌아가시기 전에 너하고 행복하게 사는 모습 꼭 보여드리고 싶어. 같이 집 얻어서 네가 좋아하는 꽃도 심고, 강아지도 키우고, 너 닮은 예쁜 아기도 낳아서 우리 그렇게 행복하게 살자."

"오빠……."

선영의 눈동자가 흔들렸다. 재휘는 누구보다 그녀를 사랑해줄 남자였고, 자상하고 훌륭한 아버지가 될 게 분명했다. 선영은 재휘와 용팔과 보냈던 즐겁고 행복했던 추억들을 떠올렸다. 한겨울, 따뜻한 이불 속 같은 그리운 나날들이었다.

'저 손을 잡는다면 난…….'

그런데 그때 그녀의 휴대전화가 울렸다. 선영은 멈칫했다. 발신자는 천 사장이었다. 재휘도 휴대전화 화면을 봤다. 그는 선영의 눈을 똑바로 응시했다. 굳이 말하지 않아도 휴대전화 액정에 뜬 천 사장이 누구인지, 왜 전화를 했을지는 빤했다.

"미안해. 나는……."

그녀는 뭐라고 변명을 하려다 통화를 눌렀다.

"어, 은지 씨. 나야."

"사장님, 죄송한데 저 앞으로……."

거절할 생각이었다. 앞으로 전화도 하지 말라고 할 생각이었다. 그런데 순간 천 회장의 한마디가 그녀를 붙잡았다.

"강 회장 하우스에서 큰판 벌이려는데, 같이 안 갈래?"

"누……구요?"

선영의 동공이 커졌다.

"강 회장, 강 회장 몰라?"

천 사장이 황당하다는 듯 껄껄 웃었다. 이 바닥에서 강 회장
모르면 간첩인데, 당신 정말 모르냐는 뉘앙스였다.

"아뇨. 알죠."

"갈 거야, 말 거야?"

선영과 재휘의 눈이 마주쳤다. 선영이 말이 없자 천 사장이
대답을 재촉했다.

"진짜 큰판인데. 이런 기회 자주 없다고."

"…… 갈게요."

"그럼 내일 저녁에 만나."

"네."

전화가 끊겼다. 선영은 재휘의 간절한 눈빛을 외면했다.

"미안해, 오빠."

그녀는 핸드백을 챙겨 일어났다. 그게 그녀가 남긴 대답이었
다. 재휘는 한참이나 선영이 가고 없는 빈자리를 물끄러미 바
라봤다. 아무도 없는 어둠 속에 홀로 남겨진 기분이었다.

사자 사냥

천 사장의 벌름벌름한 콧구멍에서 담배 연기가 피어올랐다.

"내가 말했지, 은지 씨라고. 본업은 딜런데, 한 번씩 도와주러 와. 어때? 예쁘지?"

그는 맞은편에 앉은 두 남녀에게 선영을 소개했다. 검은 정장을 멀끔하게 입은 남자가 먼저 까딱 인사를 했다.

"은지 씨, 이쪽은 강남 화이트 카빠, 고 사장님이시고, 그 옆에는 메인 선수 나비 씨."

요염하게 다리를 꼬고 있던 여자가 선영을 위아래로 뜯어봤다.

"너무 얌전한 스타일 같은데?"

"강 회장 애들한테는 미인계도 안 먹히는데, 스타일 찾을 게 뭐 있어? 실력이 중요한 거지."

"실력? 나이도 어려 보이는데, 제대로 할 줄 아는 거 맞아?"

"에이, 무슨 그런 섭섭한 소릴 하고 그래? 우리 은지 씨가 그동안 나한테 벌어다 준 게 얼만데. 실력으로 치면 너보다 더 나을걸?"

천 사장이 선영을 치켜세우자 두 사람이 피식 웃었다.

"뭐, 천 사장님이 그렇게까지 말하는데 믿어봐야지. 그나저나 설명은 해줬어?"

선영이 천 사장을 쳐다보자 그가 징그러울 정도로 씩 웃었다.

"응, 이제 해야지. 은지 씨, 우리 보통 원정은 안 가는데, 강 회장이 너무 하우스 사장들을 쥐어짜서 말이야. 무슨 말인지 알지?"

천 사장의 질문에 선영은 몇몇 손님들이 주거니 받거니 했던 얘기를 떠올렸다. 최근 강 회장은 강원랜드와 카지노 바의 성업으로 인해 장사가 예전만 못하자 여러 간악한 방법을 내놓았다. 스파이 딜러를 심어 카지노 바가 거덜 날 정도로 돈을 잃게 만드는가 하면, 호구 고객들을 자기 하우스로 빼 오기 위해 곳곳에 손님을 위장한 삐끼들을 보내기도 하고, 타짜들로 하여금 블랙을 적발하게끔 해서 아예 손님 씨를 말려버리는 경우도 있었다. 하지만 하우스 사장들이 그럼에도 불구하고, 강 회장에게 쉽게 대들지 못하는 것은 그가 무서우리만큼 잔인했기 때문이다.

"그럼 하우스 사장들이 모두 참가한단 얘기예요?"

고 사장은 담배를 입에 물고 인상을 잔뜩 구긴 채 띵, 라이터 불을 붙였다.

"그래, 왕년에 강남에서 손꼽히던 다섯 개 카빠 중에 네 개가 참가할 거야."

"네 개요?"

"한 군데는 없어졌거든."

고 사장이 침통한 표정으로 담배 연기를 뿜었다. 그러자 천 사장이 부연 설명을 끼워 넣었다.

"그게 사연이 좀 길긴 한데, 잠실 너구리라고 유명했던 카빠 사장이 있었거든. 그 양반이 카빠 사장 중에 제일 나이도 많고, 성격도 화끈했는데 보다 못해 총대 메고 강 회장한테 덤볐어. 뭐, 결국 전 재산 날리고, 빚만 10억 졌지만 그래도 다행히 외국 어가 유창해서 장기는 안 떼이고 브로커로 넘어갔지."

"브로커요?"

"그래. 주로 중국 갑부들에게 한국 도박 관광을 알선하는 일 인데, 가이드처럼 옆에서 숙박, 관광, 도박, 여자를 토털 패키지 로 제공하는 거야. 그리고 그 손님이 강 회장 하우스에서 돈을 잃으면 잃을수록 빚이 탕감되는 거지. 그런데 그 일이 엄청 더 럽고 위험해. 어디 손님들이 체면 챙겨가면서 돈 잃는 게 아니 잖아. 성질나면 애먼 사람 따귀도 때리고, 침도 뱉고, 칼 들고 난동도 피우고, 거기다가 마사지 아가씨들 못생겼다고 온갖 투정에, 말도 못하지. 아무튼 그 개고생을 해가면서 1년 반 만에 기적적으로 빚을 다 갚았는데, 중국 공안한테 잡혔지 뭐야."

"그래서 어떻게 됐어요?"

천 사장은 고 사장의 눈치를 살폈다. 그는 먼 산만 볼 뿐 말이 없었다.

"얼마 전에 중국 현지에서 사형당했어. 한국으로 도박 원정 알선하다 걸리면 끝이거든. 여기 고 사장을 비롯해서 친했던 사장들 몇 명이 구하려고 해봤는데, 알고 보니 강 회장이 작정하고 찌른 거더라고. 충분히 뽑아 먹을 만큼 먹고, 뒤탈 없게 버린 거지."

고 사장은 담배를 비벼 끄고 쓴웃음을 지었다.

"이제 우리가 강 회장 은퇴 설계 좀 해드리려고. 언제까지 당하고 살 순 없잖아. 각 하우스 대표로 선수 한 명씩 뽑아서 강 회장 하우스 깨러 갈 거야. 은지 씨는 여기 천 사장 집 선수고, 나비는 우리 집 선수고. 이제 이해돼?"

이해는 됐다. 하지만 강 회장이 정말 카지노 바 사장들의 연합작전에 나자빠질까. 천하의 강 회장이! 선영은 자신도 모르게 입술을 질끈 깨물었다.

"왜? 벌써 쫄았어?"

나비가 낭랑하게 물었다.

"그럴 리가요."

"다구리에 장사 없는 법이야. 아무리 서슬 퍼런 강 회장이라도 떼로 덤비는데 버틸 재간은 없지. 참 킹덤 하우스에서도 메인 선수 데리고 올 거라던데, 그 집 조윤구 사장이 은지 씨랑 아는 사이라며?"

"네."

"그럼 마음이 더 편하겠네."

선영은 가만히 생각을 가다듬었다.

'윤구 오빠까지 있으니 무슨 일이 있어도 나를 해코지하진 못할 거야. 워낙 강 회장이 원한 산 일이 많으니 저절로 아군도 생기고, 가만히 있어도 시체 떠내려오는 걸 보겠구나. 하지만 그래도 기왕이면 내 손으로 매듭짓고 싶은데. 절망에 찬 마지막 표정을 꼭 보고 싶어.'

그때 나비가 쐐기를 박듯 말했다.

"날짜는 이번 주 토요일 저녁 7시부터, 오링 날 때까지. 시드 머니는 선수마다 10억이야. 최종적으로 강 회장 하우스 돈을 가장 많이 딴 사람이 50퍼센트를 갖고, 나머지는 엔 분의 1 할 거니까 하우스 선수들끼리 너무 과도하게 경쟁할 필요는 없어. 우리가 모두 패할 경우 각 하우스에서 60퍼센트, 딜러 40퍼센트 부담이긴 하지만 물론 우리 모두가 지는 일은 절대 없을 테니까. 아무튼 앞으로 잘해보자고."

그녀가 손을 내밀었다.

"좋아요."

천 사장은 두 사람이 악수하는 모습을 보며 얼핏 의미심장한 미소를 지었다. 고 사장 역시 웃고 있었다.

용팔은 시큰거리는 머리를 붙잡고 신음했다. 몸은 날이 갈수록 급격하게 이상해졌고, 약을 먹으면 속이 메스꺼웠다. 수발을 드는 재휘는 긴 휴가를 냈노라 변명했지만 아예 짐을 싸서 내려온 걸 보면 사표를 쓴 게 틀림없었다. 위암이 재발한 게 뻔했다. 다만 심상치 않은 건 무슨 치료를 하게 될지 누구 하나 명확하게 설명해주지 않는다는 것이었다. 퇴원을 하고 싶었지만 재휘는 절대 안 된다는 말만 반복했다. 이제 퇴원은 점점 어려운 일이 됐다. 하루에 한 번꼴로 머리가 깨질 듯이 아팠고, 그런 날은 진통제를 맞지 않고는 잠들기 어려웠다. 약 기운에 취해 정신이 몽롱한 상태로 이어지는 시간은 점점 길어졌다.

그런데 어느 날 문득 그와 절친한 하우스 여사장 목소리가 들렸다. 돼지엄마였다.

"재휘야! 큰일이다. 큰일이 났어."

새삼 목소리가 다급했다. 그러나 용팔은 대꾸도 하지 못하고 누워 있었다. 방금 맞은 주사 탓에 의식이 가물가물했다.

"무슨 일인데 그러세요?"

당황한 재휘 목소리가 들렸다.

"방금 강남 화이트 카빠에서 꽁지 하는 동생을 만나고 오는 길인데, 선영이 말이다, 오늘 선영이가 강 회장 하우스에 갔다더라."

"강 회장 하우스요?"

목소리가 높아졌다.

"강남 카빠 사장들이 전부 메인 선수를 달고 강 회장 하우스를 깨러 갔다는데, 선영이가 천 사장 선수로 거길 따라갔대. 시드머니가 10억이란다. 암만 강남 카빠 사장들이 작당을 했다지만 그 집에 큰돈 들고 들어가 멀쩡하게 나왔다는 사람은 내가 생전 본 적이 없어. 당장 윤구한테 전화 한 통 넣어봐라. 그 녀석, 네 카지노 동기 아니었냐? 분명 윤구도 거길 갔을 텐데, 어째 너한테 전화 한 통이 없을 수가 있어?"

재휘는 뒤통수를 맞은 것처럼 머릿속이 멍멍했다. 그는 당장 윤구에게 전화를 걸었다. 그러나 전화는 이미 꺼져 있었다.

"통화 안 돼?"

돼지엄마가 어쩔 줄 몰라 발을 동동 굴렀다. 그때 용팔이 온 힘을 쥐어짜서 몸을 일으켰다. 의식이 몽롱했지만 강 회장 얘길 들은 이상 계속 누워 있을 순 없었다.

"하, 함정이다. 거기 가면…… 거기 가면 선영이 못 나온다."

둔탁하고 갈라진 목소리가 겨우 나왔다.

"오빠, 괜찮소?"

돼지엄마가 놀라서 그를 부축했다. 용팔은 침대 등받이에 기대 멍한 표정으로 말을 이었다.

"카빠 사장들이 강 회장을 깨려는 게 아니야."

재휘의 눈이 커졌다. 차마 뭘 하려는 건지 물을 엄두가 나지 않았다.

"거기 따라간 메인 딜러들, 걔들 거기서 못 나와."

순간 심장이 쿵 떨어졌다.

"윤구가, 윤구가…… 선영이를…… 제, 제 뒤통수를 친 거라고요?"

"도박판에서 믿을 사람이 어디 있어?"

무덤덤한 용팔의 말에 재휘는 휘청했다. 윤구가 돈을 밝히는 까닭에 언제고 사고가 날 것이라는 생각은 했었지만 그가 선영이를 함정에 빠뜨릴 줄은 꿈에도 생각지 못했다. 아버지가 건재했더라면, 그 자신이 정선 카지노 딜러로 5년이나 하우스 도박판을 떠나지 않았더라면 감히 선영이를 건드릴 생각은 못 했을 텐데!

"전화 줘봐라."

용팔이 깡마른 손으로 재휘의 휴대전화를 쥐고 어디론가 전화를 걸었다. 목소리도, 손도, 눈동자도 모두 힘없이 덜덜 떨렸다.

"나, 나야. 용팔이. 응. 소문 들었어? 거기까지 소식 들어간 걸 보니 이 바닥에 나 죽는단 얘기가 쫙 퍼지긴 퍼졌나 보네. 그래, 부탁할 게 좀 있어서 연락했어. 죽을 날도 얼마 안 남았는데, 염라대왕이 저승길 하이패스라도 끊어줄 참인가 봐. 끝까지 속썩는 일만 생기네. 응. 오늘 강 회장 하우스 어디서 열리는지 좀 알아봐줘. 알아. 어차피 국제전화잖아. 이걸로 당신 곤란하게 되는 일은 없을 거야. 그냥 예전에 빚진 거 퉁 치는 셈 치자고.

다음에 올 때 부조나 넉넉하게 해. 그래, 건강하게 지내고, 담배 좀 끊어. 내 꼴 나지 말고. 어, 들어가."

통화를 마친 용팔은 힘이 몽땅 빠진 얼굴로 휴대전화를 건넸다. 액정에는 벌써 '000'이라는 알 수 없는 번호로 문자 한 통이 들어와 있었다.

'인천 구월동 스타하우스 3501호.'

"내가 해줄 수 있는 건 이게 마지막이다. 어서 가라. 어서 가서 선영이 찾아와."

용팔의 말이 떨어지기 무섭게 재휘는 병실을 박차고 나갔다. 눈앞에 뵈는 게 없었다. 그는 미친 듯이 차를 몰아 인천으로 향했다. 시간은 오후 7시, 게임이 시작될 시간이었다.

함정

선영은 가드의 안내를 받아 집 안으로 들어갔다. 널찍한 60평짜리 펜트하우스 홀에는 깔끔한 홀덤 포커 테이블과 바가 갖춰져 있고, 한쪽에는 먹음직스러운 핑거 푸드까지 차려져 있었다. 큰판만 벌어진다는 강 회장 하우스다운 실내였다.

"음악이 좋네요?"

누군가 홀 전체에 흐르는 클래식 합창곡에 비아냥거리듯 말문을 열었다. 그러자 멀리 창가 소파에 앉아 있던 남자가 일어났다. 강 회장이었다. 선영은 순간 등골이 오싹해지는 걸 느꼈다. 수년의 세월이 지났지만 여전히 그는 범상치 않은 오라를 뿜어냈다. 두 사람의 눈이 마주쳤다. 저도 모르게 주먹에 힘이 들어갔다. 혹시나 알아보면 어쩌나 하는 걱정도 들었다. 그러나 강 회장은 가볍게 미소 지으며 그녀 곁을 스쳐 지나갔다.

"좋아하는 노래예요. 듣고 있으면 뭔가 숙연해지거든요."

선영은 침을 꿀꺽 삼켰다.

'역시 알아볼 리가 없어. 이미 6년 가까이 지났는걸. 난 알아보지 못할 만큼 변했고, 오늘은 선글라스까지 꼈어.'

주위를 둘러보던 나비가 또각, 하이힐 소리와 함께 앞으로 나섰다.

"이 노래는 제목이 뭔데요?"

사뭇 도전적인 어투였다.

"〈주여, 우리를 불쌍히 여기소서〉라는 곡이지요."

"도박꾼들한테 아주 딱이네요."

강 회장은 허허 웃으며 테이블로 사람들을 안내했다.

"자, 이쪽에 와서 앉아요. 오늘 우리 하우스 선수 둘이랑 그쪽 네 명이 게임 하는 걸로 들었는데, 다들 강남 쪽 신진 에이스라면서요?"

"뭐, 세대교체의 주역쯤은 되죠."

킹덤 바에서 왔다는 젊은 남자가 건들거리며 테이블 앞에 앉았다. 사람들은 제 각각 테이블에 뭔가 기계가 부착되어 있는 건 아닌지, 천장이나 벽 장식에 카메라가 숨은 건 아닌지 살폈다. 강 회장은 일행의 무례에도 불구하고 별말을 하지 않았다. 그는 방에서 대기하던 선수들을 밖으로 불렀다.

"소개하죠. 우리 선수들이에요. 이쪽은 홍후, 저쪽은 종루."

예상외였다. 강 회장이 소개하는 선수들은 중국인인 데다가 하우스 메인 선수라기엔 둘 다 너무 어렸다. 홍후라는 여자아이는 고작 스물두셋쯤 되어 보였고, 얼굴에는 화장기조차 없었다. 종루라는 남자 역시 후드를 뒤집어쓰고 선글라스를 꼈지만 딱 봐도 스물을 넘기지 않아 보였다. 홀 안에 서 있던 일동은 어이가 없다는 듯 히죽 웃었다.

"테이블에서 중국어 쓰면 안 됩니다. 모든 말은 한국어로 해요."

대박 바에서 선수로 온 중년 남자 말에 홍후가 배시시 미소를 지었다.

"물론이죠."

발음이 수준급이었다. 강 회장이 끼어들었다.

"염려 마세요. 우리 집에서 장난치는 일은 절대 없습니다. 우리 선수 소개했는데, 그쪽도 각자 자기 이름 정도는 소개하죠."

다들 서로 얼굴을 흘끔 쳐다본 뒤 이름만 간략히 읊었다. 킹덤 바의 동수, 화이트 바의 나비, 헤븐 바의 은지, 대박 바의 박사. 물론 모두 성도, 출신도 없었고, 가명일 게 빤한 이름들이었다.

"이 정도 합시다. 포커 판에서 자기 노출하는 얼간이는 없으니."

박사의 한마디에 사람들이 고개를 끄덕끄덕했다. 사람들은 지체 없이 테이블에 앉을 자리를 정하고, 돈 가방을 두고 칩을 나눠 받았다. 강 회장도 테이블 멀찍이 자리를 잡았다. 원래 큰 판에서는 선수를 제외하고 테이블에 남을 수 없지만 강 회장 하우스에서는 그가 참관을 한다는 조건으로 선수를 한두 명씩 적게 내보냈기에 별 트집을 잡을 수도 없었다.

"노 리밋, 슛 아웃(마지막 한 명 남을 때까지 하는 게임)이에요. 무 조건 쇼다운(베팅 끝난 뒤 카드를 오픈하는 것) 해야 합니다. 블라인 드는 한 시간마다 3천씩 올리고, 나중에 원하시면 더 올리는 걸 로 합시다. 불만 없으시죠?"

사람들이 말이 없자 딜러는 카드를 전부 펼쳐 이상 없다는 것을 확인시킨 뒤 셔플을 시작했다. 시작은 가볍게 1~2천부터 라고 했지만 최소 베팅 금액이 2천, 또는 그보다 큰 금액이어야 하기 때문에 실제 판이 돌아가면 한 판에 수천에서 억을 웃돌 것이다.

"폴드."

선영은 조심스럽게 플레이했다. 끝까지 남으려면 신중해야 했다. 동수는 때때로 뺑카를 치는 스타일이었지만 그렇다고 마 냥 무모하진 않았다. 나비 역시 비슷했다. 박사는 깐깐하게 플 레이하면서 시간을 많이 끌었다. 그도 선영만큼이나 고심하는 플레이를 이어갔다. 그에 비해 젊은 중국인 둘은 인형처럼 표 정에 미동도 없고, 대화도 일절 하지 않았다. 담배를 피우거나 음료를 마시지도 않고, 칩을 뒤섞는 행동도 하지 않았다. 그들 은 기계적으로 베팅하는 로봇 같았다. 시간이 흐르자 동일했던 칩 높이가 제각각 변했다. 1등은 홍후였다.

"레이즈."

그녀는 늘어난 칩만큼 계속해서 레이즈했다. 칩은 더욱 쌓였
다. 계속해서 좋은 족보가 나오자 선영과 박사는 쫓아가는 걸
멈췄다. 한 플레이어에게 계속 행운이 따르는 것도 도박판에서
흔히 일어날 수 있는 일이었다. 두 사람은 조바심 내지 않았다.

그러나 동수는 그녀의 베팅을 쫓아갔다. 뻥카에 속지 않겠다
는 오기였다. 불행히도 그 패는 A 트리플, 쫓아가선 안 되는 패
였다. 그다음 판도 마찬가지였다. 가장 먼저 오링 된 사람은 동
수였다. 그는 주먹으로 바닥을 치며 홍후를 노려봤다.

그러나 홍후의 표정은 미동도 없었다. 나비 역시 몇 번이나
홍후와 종루를 쫓아갔던 탓에 칩이 반절 이상 사라졌다. 그녀
의 칩 섞는 소리가 요란해졌다. 압박감을 느끼는 건 당연했다.
아마 평소의 그녀였다면 칩의 반을 잃었다고 하더라도 자리에
서 일어났을 텐데, 모든 걸 다 걸어야 하는 부담감이 그녀를 더
거세게 몰아붙였다.

"폴드."

늦게야 신중한 플레이로 돌아섰지만 판이 돌아갈수록 오히
려 나비의 패색이 짙어졌다. 리스크가 적어질수록 따는 돈이
더 줄 수밖에 없는 까닭이었다. 칩은 점점 더 줄었고, 그녀의 얼
굴은 처음보다 훨씬 불안해 보였다. 카드를 보고 저도 모르게
입술을 오므리거나, 입술을 빨거나, 눈썹을 찡그렸다. 모두 카

드가 안 풀린다는 증거였다. 이미 카운팅 기술도 엉망으로 떨어진 게 뻔했다.

"올인."

막판에 승부를 걸었지만 그조차도 종루의 패에 막혔다. 나비는 다이아 플러시, 종루는 J 풀하우스였다. 나비는 분한 표정으로 일어났다. 이제 남은 사람들의 건투를 빌어주는 수밖에 없었다. 나비가 테이블을 떠나자 종루의 입가에 살짝 미소가 떠올랐다. 선영은 그 자만의 표정을 읽고 속으로 안도했다. 홍후는 로봇이나 다름없어 보였지만 종루는 그렇게 위장에 능하지 못한 게 틀림없었다.

'선글라스를 끼고 후드를 둘러쓴 데는 이유가 있어.'

그녀는 종루를 관찰하며 그의 플레이 스타일을 분석했다. 가장 속이기 어려운 것은 눈동자였지만 꼭 눈을 들여다보지 않아도 알 수 있는 것들이 있었다. 미세한 입가의 주름과 손가락의 움직임, 칩을 쥐고 미는 동작, 의자에 기대거나 등을 바로 세우거나, 선글라스를 밀어 올리고, 카드를 보고 덮는 행동 같은 모든 것이 그에 대해 속삭였다.

"레이즈."

종루가 칩을 내미는 순간 선영의 머리로 숫자 하나가 날아들었다.

'겨우 K 원페어를 쥐고 있을 뿐이야. 거짓이다.'

"레이즈."

선영도 칩을 올렸다. 종루의 손가락이 꿈틀했다. 쇼다운 결과, 선영의 예상은 적중했다. 칩 무더기가 선영에게로 돌아가자 종루의 입꼬리에 암울한 그림자가 생겼다.

'무너지고 있다.'

뻥카를 몇 번이나 선영에게 들키자 그는 높은 핸드가 들어오지 않는 이상 베팅하지 못하게 됐다. 지나치게 정직해져버린 플레이는 금방 바닥을 드러냈다. 게다가 연속으로 박사에게 운이 따르자 만회를 노리던 종루의 칩이 순식간에 줄었다. 그는 평정심을 유지하기 위해 안간힘을 쓰는 것처럼 보였으나 오히려 그럴수록 긴장한 게 더 역력하게 드러났다. 팔은 뻣뻣해졌고, 엉덩이는 의자 끄트머리에 있었다. 홍후가 종루와 강 회장을 힐끔 쳐다봤다.

'걱정하고 있구나. 종루가 무너지면 홍후도 압박감을 느끼게 될 거야.'

선영은 플레이 스타일을 바꿔서 공격적으로 종루를 몰아갔다. 박사 역시 종루가 점점 말려들어가는 걸 놓치지 않았다. 두 사람은 주거니 받거니 서로의 패를 가늠하며 판돈을 불렸다. 폴드를 몇 번만 해도 끝날 정도로 칩이 줄자 종루도 별수 없이 올인했다. 패는 10 투페어. 나쁘진 않았다. 그러나 전부를 걸 정도도 아니었다. 그는 두 손을 꼭 모았다. 이제 운에 기댈 수밖에 없었다. 선영이 빙그레 웃었다.

"도박사가 속을 다 들켜버리면 끝이죠."

그녀가 A 스트레이트를 내보이자 종루의 두 손이 허무하게 테이블 바닥으로 떨어졌다. 이제 선영은 홍후보다도 칩이 더 많아졌다. 종루는 한쪽에서 조용히 구경하던 강 회장을 쳐다봤다.

"이리 와."

강 회장이 소파에서 일어나 나긋하게 그를 불렀다. 종루는 머뭇거리며 선글라스와 후드를 벗었다. 선영은 속으로 놀랐다. 고등학생 정도일 거라는 생각은 했지만 정말 앳된 소년이었다. 종루가 고개를 숙이고 강 회장에게 다가갔다. 저 나이에 돈 10억이 있었을 리도 없고, 강 회장 하우스에서 선수가 된 데는 무슨 사연이 있을 텐데, 큰돈을 홀랑 날리고 난처할 게 뻔했다.

"괜찮아. 이리 와."

강 회장 목소리가 온화했다.

"죄송합니다."

종루가 뒷목을 긁적이는 순간 짝! 살 터지는 소리와 함께 그가 바닥으로 나가떨어졌다. 손찌검을 한 강 회장은 전혀 흥분한 얼굴이 아니었다. 씩씩거리지도 얼굴이 벌겋게 달아오르지도 않았다. 그는 가볍게 미소 지으며 전화로 가드를 불렀다.

"종루 데리고 나가."

곧 가드 둘이 들어와 공포에 질린 종루를 질질 끌고 나가다시피 했다. 선영과 박사는 경악한 표정으로 그 광경을 지켜봤다. 그때 홍후가 칩을 내놨다.

"레이즈."

기계음처럼 한 치의 흔들림도 없는 목소리였다. 그녀는 종루가 나가는 쪽으로 눈길 한 번 주지 않고 칩을 걸었다. 박사와 선영이 곁눈질로 서로를 쳐다봤다. 딜러도 강 회장의 눈치를 살폈다. 박사가 헛기침을 했다.

"이거 어디 무서워서 게임 하겠습니까?"

"신경 쓰이게 해서 죄송합니다. 하던 대로 하십시오."

강 회장이 사과했으나 갑자기 일어난 충격적인 장면에 마음이 쓰이지 않을 수 없었다. 게다가 시간은 어느새 네 시간이나 흘렀다. 카운팅 기술은 처음보다 훨씬 떨어지고 있었다. 선영은 마음을 다잡기 위해 물 한 모금을 마셨다.

'오선영, 정신 차리자. 홍후는 종루가 뺨 맞을 거라는 걸 처음부터 알고 있었어. 아마 그녀가 먼저 죽었더라도 마찬가지였을 거야. 강 회장은 계속해서 심리적인 압박을 줄 거고, 그때마다 나와 박사의 페이스는 흔들릴 수밖에 없어. 여기서 계산이 더 흐릿해지기 전에 가능한 한 빨리 끝내는 게 현명해.'

그때 강 회장이 반가운 제안을 했다.

"이제 시간도 꽤 지났으니 판돈 좀 올리시죠."

"그럽시다. 5억~10억 괜찮습니까?"

박사가 물었다.

"좋아요."

이제 한 판에 오가는 금액이 엄청나게 커졌다. 한 수만 잘못 돼도 낭떠러지나 마찬가지였다. 선영은 먹잇감을 기다리는 맹수처럼 숨소리조차 내지 않았다. 선영의 손에는 스페이드 9, 하트 9 카드가 들어왔고, 바닥에는 하트 Q, 스페이드 6, 스페이드 Q가 깔렸다.

"레이즈."

무조건 돈을 올려야 하는 패였다.

"레이즈."

홍후도 판돈을 올렸다. 연이어 콜만 부르던 박사가 잠시 플레이를 멈추고 칩을 달그락거렸다.

"레이즈."

그 역시 패가 잘 들어온 건지, 판돈을 불리려는 건지 모르겠지만 어느 쪽이든 상관없었다. 바닥에 네번째 카드가 깔렸다. 클로버 9, 풀하우스였다. 선영은 속으로 쾌재를 불렀다. 그녀는 홍후와 자신의 칩이 얼마나 남았는지 셌다. 남은 게임은 고작 다섯 게임 안팎, 그 게임 중 또다시 풀하우스를 잡을 가능성은 거의 없었다. 하늘이 주신 기회였다. 홍후와 선영의 눈이 공중에서 맞부닥뜨렸다. 선영은 처음으로 그녀의 눈동자가 흔들리는 걸 놓치지 않았다.

"올인."

선영이 칩을 모두 밀어 넣었다. 그 찰나에 비친 불안과 공포는 그녀의 승리를 확신시켰다. 홍후는 고개를 떨어뜨렸다. 그러나 그녀의 입에서 나온 말은 의외였다.

"올인."

테이블 위로 홍후의 칩 전부가 쏟아졌다. 그리고 연이어 박사도 자신의 칩을 모조리 테이블로 밀어 넣었다.

"올인."

이건 예상외였다. 박사까지 전부 걸 줄은 몰랐다. 선영은 산처럼 쌓인 칩을 앞에 두고 두 사람을 번갈아 쳐다봤다.

"마지막……이군요."

박사의 가라앉은 목소리가 홀을 울렸다. 선영은 등줄기로 땀한 방울이 흐르는 걸 느꼈다. 분명 둘 다 홍후에게 질 가능성은 낮았다. Q 풀하우스가 질 가능성은 더더구나 없었다. 그때 딜러가 마지막 카드를 뒤집었다. A 스페이드였다. 홍후가 테이블을 박차고 일어났다. 그녀의 카드는 A 하트, Q 다이아. A 풀하우스였다. 선영은 멍하게 있다가 선글라스를 벗고 다시 카드를 확인했다. 숨이 턱 막혔다. 늦게야 자신의 패인 Q 풀하우스 카드를 뒤집었지만 이미 아무 의미도 없었다. 카드는 더미 속으로 속절없이 사라졌다. 선영은 머릿속이 텅 비어 마치 백지장이 된 것 같았다. 어디서부터 잘못된 건지 알 수가 없었다.

'분명 질 리가 없는 게임이었는데……. 아까 그 눈빛은 분명…….'

선영은 홍후를 쳐다봤지만 그녀는 이쪽으로 고개 한 번 돌리지 않고, 인사도 없이 홀 밖으로 나가버렸다.

"이, 이게 말이나 되는 소리야?"

동수가 씩씩거리며 패배를 인정하지 못하고 화를 냈다. 10억

중 4억은 선수가 부담하기로 했으니 꼼짝없이 4억을 날린 셈이었다. 강 회장은 들고 온 돈 가방을 테이블 위에 차곡차곡 올려놓고, 돈 세는 기계를 켰다. 옆에 있던 강 회장 수하는 가방 속 돈을 기계 안으로 부지런히 집어넣었다.

"그럼 계산 한번 해볼까요?"

"계산요? 지금 뽀찌라도 주시겠다는 말씀이세요?"

나비가 담배를 꺼내 입에 물었다. 그녀 역시 목소리가 날카롭게 변해 있었다.

"차비 정도야 드려야지. 그런데 빚 제하면 차비로 남는 게 있으려나 모르겠네."

강 회장이 다시 전화를 들었다.

"응, 사장님들 들어오시라고 해."

다들 어안이 벙벙한 표정이었다.

'설마……'

그때, 하우스 사장 넷이 등장했다. 물론 그중에는 천 사장도 있었다. 이미 승부의 결과를 전해 들었을 텐데 그는 당황한 기색도 없이 능글능글하게 웃으며 소파에 앉았다. 선영은 사장 중에 재휘와 카지노 동기였던 윤구에게 가서 물었다.

"오빠, 이게 어떻게 된 일이에요?"

"어떻게 되긴 뭐가 어떻게 돼?"

그가 조롱하듯 웃더니 천 사장 옆에 가서 앉았다. 나비도, 동수도 얼굴이 하얗게 질렸다. 함정에 빠진 게 분명했다. 강 회장은 돈을 세던 수하에게 물었다.

"가방에 돈 얼마 들었어?"

"6억입니다."

가드의 말에 방 안은 물을 끼얹은 것처럼 조용해졌다.

"그럼 애초에 10억이 들었던 게 아니란 말이에요?"

나비가 고 사장을 흘겨봤다.

"원래 6 대 4 하기로 한 거잖아."

고 사장은 손톱 다듬는 시늉을 하며 퉁명스럽게 대답했다.
그제야 모두들 하우스 사장에게 뒤통수를 맞았다는 걸 깨달았
다. 그때 강 회장이 중재하듯 나섰다.

"누구한테 갚든 갚아야 될 돈인데, 뭘 또 그렇게 화를 내고
그러실까?"

그가 테이블 위에 서류 뭉치를 꺼냈다. 위에는 '차용증'이라
고 적혀 있고, 그 아래로 원금 4억에 월 이자 10퍼센트로 변제
하겠다는 내용이 적혀 있었다.

"형! 이게 무슨 짓이야? 응? 이럴 수 있어?"

동수가 윤구를 향해 고함을 지르자 가드가 동수를 붙잡았다.

"형은 누가 형이야?"

윤구가 귀를 후비며 히히 웃었다.

"야! 이 개새끼야! 네가 나를 팔아? 이럴 수 있어? 내가 그동
안 벌어준 게 얼만데!"

동수가 소리를 지르며 발악했다. 곧 가드들의 발길질이 이어

졌다. 그가 실컷 얻어터지고 바닥을 뒹굴자 강 회장은 혀를 끌 끌 찼다.

"미련스럽긴. 자, 우리 피차 힘 빼지 말고 빨리빨리 사인하고 집에 갑시다."

"좋아요. 4억, 까짓것."

나비는 치가 떨렸지만 펜을 잡아 사인했다. 여기서 제 발로 걸어 나갈 방법은 그것뿐이었다. 강 회장은 나비가 사인한 종이를 쭉 훑더니 박사와 선영에게도 서류를 내밀었다. 박사는 자신을 고용한 대박 바 사장을 힐끗 쳐다보더니 별말 없이 사인을 했다. 이젠 선영의 차례였다.

'복수는커녕 함정에 빠지다니.'

눈앞이 캄캄하다 못해 세상이 바닥째 꺼질 것 같았다. 그런데 그 순간 강 회장이 씩 웃으며 선영의 서류를 빼앗았다.

"아차차, 깜빡할 뻔했군."

그는 뭔가 빠뜨린 사람처럼 서류를 고쳤다. 선영은 그가 줄을 긋고, 고쳐 써 넣은 금액을 쳐다봤다. 원금 4억은 74억이 되어 있었다. 이해할 수 없는 금액이었다.

"왜……."

그 순간 강 회장이 그녀를 향해 악마 같은 눈웃음을 지었다.

"오선영, 많이 컸어? 아버지 빚도 다 갚으러 오고?"

선영은 다리에 힘이 빠져 휘청했다.

"어, 어떻게……."

"어떻게 알았느냐고? 우리 천 사장이 알려줬지."

숨이 목구멍에서 턱턱 막혔다. 선영은 간신히 테이블 모서리를 붙잡고 몸을 돌려 천 사장을 쳐다봤다. 그는 손가락을 흔들며 깝죽거렸다.

"나쁜 새끼……."

선영의 목소리가 떨렸다.

"그럼 이제 아버지 빚까지 계산 좀 해볼까?"

"아, 아버지, 아버지 빚이요?"

"왜? 기억 안 나? 난 10억을 걸었고 오 사장은 널 걸었는데, 그날 네가 도망쳐버렸잖아. 잘 알면서 새삼 모르는 척하고 그래, 서운하게."

"하지만 어째서 74억이나……."

"10억이면 월 이자 10퍼센트가 1억이니까, 5년이라고 하면 60억. 거기에 오늘 빚진 돈 4억 더하면 74억이 맞는 셈이잖아? 왜? 틀렸어?"

그는 먹잇감을 가지고 노는 사자처럼 선영의 주위를 빙글빙글 돌았다. 그녀의 절망적인 표정을 감상이라도 하겠다는 듯했다. 선영은 얼굴이 새파랗게 변해 금방이라도 울 것처럼 부들부들 떨었다.

그때 천 사장이 선영 곁으로 다가와 슬쩍 어깨를 감싸 쥐었다.

"은지 씨, 아니 이제 선영 씨라고 불러야 하나? 어때? 내가 좀 도와줄 수도 있는데."

귓속말로 소곤거리는 천 사장의 목소리가 소름 끼쳤다. 선영은 그의 팔을 뿌리치고 경멸에 찬 시선으로 쏘아봤다. 그녀의 눈에는 핏발이 서 있었다.

"앙탈은."

천 사장이 어깨를 으쓱하면서 하하 웃었다. 강 회장은 손목시계를 들여다본 뒤 가드들에게 손짓했다.

"차 준비시켜. 이제 판 끝났으니 건물 비워야지. 선영 씨는 어쩔래? 여기 지금 사인할래? 아님 할인 좀 해줄까? 천 사장하고 재미 좀 보고 오면 10억 정도는 통 크게 빼줄 수 있는데. 수술받으면 당분간 병신이잖아. 그 전에 시원하게 떡 한번 치는 것도 괜찮지, 응?"

그가 마지막으로 서류를 한 번 더 흔들었다. 남은 방법이 없었다. 선영은 펜을 잡았다. 그동안 해왔던 수많은 노력은 물거품이 됐고, 남은 것은 괴물 아가리에 제 발로 걸어 들어가는 것뿐이었다.

'74억을 갚을 방법은 없어. 여기에 사인을 하는 순간 내 인생은 끝난다. 나 역시 아버지처럼 되고 만 거야.'

두려움과 절망 속에 선영의 손가락이 꿈틀꿈틀 제멋대로 움직였다.

"긴장하지 말고, 어서 사인해. 사인 안 하면 집에 못 가는 거니까."

강 회장이 반협박하듯 사인을 독촉했다. 선영은 마지못해 종이에 대고 펜을 눌렀다. 더 이상 버틸 도리가 없었다. 펜에서 나온 잉크는 마른 종이 위로 검게 퍼졌다. 모든 게 끝장나는 순간이었다.

그런데 그때 뭔가 때려 부수는 소리와 함께 한 남자가 홀 안으로 뛰어들어왔다.

"선영아!"

재휘였다. 그는 가드들과 몸싸움을 벌인 탓인지 입술이 터지고, 셔츠도 찢어져 있었다.

"이 새끼가……."

가드들이 우르르 일어났다.

"선영아, 거기서 나와!"

재휘가 도망치자는 듯 손을 뻗었다. 강 회장의 눈에서 불꽃이 튀었다.

"잡아!"

선영은 강 회장을 밀쳐내고 있는 힘을 다해 문으로 달렸다. 옆에 있던 나비도 자신이 사인했던 서류를 빼앗아 쥐고 따라 나왔다. 동수 역시 온 힘을 다해 도망치려다 가드에게 붙들렸다. 홀 안은 아수라장이 됐다.

재휘, 선영, 나비는 사력을 다해 엘리베이터로 뛰었다. 다행히 엘리베이터는 34층을 올라오는 중이었다. 세 사람은 엘리베이터 앞에서 발을 굴렀다. 복도로 가드들이 우르르 뛰쳐나왔다. 띠링. 문이 열리자 재휘는 선영에게 차 키를 넘긴 뒤 그녀와 나비를 엘리베이터 안으로 밀어 넣었다.

"차는 지하 2층에 있어. 먼저 도망쳐. 나 금방 갈 테니까."

그 순간 가드가 그의 등을 가격했다.

"오빠!"

선영이 재휘를 불렀지만 그는 온몸으로 가드들을 막아내며 엘리베이터에 타지 않았다. 그가 막지 않는다면 절대 엘리베이터가 내려갈 순 없어 보였다.

"어서 가!"

"오빠!"

순간 퍽, 재휘의 머리에 쇠파이프가 날아들었다. 선영은 쓰러지는 재휘의 얼굴을 못 박힌 사람처럼 서서 바라봤다. 눈가를 타고 검붉은 피가 주르륵 흘렀다. 입에서는 비명 소리도 나오지 않았다. 마치 세상이 정지된 것처럼 느껴졌다. 가드들이 쓰러지는 재휘를 옆으로 젖히는 순간 나비가 '닫힘' 버튼을 연타했다.

"오빠! 오빠!"

문이 닫히자 선영은 문을 쾅쾅 두들기다가 다른 층 버튼을 눌러 엘리베이터를 멈추려고 했다. 나비는 그녀를 구석에 몰아 넣고 씨름했다.

"정신 차려!"

"이거 놔! 이거 놓으란 말이야. 우리 오빠 죽는단 말이야. 이 거 놔!"

나비가 발광하는 선영을 흔들다가 결국 따귀를 올려붙였다.

"야, 이 미친년아. 죽고 싶어? 너도 가서 죽고 싶은 거야? 저기 남았다간 우리 둘 다 끝이라고. 알아?"

그녀는 차용증을 갈가리 찢은 뒤 선영을 끌고 지하 주차장 밖으로 나갔다. 가드들은 금방 주차장으로 내려왔다. 나비는 반쯤 정신을 놓다시피 한 선영을 욱여넣듯 태우고, 거칠게 차를 몰아 건물 밖으로 빠져나갔다. 가드들이 허탈하게 차 뒤꽁무니를 쳐다보는 게 백미러에 비쳤다. 게임이 끝난 시간은 밤 12시, 하늘은 달도 없이 깜깜했다.

도망자

　한강 둔치에 홀로 남은 선영은 멍한 얼굴로 흐르는 강물을 바라봤다. 모든 게 꿈처럼 실감 나지 않았다. 함정에 빠졌다는 것도, 재휘가 붙잡혔다는 사실도, 아무것도 믿을 수 없었다. 나비는 차를 떠나면서 선영에게 충고했다.

　"4억도 간당간당해서 도망치는 판국에 74억? 월 이자 10퍼센트면, 씨발. 월에 이자만 7억 4천씩 붙는데 무슨 수로 갚아? 몇 달 있다 장기 다 뽑히고 섬에 들어가서 죽는 거지. 그 남자 살릴 생각 말고 어디로든 도망가. 잡히면 죽는 거야."

　재휘와 선영이 함께 찍었던 작은 열쇠고리 사진이 자동차 백미러에서 흔들거렸다. 선영은 재휘의 손때가 묻은 핸들을 만지다가 유리창에 머리를 쾅쾅 박았다. 죽을 수만 있다면 이대로 죽고 싶은 심정이었다.

"모든 걸 망쳤어. 내 손으로 오빠를…… 내 손으로 오빠를 죽인 거야."

용팔의 얼굴이 떠올랐다. 선영의 일이라면 뭐든지 다 해줄 것 같은 아빠 같은 사람이 그였는데, 재휘를 그 지옥 구렁텅이에 두고 도망쳤으니 무슨 면목으로 그를 볼 것인가. 그러나, 그럼에도 불구하고, 지금 매달릴 사람은 오직 그뿐이었다. 선영은 사시나무 떨듯 떨면서 전화를 걸었다.

"아저씨."

전화를 받은 용팔은 말이 없었다. 무슨 일이 벌어졌는지 직감한 듯했다. 적막한 가운데 선영의 흐느끼는 소리만 이어졌다. 용팔은 한참을 있다가 쉰 목소리로 입을 뗐다.

"5년 전쯤, 재휘와 입파도 펜션에 갔던 것 기억날 게다. 실은 그때 너희가 묵었던 그 펜션 주인이 내 아는 동생이었는데…… 지금 당장 그 양반한테 가거라. 널 마카오로 밀항시켜줄 게야."

입이 열 개라도 할 말이 없는데, 용팔은 한마디 타박도 없이 마지막 살길을 알려주고 있었다. 선영은 끅끅 소리도 내지 못한 채 가슴만 움켜쥐었다. 진흙 구덩이에 빠졌던 인생을 겨우 건져내 보듬어줬건만, 이 따뜻했던 사람들을 제 발로 끊어냈으니 이보다 더 멍청하고 후회스러운 일이 뭐가 있을까.

"죄송합니다. 제가, 제가 잘못했습니다. 죄송합니다."

울음으로 뭉개진 통곡 소리가 용팔의 전화로 흘러나왔다. 용팔은 침통한 목소리로 말했다.

"재휘는 내가 어떻게든 해보마. 넌…… 넌 돌아와선 안 된다. 알겠니?"

선영이 차마 대답도 못 하고 우는 소리가 들렸다. 용팔은 가슴이 찢어졌지만 냉정하게 마지막 인사를 했다.

"다신 전화하지 마라."

그 말을 끝으로 전화가 끊겼다. 선영은 전화를 붙잡고 피눈물을 흘렸다. 그녀는 가드들 손에 쓰러지던 재휘를 떠올리며 가슴을 쳤다. 시간을 되돌릴 수만 있다면, 재휘가 프러포즈했던 그날로 되돌릴 수만 있다면. 그러나 이제는 아무것도 할 수 없었다.

선영은 편의점 ATM에서 출금 가능 한도인 현금 6백만 원을 뽑은 뒤, 현금카드와 비밀번호, 신분증과 재산 목록을 적어 용팔이 입원한 병실로 퀵서비스를 보냈다. 이제껏 강 회장에게 덤빌 욕심으로 악착같이 4억이라는 큰돈을 모았으나 74억에 대면 할 말이 없는 금액이었다.

선영은 자기 집으로 돌아가 옷 한 벌 챙기지 못하고 그대로 입파도로 향했다. 가는 길이 천리만리 저승길 같았다. 그녀의 머릿속에는 온통 재휘 생각뿐이었다.

'오빠는 어떻게 됐을까?'

74억은 죽었다 깨어나도 갚을 수가 없는 돈이고, 강 회장의 잔악함은 두말할 필요가 없었다. 암만 생각해봐도 그가 재휘를 온전히 살려 보내줄 가능성은 낮았다. 참담했다. 선영은 배 난간을 붙잡고 시퍼런 바닷물에 몸을 던질까 생각해봤다. 그러나 죽을 때 죽더라도 그가 살아 있을지 모른다는 마지막 희망의 끈을 놓치고 싶지 않았다.

'언제가 되더라도 좋으니 한 번만 더 오빠를 만날 수 있다면!'

쉴 없이 눈물이 흘렀다. 퉁퉁 부어 거의 탈진되다시피 했는데도 눈물은 조금도 마르지 않았다. 입파도의 펜션 주인은 그런 선영을 보자 어찌 된 사정이냐 묻지도 않고 그저 꿀물 한 병을 내줬다.

"마셔두쇼. 살아 있으면 언젠가는…… 언젠가는 또 기회가 오는 법이여."

밤이 깊을 때까지 그는 어망을 손질했다. 선영은 재휘와 함께 앉았던 벤치에서 넋을 놓고 바다만 바라봤다. 어느새 계절은 가을이었다. 날은 흐릿하고 파도가 높았다. 나중에는 먹구름 사이로 부슬비까지 내렸다. 선영은 비를 피할 생각도 하지 않고, 옷이 젖으면 젖는 대로 있었다. 해변에 부서져 사라지는 파도처럼 모든 게 허망하고 덧없었다.

자정 무렵이 되자 펜션 주인은 궂은 날씨에도 약속대로 배를 띄웠다. 엔진 소리는 시끄럽고, 조각배라 뱃멀미가 심하게 났다. 선영은 구역질을 하면서 뱃전에 매달렸다. 속에서 벌레 수백 마리가 아우성치는 것처럼 고통스러웠다. 밤인지 낮인지 눈앞이 흐리멍덩하고, 고열과 두통으로 정신도 혼미해졌다.

'이렇게 죽는구나.'

끝없이 이어지는 악몽 속에서 얼마나 시간이 흐른 건지조차 가물거리는데, 펜션 주인이 그녀의 어깨를 흔들어 깨웠다.

"정신 좀 차려보쇼. 다 왔어. 여기 마카오여, 마카오."

게슴츠레한 눈앞에 마카오의 선착장이 눈에 들어왔다. 밤이라 부두에는 배 흔들리는 것밖에 보이지 않았지만 곳곳에 불을 밝힌 중국어 간판이 낯설고 두려운 여정을 알리는 듯했다. 선영은 겨우 몸을 추슬러 내리며, 펜션 주인에게 감사의 뜻으로 3백만 원을 건넸다.

"어차피 용팔이 형 부탁 받고 하는 일인데, 이 돈 다 받으면 안 되제. 반만 받을 테니 나머지는 먹고 자고 하는 데 쓰쇼. 여서 돈 벌기도 녹록지는 않을 테니."

그는 돈을 호주머니에 대충 쑤셔 넣은 뒤 가짜 신분증과 당장 차비로 쓸 소액의 마카오 달러를 주고, 배를 돌려 떠났다.

선영은 이제 낯선 타지에서 완전히 혼자였다. 그간의 피로와 고통으로 어깨는 돌짐을 짊어진 듯 무거웠다. 그녀는 무작정 눈에 띄는 허름한 모텔에 들어가 며칠 밤낮을 죽은 듯이 보냈다. 눈 뜨면 울고, 눈 감으면 옛날 꿈을 꿨다. 나중에는 재휘가 나오는 꿈을 꾸기 위해 술을 사다 마셨다. 그렇게라도 보고 싶었다. 그러나 시간이 지날수록 꿈은 점점 악몽으로 변했다. 숨을 헐떡거리며 쫓기다가 깨어나길 몇 번이나 반복했다. 지옥 같은 날들이었다. 거울 속에서는 광인처럼 보이는 여자가 그녀를 조롱하며 말을 걸어왔다.

"오선영, 꼴좋구나. 강 회장한테 복수한다더니 재휘 오빠를 제물로 갖다 바쳐? 머저리 병신 같은 년, 넌 평생 이 수렁에서 헤매게 될 거야. 그게 네 손으로 모든 걸 망친 대가니까."

"그래! 욕하고, 저주해. 어디 더 욕하고 저주해봐!"

선영은 악을 쓰면서 거울 속 여자를 붙잡고 발광했다. 절망에 찬 날은 하루도 빠짐없이 이어졌다. 그렇게 며칠이, 몇 주가 지났다. 선영의 몰골은 술에 찌든 폐인이나 다름없었다. 총명하고 아름다웠던 외모는 온데간데없고, 머리를 풀어 헤치고 술냄새를 풍기는 여자가 있을 뿐이었다. 선영이 술을 사러 거리를 나가면 사람들은 그녀를 슬금슬금 피했다.

"재휘 오빠……."

선영은 재휘를 닮은 남자를 쫓아 거리를 방황했다. 그의 넓은 어깨와 단정한 뒷모습을 꼭 한 번만 더 볼 수만 있다면, 그 손을 다시 잡을 수만 있다면.

그러나 재휘의 뒷모습은 자꾸만 허상이 되어 사라졌다. 때론 재휘인 줄 알고 쫓아간 남자가 기겁을 하면서 욕지거리를 퍼붓기도 했다. 선영은 길바닥에 앉아 엉엉 울었다.

"오빠, 오빠, 오빠. 미안해. 내가 잘못했어. 내가 정말로 잘못했어."

그렇게 두 손을 비비며 재휘를 불렀다. 살아 있을까. 살아 있긴 할까. 그날 밤, 선영은 운동화 끈을 엮어 만든 긴 줄을 놓고 생각했다.

'그래, 더 이상 이렇게 살 순 없어. 오빠가 이 세상에 없다면 나 역시 오빠를 따라가자.'

선영은 마지막이라는 생각으로 공중전화 박스를 찾아 돼지엄마에게 전화를 걸었다. 염치없는 줄은 알지만 지금 용팔과 재휘의 소식을 물어볼 사람은 그녀뿐이었다. 다행히 그녀는 선영의 전화를 박정하게 끊지 않았다.

"밥은 먹고 다녀?"

"네, 저…… 저…….."

날마다 꿈에 그리던 사람이건만 입 밖으로 재휘 이름이 나오지 않았다. 돼지엄마가 그 속을 왜 모르겠냐는 듯이 먼저 말을 꺼냈다.

"재휘…… 재휘 살아 있어."

선영의 눈에서 눈물이 터졌다. 더 물어보고 싶은데도 목이 메어 수화기만 붙들고 흐느끼자 저쪽에서도 안쓰러운지 한숨을 푹 쉬었다.

"그때 그렇게 되고, 용팔 오빠가 강 회장 만나러 갔었어. 이리저리 돈 만들어서 10억 정도는 어떻게 갚았는데, 그래도 재휘를 빼 오진 못했어."

"그러면…….."

"오빠가 강 회장한테 뭐라고 설득을 한 건지 모르겠지만 거기 하우스에서 선수로 있는 조건으로 겨우 목숨은 건졌지. 그런데 말이 좋아 선수지…… 거의 뭐, 돈 벌어다 주는 기계나 다름없어. 눈이 그 지경인데도, 거의 열두 시간 이상을 포커 판에서 돌리니."

"눈이요?"

재휘가 쓰러지던 순간 그의 눈가를 타고 흘렀던 선명한 핏자국이 스쳤다. 돼지엄마는 잠시 망설이다가 대답했다.

"그게…… 왼쪽 눈이 실명됐어. 그날 그 집 졸개들한테 맞고 피를 엄청 흘렸는데, 시신경이 상했다나 봐."

목구멍으로 뜨거운 울음이 솟았다. 선영은 오열하면서 바닥에 주저앉았다.

'오빠!'

지금 이 순간에도 그 한쪽 눈으로 포커 판에서 고군분투하고 있을 재휘를 떠올리니 송곳으로 가슴을 후벼 파는 듯 마음이 아렸다. 돼지엄마 목소리도 암담하게 가라앉았다.

"울지 말고 선영 씨도 거기서 어떻게든 살길 찾아. 용팔 오빠도 이제 건강이 많이 나빠져서, 재휘를 어찌해줄 형편이 아니고. 나도 강 회장한테 찍혀서 더 이상 도움 주긴 어려울 것 같아. 어쩌겠어? 자기 살 구멍은 자기가 찾아야지. 미안해, 선영 씨. 이제 나한테도 전화하지 마."

돼지엄마가 말을 흐리다가 결국 전화를 끊었다. 선영은 공중전화 박스에서 한참을 쭈그리고 앉아 울었다. 재휘는 사지에서 온갖 고초를 겪으며 목숨을 연명하고 있는데, 그동안 술에 절어 그와의 옛 추억만 더듬고 있었던 자신이 이렇게나 밉고 저주스러울 수가 없었다.

선영은 모텔로 돌아오자마자 엮어놓았던 운동화 끈을 갈기갈기 잘라버렸다.

'재휘 오빠는 강 회장에게 자기 목숨을 구걸할 사람이 아니야. 죽으면 죽었지 자기 아버지 원수 밑에서 일할 사람이 아니라고. 그런 오빠가 치욕을 당하면서도 견디고 있는 건 용팔이 아저씨와 나 때문이야. 그런데 난 바보처럼 죽을 생각만 하다니.'

선영은 두 손으로 자기 머리를 쥐어뜯었다. 그때 거울 속 여자가 물었다.

— 죽기로 했던 것 아니었어?

"이렇게 죽을 순 없어."

— 이재휘가 살아 있다는 얘길 들으니 마음이 바뀐 거야? 하지만 이제 와서 뭘 어떻게 하려고?

"오빠를, 오빠를 다시 찾아야겠어."

— 네가? 그게 가능할 것 같아?

그녀가 비웃었다. 선영은 거울 속 여자를 노려봤다.

"오빠 혼자 그곳에 둘 순 없어. 오빠가 나를 구해줬듯 나 역시 오빠를 구할 거야."

— 강 회장을 상대로? 불가능한 일이야. 절대로, 절대로 이길 수 없어. 솔직히 말해봐. 두렵잖아? 무섭잖아? 상상도 할 수 없는 고통 속에서 죽을 수도 있어. 무슨 끔찍한 일을 당할지 모른

단 말이야."

"가장 두려운 건 고통도, 죽음도 아니야. 혼자 남겨지는 거지."

거울 속 여자가 코웃음을 쳤다.

— 흥! 겁을 먹고 도망칠 때는 언제고 이제 와서 죽음조차 두렵지 않다는 거야? 더러운 위선자.

그 말이 비수처럼 와서 꽂혔다. 그러나 선영은 여자의 눈을 피하지 않았다.

"위선자라고 욕해도 좋아. 하지만 더 이상은 도망치거나 숨지 않겠어. 난 반드시 오빠를 찾아올 거야."

— 지금의 네 꼴을 봐. 대체 네가 뭘 할 수 있다는 거야?

"뭐든지, 뭐든지 할 거야. 그게 무엇이라고 해도 오빠만 구할 수 있다면 목숨을 걸어서라도 해내겠어."

— 웃기지 마. 넌 그저 패배자일 뿐이야!

선영의 목소리가 높아졌다.

"아니, 천만에. 열등감에 절어 있는 패배자는 내가 아닌 바로 너야."

선영은 빈 술병을 집었다. 거울 속 여인이 주춤거렸다.

— 뭘 하려는 거야? 그만둬.

"오선영은, 옛날의 오선영은 이제 없어."

— 안 돼!

"꺼져버려!"

선영은 비명을 지르는 여자를 향해 빈 술병을 던졌다. 화장대 거울이 와장창 깨졌다. 더 이상 여자의 목소리는 들리지 않았다. 선영은 거울 조각을 으적으적 밟고 화장실로 들어갔다. 발바닥이 찢어져 피가 흘렀지만 하나도 아프지 않았다. 선영은 샤워를 하고, 옷을 갈아입고, 립스틱을 바른 뒤 모텔 밖으로 나왔다. 이미 죽은 목숨이라고 생각하니 두려울 것도, 못 할 것도 없었다.

'오빠를 강 회장 손에서 빼내려면 돈이 필요해. 그리고 내가할 줄 아는 것은 오직 포커뿐이다. 그래, 포커로 승부를 거는 수밖에 없어.'

선영은 택시에 올라 마카오에서 가장 큰 카지노로 가자고 주문했다. 기사는 알아들을 수 없는 중국어로 지절거리며 베네치안 카지노 앞에 그녀를 내려줬다.

'세계 최대의 도박장.'

베네치안 카지노는 마카오의 하늘 꼭대기에 날개를 펼친 것처럼 크고 화려했다. 선영은 카지노 건물을 노려보며 어금니를물었다. 온통 황금색으로 칠한 홀은 진귀한 그림과 장식으로꾸며져 마치 천상의 세계처럼 보였지만 그녀에게는 목숨이 오가는 전쟁터처럼 느껴졌다.

선영은 수중에 있는 돈 중에서 이틀 치 생활비를 제하고 모두 마카오 달러로 환전해서 카지노로 입장했다. 카지노 안은세계 각국에서 몰려든 관광객들로 시끌시끌했다. 선영은 카지노 안쪽 홀덤 포커 테이블로 향했다. 홀덤 포커 테이블은 카지노가 커미션만 먹고, 모든 게임은 참가자들끼리 붙는 형식으로 카지노의 절대적인 승률을 피할 수 있는 유일한 곳이었다.

선영은 10~25, 25~50, 100~200달러로 나눠진 테이블 중 우선 25~50달러 테이블에 가서 앉았다. 게임 분위기부터 보자는 생각에서였다.

예상대로 중국 카지노의 분위기는 한국과 많이 달랐다. 담배가 허용돼 연기가 자욱하고, 그 가운데 목소리가 큰 중국인들이 꽤 거친 플레이를 해나갔다. 선영은 아무 말도 않고 몇 번이나 패를 접으며 간을 봤는데, 그중 물개처럼 생긴 대머리 한국인 관광객 하나가 친구에게 하는 얘기가 들렸다.

"중국 놈들은 목소리만 크지, 베팅은 신중해. 그에 비해 한국인들은 성격이 급해서 낮은 핸드를 들고도 절대 죽지 않지. 우린 그걸 역이용하면 돼. 막 내지르는 한국인인 척하면 이게 또 잘 먹히거든."

그러나 불행히도 남자의 돈을 모두 따 간 사람은 선영이었다. 그는 한국말로 선영에게 욕지거리를 하면서 테이블을 떠났다. 그러거나 말거나 선영은 미동도 않고 계속해서 플레이를 이어갔다. 뭐라 욕하든 오직 돈밖에 보이질 않았다. 두 시간 정도 지나자 눈이 아프고 몸이 피곤해지는 게 느껴졌다. 그동안 술만 먹으며 폐인 생활을 한 탓에 체력이 떨어질 대로 떨어진 게 분명했다.

하지만 쉴 수 없었다. 선영은 얼음을 씹어가면서 정신을 붙들고 게임을 이어갔다. 100~200달러 테이블로 옮기고도 세 시간은 더 게임을 했다. 나중에 칩을 세보니 대충 8천 달러 정도 됐다. 그녀는 칩을 들고 일어났다. 오늘은 이쯤 하는 게 나을 것 같았다.

그런데 그때 다른 쪽에 있는 100~200달러 테이블에서 낯익은 얼굴이 그녀에게로 다가왔다. 하얀 얼굴에 초승달 같은 눈, 화장을 하고 머리 모양을 달리해서 처음에는 누군지 몰랐다. 그런데 그 차갑고 무덤덤한 눈빛을 마주하자 비로소 그녀가 누군지 알았다. 승리를 거머쥐자마자 바람처럼 강 회장 하우스에서 사라졌던 여자, 홍후였다.

"오랜만이에요. 여기서 또 뵙게 될 줄은 몰랐어요."

선영의 눈꼬리가 분노로 일그러졌다. 가드만 없다면 이 잔인한 승자에게 욕지거리라도 해주고 싶은 심정이었다. 그러나 한편으로는 또 걱정이 됐다. 홍후에게 여기 있는 걸 들켰으니 강 회장 귀에 이 사실이 들어가게 될지도 모르는 일이었다. 그녀는 선영의 불안한 눈빛을 읽었는지 안심하라는 투로 말했다.

"걱정 마세요. 난 이제 강 회장 사람이 아니에요. 그보다 나하고 잠깐 얘기 좀 할 수 있어요?"

"무슨 얘기를 하겠다는 거죠?"

경계심 섞인 목소리로 묻자 그녀가 위쪽을 가리켰다.

"VIP실에 있는 추 마담이 당신을 보고 싶어 해요."

"추 마담? 그게 누군데요?"

"이곳의 여왕이죠. 당신을 해치지 않겠다고 약속해요. 가서 얘기만 하고 가요."

"당신을 어떻게 믿어요?"

"그쪽은 이미 바닥까지 쳤잖아요. 더 내려갈 곳도 없을 텐데, 걱정이 심하군요."

자존심이 팍 상하는 대꾸였다. 그러나 선영은 지금 제 처지가 어떤지 뼈저릴 만큼 잘 알았다. 그녀 말마따나 자존심이 밥 먹여줄 것도 아닌데, 개뿔 체면 차릴 처지가 아니었다. 선영은 썩은 동아줄이라도 일단 잡고 봐야겠기에 홍후를 따라 VIP실로 향했다.

홀 위에 위치한 VIP실은 카지노에서 돈을 펑펑 써주는 단골들을 위해 무엇이라도 할 준비가 되어 있는 곳이었다. 때문에 그 안에서는 기상천외한 일이 벌어지는 게 특별한 일이 아니었다. 그러나 반라로 춤을 추는 스트립 걸들과 벌거벗은 고주망태 플레이어들이 두 사람을 맞을 거라고는 생각지 못했다.

"오선영 씨, 왔습니다."

홍후의 말에 가장 안쪽 포커 테이블에서 카드 점을 보던 한 중년의 여자가 흘끔 선영을 쳐다봤다. 그녀는 이 난장판 가운데 홀로 하얀 샤넬 트위드 재킷에 진주 목걸이를 하고 있었는데, 그 모습은 마치 흙탕물 위에 떠 있는 우아한 백조처럼 보였다.

"쉬었다 하지."

추 마담이 손을 들어 게임을 멈추자 일제히 사람들이 옆방으로 사라졌다. 심지어 인사불성으로 팬티만 입고 있던 남자까지도 자리를 비켰다. 선영은 좀 얼떨떨했다.

"앉아요."

추 마담의 권유에 선영이 자리에 앉자 그 곁에 홍후가 차를 준비해서 내왔다.

"갑자기 보자고 해서 좀 놀랐을 텐데, 그쪽이 여기 왔다는 얘길 듣고 게임 하는 걸 지켜봤어요. 당신 실력은 홍후에게 들어서 익히 알고 있었지만, 오늘 홀덤 테이블에서 8천 달러나 땄다면서요? 짤짤이 테이블에서 8천 달러라니 대단해요."

추 마담은 선영을 환대했지만 선영은 경계를 풀지 않았다.

"절 왜 보자고 한 거죠?"

"이용팔 씨에게 당신 얘기를 좀 들었거든요."

선영은 용팔의 이름이 나오자 흠칫했다. 다시는 연락하지 말라고 냉정하게 전화를 끊었으면서 한편으로 마카오 카지노 거부에게 그녀 얘길 했다는 게 믿기지 않았다.

"당신이 마카오로 왔다기에 어느 카지노든 찾겠거니 기대를 했는데, 아무리 기다려도 소식이 없더군요. 그래서 난 강 회장 하우스에서 패배한 후론 아예 망가졌나 보다 하고 생각했었어요."

강 회장 얘기에 선영은 고개를 떨어뜨렸다.

"그동안 꽤 힘든 시간을 보냈나 보죠?"

추 마담이 이해한다는 듯 고개를 끄덕이더니 테이블에 앉아 카드 점 보던 걸 계속했다.

"나도 한국 사람이에요. 이름은 추정혜, 여기선 보통 추 마담이라고 부르죠. 마카오에 온 지는 한 20년쯤 됐어요. 처음에는 나도 그쪽처럼 전부 다 잃고 왔지."

그녀는 마치 선영을 위로하듯 애틋한 미소를 지었다.

"손 선생이라는 포커 플레이어에 대해 들어본 적 있나요?"

추 마담이 물었다. 선영은 손 선생이라는 말에 번개를 맞은 것처럼 털이 쭈뼛 섰다. 하우스 전설처럼 불리는 그를 기억하지 못할 리 없었다.

"강 회장이 의수를 하도록 만든 사람……."

"맞아요. 내 전남편이었죠."

충격적인 고백이었다. 추 마담은 담배를 한 대 물고, 카드를 계속 섞었다.

"옛날얘기 하나 들려줄까요?"

선영이 대답이 없자 추 마담이 연기를 뿜으며 피식 웃었다.

"강과 손, 그리고 나. 우리 셋 다 처음에는 친구였어요. 손이 노력하지 않아도 되는 천재였다면 강은 노력으로 모든 걸 이루어내는 독종이었죠. 그 두 사람은 날 두고 경쟁했는데, 내가 선택한 사람은 손이었어요. 그 사람의 자유로움과 따뜻함을 사랑했거든요."

아직도 그가 그리운 듯 추 마담의 목소리가 애잔했다.

"강은 내게 언젠가 후회하게 만들어주겠다는 말을 남기고 떠났어요. 아마 그가 성공에 집착하게 된 건 그때부터였을 거예요. 도박판에서 너무 많은 죄를 저질렀죠. 손은 어떻게든 말리려고 했지만 그는 막무가내였고, 두 사람의 충돌은 불가피했어요. 난 둘에게 포커로 승부를 내자고 제안했어요. 조건은 하나였죠. 패자의 단도박과 그 증표인 단지(斷指)."

"그 싸움에서 강 회장이 졌군요."

"그래요. 하지만 그는 전혀 변하지 않았어요. 아니, 오히려 승부에 패한 후 더 심해졌죠. 결코 손을 이길 수 없다는 열등감에 사로잡혀 악귀가 돼버렸으니까요. 그는 손가락을 자른 뒤, 도박을 하지 않겠다는 맹세를 지켰지만 그 후로 선수를 고용했어요. 그래도 손을 무너뜨릴 수 있는 선수는 없었죠. 뼈에 사무칠 정도로 지독한 패배였을 거예요. 마지막엔 교통사고로 위장해 그이를 죽였으니까."

추 마담은 슬픈 표정으로 계속해서 카드 더미를 나누며 말을 이었다.

"사고가 나던 날, 나도 손과 함께 차에 타고 있었어요. 강은 그걸 알면서도 멈추지 않았죠. 난 당시 임신한 상태였는데…… 그 사고로 모든 게 끝났어요. 남편도, 아이도."

추 마담의 속눈썹이 파르르 떨렸다.

"난 우연히 이용팔 씨 도움을 받아 겨우 마카오로 도망칠 수 있었어요. 여기 와서는 이 일 저 일 안 가리고 닥치는 대로 했죠. 호텔 청소부, 접시닦이, 노점상, 하루하루가 너무나 힘들었지만 뼈가 부서져라 일을 했어요. 돈을 벌어서 언젠가 꼭 강에게 복수하고 싶었거든요. 다행히 몇 년 지나지 않아 작은 레스토랑을 하나 열 수 있었어요. 그런데 운이 좋았는지 어느 나이 많은 영감이 가게 단골이 됐죠. 알고 보니 부동산 거부더군요. 난 필사적으로 그 영감을 유혹했어요. 하루아침에 부자가 될 방법은 그뿐이었으니까."

선영은 저도 모르게 얘기에 집중했다. 어딘가 그녀와 닮은 점이 많았다.

"어찌어찌 그 영감 재취 자리로 결혼에 성공하긴 했는데, 바람을 엄청나게 피워대더군요. 그래도 돈이 좋아서 별말 안 했어요. 최악의 결혼 생활이었죠. 다행히 몇 년 안 가서 영감이 죽고, 난 어마어마한 유산을 상속받았어요."

추 마담은 가운데 카드 더미를 펼치고 그중 두 장을 집었다.

"단 하루도 강 회장을 잊은 적이 없어요. 그에게 복수할 생각만으로 살아왔죠. 난 선영 씨가 날 좀 도와줬으면 좋겠는데."

선영은 쉽게 이해되지 않는 얼굴로 되물었다.

"당신 얘기는 잘 들었어요. 하지만 그런 이유라면 이상하군요. 여기 있는 홍후는 날 이겼어요. 그런데 패자인 내가 왜 필요하다는 거죠?"

"맞아요. 홍후는 당신을 이겼죠. 하지만 그날 승부는 이미 정해져 있는 거나 마찬가지였어요."

선영이 뜻 모를 말에 홍후를 돌아보니 그녀는 허리를 숙여 깊이 절했다.

"죄송합니다."

선영은 머릿속이 복잡했다. 분하긴 하지만 엄연한 승부로 갈린 결말인데, 굳이 승자가 패자에게 고개를 숙일 필요는 없었다.

"홍후와 종루는 둘 다 바둑에 재능을 보이기에 내가 포커 선수로 영입해서 키운 아이들이에요. 포커도 두뇌 싸움이니까요. 난 언젠가 이 두 아이가 강 회장을 꺾으리라 생각했죠. 하지만 연습 삼아 보낸 게임에서 둘 다 실수를 저지르는 바람에 강 회장 손에 붙잡혔어요. 아마 당신이 없었더라면 돌아오지 못했을 거예요. 그 점에 대해선…… 정말 미안해요."

"그게 무슨 말이에요?"

홍후가 고개를 떨어뜨렸다. 추 마담은 공중으로 흩어지는 담배 연기를 바라보며 깊은 한숨을 뱉었다.

"홍후가 포커페이스라고 생각하나요?"

이제껏 그녀의 표정은 변화가 없었다. 그날 게임을 하면서도 도통 움직임이 없던 그 얼굴을 보고 속으로 재휘에 버금가는 포커페이스라고 생각하기도 했었다. 선영이 고개를 끄덕였다.

"맞아요. 거의 표정 변화가 없죠. 자연스럽게 근육을 움직일 수 없도록 성형수술을 했거든요. 이 아이의 장점이라면 속을 알 수 없고, 카운팅 능력이 뛰어나다는 것, 다만 그뿐이에요. 포커는 읽히지 말아야 하지만 또 한편으로 읽어내야 하죠. 홍후가 아닌 당신이어야 하는 이유가 그거예요. 네 명의 플레이어를 상대로 하면서도 지지 않고, 적을 마지막까지 몰아붙이는 능력, 나에겐 그게 필요해요."

"네 명요?"

그날 거의 마지막까지 남은 사람은 홍후, 종루, 박사 뿐이었는데, 네 명이라니? 그때 홍후가 기어들어가는 목소리로 대답했다.

"실은 딜러와 저, 종루, 그리고 박사까지 모두가 한패였어요."

"네? 박사가 당신들 편이었다고요?"

선영이 경악하며 소리를 질렀다.

"네, 그런데 당신이 워낙 게임을 잘했기 때문에 플레이어 셋이서 당신을 공략하는데도 불구하고 당신은 쉽게 넘어가지 않았어요. 결국 우리는 속임수를 쓸 수밖에 없었죠. 일부러 종루의 뺨을 때리고, 당신이 주의를 돌린 사이 카드를 바꿔치기해서 A 풀하우스를 만들었어요."

선영은 눈이 뒤집혀서 홍후에게 덤벼들 것처럼 벌떡 일어났다. 그때 추 마담이 두 사람 사이를 막아섰다.

"그만둬요. 선영 씨가 살았다면 홍후가 죽었을 거예요. 우리도 어쩔 수 없는 선택이었어요. 게다가 선영 씨도 강 회장이 작정하고 만든 자리였던 걸 알잖아요. 분한 일이겠지만 선영 씨가 이기는 일은 결코 없었을 거예요."

"하지만 이 모든 걸 알면서 어떻게…… 재휘 오빠가, 오빠가……."

"난 용팔 씨에게 당신의 위치를 알려줬어요. 그에게 졌던 빚을 갚기 위해 위험을 무릅쓰고 홍후를 통해 겨우 정보를 빼내쳤다고요. 당신과 이재휘, 두 사람 모두 무사히 탈출하지 못했던 건 우리로서도 안타까운 일이에요."

선영은 고개를 돌렸다. 잠시나마 잊고 있었던 재휘 생각에 또 가슴이 터질 듯했다.

"선영 씨, 잘 생각해봐요. 당신의 연인을 구하고 싶잖아요? 이곳 포커 판에서 돈을 모아 돌아가려면 얼마나 오랜 시간이 걸릴지 몰라요. 게다가 이용팔 씨는 이미 말기 암 환자예요. 아무것도 할 수 없고, 언제 죽을지도 몰라요. 과연 당신 혼자 강 회장에게 맞설 수 있을까요? 하루라도 빨리 그 남자를 찾고 싶다면 날 이용하는 게 현명할 거예요. 난 당신에게 그 기회를 줄 수 있는 사람이니까."

선영은 잠시 망설였다. 머리가 어지럽고 복잡했다.

"내게 바라는 게 뭐죠?"

"강 회장을 파멸시켜줘요. 그가 모든 걸 잃든지, 혹은 죽든지. 난 그가 바닥 중에서도 가장 맨 밑바닥으로 추락한 걸 보길 원해요. 그것도 그가 평생을 바쳐 해온 도박을 통해서 말이에요."

추 마담의 눈동자가 표적을 노리는 맹수처럼 또렷하게 빛났다.

"당신과 내 목표가 같다고 해서 이 제안을 덥석 물진 않아요. 당신 역시 공짜로 날 도와줄 리는 없으니까. 만약 내가 실패한다면, 그땐 어떻게 되는 거죠?"

선영이 예리한 질문을 던졌다. 추 마담은 그조차도 마음에 든다는 표정이었다.

"물론, 공짜는 없는 법이죠. 난 당신이 이길 수 있도록 최선을 다할 거예요. 그게 돈이든, 힘이든 그 무엇이라도. 하지만 그럼에도 불구하고 당신이 실패한다면 그땐 그에 합당한 대가를 치러야겠죠."

"그 대가가 제 목숨인가요?"

"잘 아는군요."

솔직한 대답이었다. 선영은 멈칫했다. 많은 생각이 머릿속을 교차했다. 확실히 추 마담의 제안은 일리가 있는 데다 달콤하기까지 했다. 그러나 그 이면에 칼날이 숨겨져 있다는 것을 모르지 않았다. 선영은 고개를 떨어뜨리고 생각에 잠겼다.

'어떻게 할까?'

그때 문득 테이블 아래로 추 마담이 다리를 꼬고 앉은 게 보였다. 그녀의 발목에는 흰 구렁이가 입을 벌린 채 똬리를 틀고 있었다. 섬뜩한 문신이었다.

'우아한 백조의 모습을 하고 있지만 그 속에는 구렁이를 품은 여자······.'

선영은 고개를 들었다.

"생각해볼게요."

"좋아요. 하루의 시간을 주겠어요. 나와 손을 잡고 싶으면 내일 여기로 찾아와요."

추 마담은 선영이 방을 나가자 피우던 담배를 비벼 끄고, 아까 카드 점으로 골라놓은 카드 두 장을 뒤집었다. 첫번째 카드 무늬는 스페이드 A, 두번째 카드 무늬는 하트 10이었다.

"이 카드들은 무슨 뜻인가요?"

홍후가 물었다.

"하트 10은 카드 점괘에서 가장 막강한 카드지. 나쁜 일을 없애고 성공과 행운을 가져다준다는 뜻이야. 하지만 스페이드 A는…… 약속이 깨지는 걸 말하는데. 흠, 이 두 카드가 같이 나왔다? 재미있는 점괘군, 재미있는 점괘야."

추 마담이 묘한 웃음을 지었다.

재회

선영은 밤새 고민하다 추 마담의 VIP실을 찾았다. 설령 이것
이 또 다른 함정이라도 재휘를 구하기 위해서라면 무엇이든 할
각오가 되어 있었다. 추 마담은 선영이 올 줄 알았던 것처럼 미
리 준비한 물건 몇 가지를 건넸다.

"새 신분증과 여권, 당분간 지닐 아파트 카드 키와 신용카드
예요."

선영의 새 이름은 창잉이었다. 그녀는 신분증을 확인한 뒤
물건을 가방에 챙겨 넣었다.

"제가 앞으로 뭘 하면 되죠?"

"당신이 가장 먼저 할 일은 성형수술을 받는 거예요."

"성형요?"

"강 회장은 의심이 많은 사람이죠. 오선영의 모습으로 한국에 돌아간다면 순순히 자기 하우스에서 게임하도록 놔두진 않을 거예요. 당신은 전신 성형을 해야 해요. 아무도 당신을 알아볼 수 없도록. 심지어 당신이 사랑하는 그 남자조차."

재휘까지 알아보지 못하는 얼굴이 되어야 한다는 건 슬픈 일이었지만 추 마담의 말처럼 지금의 모습으로 강 회장 하우스에 들어가 승부를 건다는 건 있을 수 없는 일이었다.

선영은 기꺼이 성형수술에 응했다. 얼굴 윤곽과 눈, 코, 입, 가슴, 성대, 지방 이식까지 전신에 걸친 대수술은 눈 깜짝할 사이에 진행됐고, 이후 두 달간 고통스러운 날들이 계속됐다. 추 마담은 음식도 제대로 씹지 못하는 그녀에게 외국인 교사를 붙여 영어와 중국어 공부를 시키고, 전문 트레이너로부터 강도 높은 훈련을 받게 했다.

그렇게 또 두 달쯤 지나자 선영은 완전히 다른 사람으로 변했다. 마른 몸은 탄탄한 근육이 붙어 건강 음료 모델처럼 보였고, 올이 얇은 갈색 머리는 인조 가발을 붙여 허리까지 내려오는 풍성한 흑발로 변신했다. 요염한 가슴골이 드러나는 검정 미니 드레스와 새빨간 립스틱, 미끈한 킬힐과 은근한 목소리까지, 거울 속에 나타난 창잉이라는 여자에게서 선영의 그림자는 찾으려야 찾을 수도 없었다.

"소개하지, 창잉이라고 내 친구 딸이야."

추 마담이 홍후에게 선영을 소개했을 때, 그녀조차도 깜박 속아 넘어가자 추 마담은 깔깔대며 매우 기뻐했다. 이제 정말 남은 건 한국으로 돌아가는 일뿐이었다.

"한국에 있는 친구들로부터 재미있는 소식을 들었어. 다음 달에 강 회장이 큰판을 벌인다는군. 자그마치 시드머니 20억에 총 참가자 여덟 명이야. 최종 우승자는 상금이 160억이나 되는 셈이지. 워낙 금액이 크다 보니 이번을 마지막으로 손을 털고 외국으로 뜬다는 소문이 있어. 만약 그 말이 사실이라면 우리 로서는 마지막 기회나 다름없는 셈이지. 현재 게임에 참가하는 사람으로는 강 회장 하우스 선수 셋, 대기업 임원 하나, 톱스타 연예인 하나, 나머지는 중국과 일본 갑부인 것 같아. 우리는 홍콩 거부의 서녀로 일단 명함을 넣어놨어. 만약 이번에 우리가 그를 치는 데 성공한다면 접대비를 제하더라도 최소 백억을 물어야 하니 강 회장은 하우스 문을 닫아야 할 거야."

추 마담의 말에 선영의 표정이 결연해졌다.

"뭐든지 하겠어요. 재휘 오빠만 구할 수 있다면 어떤 일이라도……."

"나 역시 내가 해줄 수 있는 모든 걸 지원할 거야. 나머지는 모두 너 하기 나름이겠지. 강 회장 하우스 선수로 이재휘도 나오게 될 테니까. 만약 네가 그를 넘어서지 못한다면, 그를 구할 수도 없어. 우리의 약속을 명심해."

선영은 그녀의 말을 가슴에 새겼다.

'재휘 오빠를 이겨야 오빠를 구할 수 있다.'

아이러니한 얘기였지만 그게 정답이었다. 선영은 결전의 그 날을 기다리며 오직 포커 게임에 매진했다. 이미 그녀의 목숨 은 재휘를 위한 것이지, 다른 미련은 눈곱만치도 없었다. 이렇 듯 죽을 각오로 게임에 임하자 홍후도, 추 마담도, 누구도 그녀 의 적수가 되지 못하는 건 당연했다. 지금의 그녀와 대결할 수 있는 사람이 있다면 오직 이재휘, 그뿐이었다.

며칠 후 강 회장 하우스로부터 기다리던 소식이 찾아왔다. 큰판에 초대한다는 초대장이었다.

"미끼를 물었군."

추 마담은 비서를 시켜 강 회장 브로커에게 소식을 전했다. 숙박, 관광은 알아서 처리할 테니 신경 쓰지 말고, 게임 당일에 보자는 내용이었다. 두 사람은 그다음 날부로 모든 준비를 마 치고 한국으로 가는 비행기에 올랐다. 사전에 게임 테이블에 앉을 사람들의 정보를 얻기 위해서였다.

그러나 공항에 도착한 선영은 생각처럼 마음을 다잡기가 어 려웠다. 한국에 들어오자마자 용팔부터 생각났다. 건강은 어떤 지, 어떻게 생활하고 있을지, 차마 용서를 빌 순 없겠지만 그래 도 멀리서 한 번 볼 수 있다면. 선영은 리무진 창밖으로 스쳐 지 나가는 도심의 풍경을 우울하게 바라봤다. 추 마담은 그녀가 안쓰러웠는지 용팔이 입원한 호스피스 병원 주소를 건넸다.

"가보고 싶어 할 것 같아서. 어차피 널 알아보진 못하겠지만, 잠깐 보고 와."

"감사합니다."

추 마담은 차를 세우고 그녀를 내려줬다. 밖은 아직 채 지나
지 않은 꽃샘추위 속에 비가 추적추적 내리는 중이었다. 선영
은 택시를 잡아타고, 호스피스 병원 주소로 적힌 동두천 외곽
으로 향했다. 매화나무 숲으로 둘러싸인 작은 병원의 불빛은
금방이라도 꺼질 듯 가물가물해서 몹시 외로워 보였다. 선영은
506호라고 적힌 쪽지의 숫자를 따라 병원 복도를 걸었다. 투명
한 유리창 너머로 코에 호스를 꽂고 고통에 신음하는 환자들이
보였다. 울지 않으려고 했는데, 벌써 눈물이 맺혔다.

'아저씨……'

506호, 비스듬히 열린 문틈으로 몹시 마르고 지쳐 보이는 한
남자가 누워 있는 게 보였다. 손에는 링거를 꽂고 입에는 호흡
기를 쓰고 있었다. 용팔이었다. 선영은 눈물을 참기 위해 애썼
다. 그녀는 조심스럽게 그에게 다가갔다. 용팔은 깊은 잠에 빠
진 듯 병실을 들어오는 낯선 힐 소리에도 미동이 없었다. 그때
간호사가 링거를 체크하러 들어왔다가 선영에게 말을 걸었다.

"병문안 오셨어요? 환자분 방금 주사 맞으셔서 몇 시간 동안
은 못 일어나실 거예요."

"네…… 그런데 혹시 환자 상태가 어떤지 여쭤도 될까요?"

"호스피스 병동이니 짐작은 하시겠지만…… 그래도 환자분
께서는 생활하시는 데 큰 어려움 없이 지내신 편이었는데, 최
근 들어 많이 안 좋아지셨어요. 통증도 자주 호소하시고, 숨도

가빠지실 때가 종종 있고요."

선영의 낯빛이 어두워지자 간호사는 서먹한 얼굴로 인사를
하고 나갔다. 선영은 하염없이 눈물을 흘렸다. 고작 반년이 지
났을 뿐인데, 용팔은 마치 몇 년이나 흐른 것처럼 늙고 수척해
보였다.

"죄송해요, 아저씨."

그녀는 헝클어진 용팔의 머리를 부드럽게 빗기고, 이불도 단
정하게 덮어준 뒤 병실을 정리했다. 매점에서 그가 좋아하는
식혜도 사다가 냉장고 가득 넣었다. 선영은 의식도 없는 용팔
의 손을 한참이나 잡고 있었다.

"다음에는 꼭 재휘 오빠랑 같이 올게요. 그때까지 기다리셔
야 해요."

그 말에 이상하게도 용팔의 숨소리가 한결 편안해졌다. 선영
은 눈물을 훔치며 작별 인사를 하고 돌아섰다. 그런데 복도를
걸어 나오는 그때, 별안간 익숙한 목소리가 들렸다.

"계속 따라오실 겁니까?"

"너랑 네 아버지가 손잡고, 도망이라도 치면 난 어쩌라고?"

"도망칠 수 없다는 거, 아시잖습니까?"

"강 회장님 지시니 이러쿵저러쿵하지 마. 나도 네놈이랑 다
니기 싫으니까. 여기선 딱 한 시간만 있다 돌아가야 해. 알겠
어? 아, 그나저나 여긴 화장실이 어디야?"

검은 양복을 걸친 건달패가 투덜거리며 화장실을 찾아 사라

졌다. 그리고 그 순간 그에 가려 있던 남자의 옆모습이 눈에 들어왔다. 다름 아닌 재휘였다. 선영은 우뚝 걸음을 멈췄다. 심장 뛰는 소리가 온몸에 울렸다. 재휘는 잠깐이었지만 선영을 유심히 쳐다봤다. 이런 작은 호스피스 병원을 방문한 사람치곤 선영의 외모나 옷차림은 너무 눈에 띄는 까닭이었다. 두 사람은 잠시 눈이 마주쳤지만 그는 선영을 알아보지 못한 듯 무심한 얼굴로 지나쳤다.

'오빠.'

선영은 속으로 애타게 그를 불렀다. 꿈에서도 그렸던 저 품에 당장 달려가 안기고 싶었다. 그의 다친 눈을 어루만지며 용서를 빌 수만 있다면!

그러나 여기서 강 회장 하우스의 가드에게 의심을 사선 곤란했다. 그녀는 엘리베이터까지 곧은 걸음으로 걸어갔다. 얼마 지나지 않아 뒤에서 휘파람 부는 소리가 들렸다. 보나 마나 가드가 그녀의 뒷모습을 훑으며 시답잖은 수작을 거는 게 뻔했다. 선영은 독한 마음으로 뒤도 한 번 돌아보지 않고 병원을 빠져나왔다. 밖은 여전히 춥고, 병원을 둘러싼 매화나무 꽃가지들은 차가운 바람에 맞서 안간힘을 쓰듯 꽃망울을 붙들고 있었다.

이틀 뒤, 추 마담의 지인에 의해 큰판 참가자들에 대한 정보가 들어왔다. 그는 하우스에서 일명 '문어 교수'라고 불리는 마당발 브로커로, 노름 때문에 불명예스러운 퇴직을 한 뒤 생계가 막막하게 되자 아예 도박 카페와 블로그를 개설해 손님과 하우스를 중개하며 제2의 인생을 살고 있는 남자였다. 문어 교수는 추 마담과 선영에게 꼼꼼하게 준비한 브리핑 자료를 보여주며 참가자에 대한 설명을 늘어놓았다.

"에, 먼저 톱스타 강동민 씨입니다. 마흔 살에 미혼이고, 재산은 강남에 부동산이 60억쯤 있는 걸로 추정이 됩니다. 사생활은 아주 문란한 편인데, 게임 하다가 딜러 중에도 예쁜 애들 있으면 자주 건드린다고 하고요. 이제까지 강원랜드와 마카오에 자주 들락거리다가 최근에 연예인 도박 단속 때문에 몸을 사리는지 주로 강남 하우스 도박장에만 VIP로 다니는 모양입니다. 포커 치는 스타일은 카운팅 같은 것도 없고 대충대충, 공격적으로 치는 걸 좋아하는 데다 게임 할 때 꼭 양주도 한 잔씩 걸칩니다. 한마디로 속까지 알이 꽉 찬 피시지요."

여자를 밝히고, 실력도 형편없으며, 무엇보다 게임 중 술에 손을 대는 플레이어처럼 공략하기 쉬운 인물은 없었다. 선영은 다음 장을 넘겼다.

"두번째는 창연 엔터테인먼트 최영길 전무입니다. 강동민을 도박으로 끌어들인 장본인입니다. 나이는 쉰다섯 살, 계집질하고 술 좋아하는 건 강동민과 동일하고요. 대대로 부유했던 집안이었는데, 이 양반이 노름으로 왕창 말아먹었다고 합니다. 최근에는 와이프하고 이혼까지 했다고 하고요. 이번 큰판에 참가하기 위해 거의 전 재산을 털었다는 소문이 있습니다. 플레이

스타일은 강동민과 비슷하지만 뺑카는 잘 치지 않습니다. 높은 핸드가 들어왔을 때만 베팅을 하는 편이고, 카운팅은 강동민보다 좀 낫습니다. 주말이면 강남 하우스 중에 한 군데에 어김없이 나타나기 때문에 미리 보고 싶다면 자리를 마련해드릴 수는 있습니다."

"시간 없는데, 그런 피시까지 볼 필요는 없죠. 다음은요?"

문어 교수가 계속해서 말을 이었다. 일본의 지쿠니 사장과 중국의 왕 장군까지 사연은 제각각 다르나 플레이 유형은 앞서와 비슷했고, 그중에 좀 낫다면 지쿠니 사장이라고 볼 만했다.

"강 회장이 돈질 많이 했겠군요. 이런 호구들이 이길 거라는 자신감에 차서 20억이나 싸 들고 오게 하기란 꽤 힘든 작업이었을 텐데."

"그렇죠. 일부러 몇 번이나 잃어주면서 밑밥 깔아놓은 돈만 해도 상당할 겁니다. 아마 투자자로 조직폭력배 몇 명도 껴 있을 거예요. 이번 큰판에 강 회장도 사활을 건 거나 다름없죠."

추 마담이 흡족한 표정을 지었다.

"하지만 강 회장 쪽에서 준비하고 있는 선수들도 만만치 않습니다. 셋 다 이 바닥에서는 유명하니까요. 제일 약체는 '나비'라는 여자입니다."

"나비요?"

강 회장 하우스에서 도망치던 날, 나비는 4억짜리 차용증을 찢어발기고 도망쳤었다. 그런데 그녀가 강 회장 하우스 선수라니.

"네, 이미 같이 게임을 한 적이 있으니 아실 겁니다. 빚 때문에 잡혀서 죽을 뻔했다고 하더군요. 그 집 가드들한테 몹쓸 짓을 당했다는 말도 있고요. 불쌍하지만 지금은 강 회장이 똥이라도 핥으라면 핥는 신세가 됐습니다."

선영의 표정이 일그러졌다.

"두번째 선수는요?"

"박사, 박쥐 같은 놈이죠. 그 양반도 강 회장에게 저당 잡힌 빚이 많아서 옴짝달싹 못하고 있습니다. 일전에 신진 도박사들을 대상으로 함정을 팠던 것도 빚 탕감을 위해서였죠. 세번째로 소개해드릴 메인 선수 이재휘도 마찬가지입니다. 강 회장에게 붙잡혀 일거수일투족을 감시당하고 있죠. 실력이야 이미 다 아시겠지만, 그 집 선수들이 무서운 건 비단 실력 때문만은 아닙니다. 목숨 줄이 왔다 갔다 하기 때문이에요. 죽음에 대한 공포로 초인적인 발버둥을 치는데, 어떻게 이기지 않을 수가 있겠습니까?"

추 마담이 걱정스러운 표정으로 선영을 쳐다봤다. 이길 수 있겠느냐는 의심의 눈초리였다. 그러나 선영은 조금도 기죽은 표정이 아니었다.

"그들이 살기 위해 발버둥 친다면, 난 이미 죽은 사람입니다. 그런 건 내게 아무런 의미가 없어요."

문어 교수는 선영이 뿜어내는 한기에 등골이 오싹해져서 더

듬더듬 웃었다.

"그, 그렇지요. 하지만······ 하지만 다른 사람은 몰라도 이재 휘는 게임 전에 꼭 한번 만나보세요. 선수로서의 이재휘는 당신 이 아는 이재휘와는 완전히 다를 겁니다. 무서운 사람이에요."

추 마담이 무거운 분위기를 깨고 갑자기 깔깔 웃었다. 그녀 는 이 상황이 재미있는 듯했다.

"승부가 너무 쉬워도 재미없지. 나야 강 회장한테 얼굴 팔리 면 곤란하니 됐고, 선영이와 이재휘 만날 자리 한번 마련해줘."

"네, 낼모레 강남으로 원정 나온다고 하니 그날 연락드리겠 습니다."

문어 교수가 돌아간 뒤 선영은 처음으로 포커 게임을 쉬고 술을 마셨다. 술이라도 마시지 않는다면 도통 잠이 오지 않을 것 같은 밤이었다.

슬픈 연인

 강남의 바 철문 입구에는 금일 휴업이라고 적힌 팻말만 걸려 있었다. 계단은 조용하고 불도 꺼져서 정말 장사를 안 하는 집 같았다. 문어 교수는 철문을 쾅쾅 두드렸다. 그러자 위층 노래 방에서 온몸에 문신을 한 무서운 사내가 성가신 표정으로 내려왔다.

"오늘 그 집 장사 안 합니다."

"문어 교수입니다."

사내는 문어 교수와 선영을 번갈아 훑었다.

"번호?"

"1107."

입장 암호까지 대자 남자가 노래방에 들어가서 장부를 확인

하더니 키를 가지고 내려와 문을 땄다.

"나올 때는 가드에게 말해요."

안으로 들어가자 담배 연기가 꽉 차서 너구리 소굴 같은데, 그 와중에도 공기청정기가 열심히 돌아가고 있었다. 선영은 열 개나 되는 포커 테이블을 둘러봤다. 사람들은 만원이나 다름없었고, 테이블마다 돈다발이 수두룩했다. 금방 하우스 주인이 나왔다. 재휘의 카지노 동기였던 윤구였다.

"아유, 조 사장. 오늘도 손님 많네?"

문어 교수가 먼저 살갑게 인사를 했다. 윤구는 선영을 보더니 "오!" 하는 표정이었다. 온몸을 명품으로 휘감은 보기 드문 미인이었다. 윤구가 문어 교수에게 속삭이듯 물었다.

"누구야?"

"어, 홍콩에서 오신 손님인데, 50~100으로 몇 게임 치고 싶다고 해서 모셔 왔어. 우리 손님 앉을 자리 있지?"

"두말하면 잔소리지. 마침 단골 VIP 손님 여섯 분이 50~100 치고 있는데, 같이 게임 하면 되겠네. 그나저나 한국말은 할 줄 알아?"

"대충 알아듣긴 하는데, 말은 영어랑 중국어밖에 못 해. 그래도 장난칠 생각은 하지 마. 오늘은 간만 보러 온 거니까."

"내가 어디 그럴 사람인가? 정직, 신용 하면 난데. 헤이, 레이디. 팔로우, 팔로우 미."

윤구는 미래의 ATM이 될지 모르는 선영을 향해 징글징글

한 웃음을 지으며 안쪽 VIP실로 안내했다. VIP실은 경찰이 들이닥쳤을 때 도망치기 쉽도록 건물 외부의 비상계단과 붙어 있는 가장 안쪽 방이었는데, 홀보다 인테리어도 고급이고, 양주도 30년산이었다.

"마침 딱 게임 시작할 때 맞춰서 들어왔네. 손님 한 분 더 오셨는데, 인사들 하세요. 홍콩에서 오셨대."

윤구가 선영을 소개했다.

"하이."

그러자 "언니, 동생" 하던 아줌마 둘과 연인 한 쌍, 양복쟁이 아저씨, 그리고 재휘의 시선이 그녀에게 돌아갔다. 선영은 재휘를 보자마자 가슴이 뜨끔했지만 그는 별 관심이 없는 듯 금방 눈길을 돌렸다. 윤구는 테이블의 손님을 간단히 소개했다. 아줌마 둘은 각각 커피숍과 식당을 하는 사장들이었고, 연인은 술집 아가씨와 그 기둥서방, 양복쟁이 아저씨는 강남에 소재한 대기업 회사원이었다.

"여기 앉아요. 옆에는 지방에서 사업하는 친군데, 어때요, 잘생겼죠? 게임 매너도 얼마나 좋은데."

윤구는 선영에게 재휘를 소개하며 그의 왼쪽 자리로 앉혔다. 재휘는 본체만체 무뚝뚝한 얼굴로 칩을 달그락거렸다. 윤구가 그의 어깨를 장난스럽게 툭 쳤다.

"예쁜 아가씨도 왔는데, 인사 좀 하고 그래라."

재휘가 그의 성화에 마지못해 고개를 까딱했다. 선영도 어색하게 웃는 척을 했지만, 그 사달이 일어나고도 그가 윤구네 가게에서 돈을 벌고 있다는 사실에 가슴이 미어졌다. 선영은 오늘 아침 '마음을 굳게 먹어야지' 하고 다짐했던 것을 떠올리며 카드를 쥐었다. 그러나 그 눈은 자꾸만 재휘의 왼쪽 눈으로 향했다.

'겉보기에는 괜찮아 보이는데, 정말 실명한 걸까?'

그런데 그때, 술집 아가씨가 칩을 걸면서 경박스럽게 낄낄거렸다.

"홍콩 언니, 이 오빠한테 반했나 봐. 오자마자 아주 눈을 못 떼네. 오빠, 게임 끝나고 이 언니 홍콩 한번 보내줘야 되는 거 아냐?"

재휘가 그제야 선영을 의식하면서 고개를 돌렸다. 선영은 그가 오른쪽 눈까지 돌려 자신을 확인하는 걸 보는 순간 가슴이 철렁 내려앉았다. 정말 왼쪽 눈은 그녀를 보지 못했던 게 분명했다. 선영의 눈꺼풀이 가늘게 떨렸다. 수천 번을 다졌던 마음이었건만 실제로 그를 마주하니 억장이 무너지는 듯했다. 그러나 재휘는 아무 말도 없었다. 그는 칩을 걸면서 대수롭지 않다는 듯 피식 웃었다.

"레이즈."

무서운 플레이였다. 문어 교수의 찬사는 눈곱만치도 과장된 게 없었다. 선영이 잠깐 혼을 빼놓은 사이 그녀의 칩 두 줄이 감쪽같이 그 앞으로 옮겨 갔다. 그는 대충대충 치는 것처럼 빠르게 게임을 진행하며, 상대를 압박했다. 그의 오른쪽에 앉은 기둥서방은 카운팅 능력도 떨어지거니와 그 의미 없는 속도를 맞추느라 고전을 면치 못했다. 재휘의 모든 베팅은 빠를 뿐 아니라 완벽했다.

'이 테이블의 왕은 오빠다. 눈을 잃었는데도 불구하고 변한 것이 없어. 아니, 오히려 예전보다 더 월등해졌다. 그동안 얼마나 게임을 해왔던 걸까? 얼마나……'

선영은 그의 빼어난 포커 전략 앞에 마음이 숙연해졌지만 그럴수록 오늘 이 자리에 나온 목적을 한 번 더 곱씹었다.

'여기서 감탄만 하고 있을 순 없어. 오빠가 아무리 강하더라도 나는 반드시 오빠를 이겨야 해. 오늘 이 자리는 그러기 위해 나온 자리야. 내 포커 기술이 통할지, 통하지 않을지 시험해야 돼.'

선영은 재휘에게 승부를 걸었다.

"콜."

그녀의 패는 9 투페어였다. 재휘가 선영의 추격에 돈을 더 올렸다.

"레이즈."

붙어보자는 표정이었다. 사람들은 1등인 재휘가 판돈을 올리자 으레 졌나 보다 싶었는지 슬그머니 카드를 접었다. 이번 판은 두 사람의 승부였다.

그러나 선영은 마지막 카드를 앞두고 잠시 멈췄다. 계산을 해

보니 재휘의 승률이 더 높은 데다, 이제껏 재휘가 레이즈를 불렀던 걸 보면 끝까지 추격해봐야 그를 이길 가능성은 낮았다.

"폴드."

선영은 손해가 큰 데도 불구하고 카드를 접었다. 쇼다운 룰이 아니기에 재휘는 카드를 공개하지 않았지만 뭔가 아리송한 얼굴로 칩을 쓸어 갔다. 이런 플레이는 몇 번이나 반복됐다.

"아가씨, 생긴 거랑 다르게 너무 겁 많다. 그렇게 큰돈 걸었으면 끝까지 좀 쫓아가보지. 완전 새가슴이네."

옆에서 아주머니가 선영을 타박하듯 말했다. 다른 사람들은 모두 재휘가 공갈을 친다고 생각하는 듯했다. 하지만 선영이 계산한 확률에 따르면 그가 이길 가능성은 더 높았기 때문에 설령 그게 공갈이라고 할지라도 중간에 접는 게 훨씬 합리적이었다. 선영은 웃으면서 잘 못 알아듣는 척했다.

"어머, 새가슴이란 말 못 알아들었나 봐? 다른 말은 알아듣나?"

갑자기 테이블 분위기가 바뀌었다. 선영은 플레이어들의 집중 타깃이 됐다. 재휘는 패가 나쁘면 일찍 죽는 편이었지만 다른 플레이어들은 기회가 생길 때마다 선영에게 뺑카를 치기 위해 애썼다. 물론 선영이 그걸 모를 리는 없었다. 선영은 적당히 속아주는 척하면서 결정적인 순간에 역블러핑하는 전략을 썼는데, 이는 나쁜 카드에 더 나쁜 카드로 응수하는 방법이었다. 플레이어들은 선영이 '새가슴'이라고 생각했기 때문에 뺑카를 치고 있을 거라는 생각은 하지 못했다. 그래서 선영을 마지막까지 쫓다가 지레 겁을 먹고 허무하게 죽는 경우가 많았다. 때문에 선영의 칩은 오히려 불기만 했다.

"레이즈."

그러던 중 재휘가 판돈을 올렸다. 바닥에 깔린 패를 보니 J 스트레이트를 노리는 게 분명했다. 다른 사람은 눈치만 보다가 슬슬 죽었다. 선영이 계산해보니 그녀가 Q 스트레이트로 이길 확률이 근소하지만 더 높았다. 죽을 패는 아니었다.

"레이즈."

선영이 죽지 않고 베팅을 끝까지 올리자 칩을 달그락거리던 재휘의 손이 잠깐 멈췄다. 그는 감흥 없던 이 포커 테이블에서 처음으로 재미있다는 표정을 지었다. 이제 카드는 한 장이 남았고, 두 사람 모두 행운을 기다리고 있었다. 재휘는 카드가 뒤집히는 순간 고개를 돌려 선영을 쳐다봤다. 눈을 들여다보기 위해서였다. 그러나 그녀 역시 쉽게 속을 들키지 않았다. 선영은 아예 눈을 감아버렸다. 재휘는 무슨 까닭인지 크게 웃음을 터뜨렸다.

"폴드."

쫓아가던 재휘가 카드를 던지며 패배를 시인했다. 좀 전까지 그가 세운 칩의 성에서 한 축을 이루던 칩 세 줄이 이제 선영에게로 고스란히 옮겨 갔다.

"이 오빠, 돈 잃고 왜 그렇게 웃어? 실성했어?"

"계속 1등으로 달리다가 홍콩 아가씨한테 쭉 빨리니까 정신이 오락가락하나 보지."

사람들이 수군거렸다. 그러나 재휘는 거기에 대해서 변명을
한다거나 낙담하는 제스처를 취하지 않았다.

"아무래도 저 좀 쉬어야겠어요."

재휘가 테이블에서 일어나자 윤구가 바에 앉아 구경하다가
말고 불퉁하게 물었다.

"왜? 또 눈 아파?"

선영이 그 말에 홀끔 두 사람을 쳐다봤다. 도박사는 눈이 생
명이나 다름없는데, 한쪽 눈으로 온 신경을 집중해서 게임을
하니 피로는 배가 될 테고, 카운팅 능력도 일찍 바닥났을 게 뻔
했다. 또 마음이 아릿했다.

"화장실 좀 다녀올게."

재휘는 슬쩍 선영을 쳐다본 뒤 문을 열고 나갔다. 그때 선영
의 휴대전화가 울렸다. 추 마담이었다.

"헬로?"

선영은 전화를 받으며 윤구의 눈치를 봤다. 자칫 말이 잘못
튀어나오면 큰일이었다. 그녀도 잠시 쉬겠다는 표시를 한 뒤
문을 열고 밖으로 나왔다. 홀은 여전히 시끌시끌했다. 선영은
벽을 돌아 화장실로 향했다. 그런데 순간 누군가 그녀의 손목
을 홱 낚아챘다.

"앗!"

바닥으로 휴대전화가 떨어지자 추 마담은 두 번 정도 '챠잉'

이라는 이름을 부르다가 전화를 끊었다. 뭔가 잘못됐다는 걸 눈치챈 듯했다. 선영은 화난 표정으로 자신을 끌어당긴 인물을 돌아봤다. 재휘였다. 생각지도 못한 행동이었다. 그는 화장실 복도에서 초면의 여자에게 치근거리며 수작을 걸 남자가 결코 아니었다. 선영이 목석처럼 서서 그를 쳐다봤다. 그런데 그 순간 재휘가 나지막하게 말했다.

"오선영."

순간 선영은 온몸의 털이 곤두서는 듯했다. 2, 3초 정도의 짧은 정적 속에 머릿속으로 오만 가지 생각이 지나갔다.

'어떻게 나를 알아본 거지?'

정체를 들켰다는 사실에 어떤 표정을 지을지, 무슨 말로 대꾸해야 할지 알 수 없었다. 숨이 가빠왔다. 그런데 그때, 불쑥 재휘 주변을 얼쩡거리던 가드가 화장실 복도로 나타났다.

"여기서 뭐 해? 게임 안 해?"

그가 수상쩍다는 듯 물었다.

"익스큐즈 미. 아임 쏘리."

선영이 마치 얼결에 부딪쳤다는 듯이 사과하며 바닥에 떨어진 휴대전화를 주웠다.

"안 깨졌어요? 폰, 오케이? 오케이?"

가드가 과장된 친절을 베풀며 휴대전화가 괜찮은지 손짓, 발짓을 했다.

"오케이, 땡큐."

"오, 굿! 굿!"

가드는 선영을 향해 '헤' 하고 실없는 웃음을 흘리다가 남자 화장실로 들어갔다. 조용한 복도에는 다시 두 사람만 남았다. 재휘는 그 찰나를 놓치지 않고, 선영의 손에 무언가를 쥐여주었다.

"여기로 와."

그는 짧은 한마디를 던지고 아무 일도 없었다는 듯 호주머니에 손을 꽂고 가버렸다. 선영은 여자 화장실에 들어가 손바닥을 펼쳐봤다. 그가 준 물건은 '피아노 바'라고 적힌 성냥갑이었다. 상호 아래에 적힌 전화번호를 검색하자 금방 바 주소가 나왔다. 수유역 근처에 있는 곳이었다. 선영은 성냥갑을 변기에 넣어 버린 뒤 VIP실로 돌아왔다. 그러나 재휘는 이미 칩을 몽땅 환전해서 사라진 후였다. 윤구는 짜증스럽게 중얼거리며 술을 홀짝였다.

"세상에서 제일 재수 없는 사람이 돈 따고 바로 일어나는 사람이던데, 고걸 홀랑 따고 가버리네."

분명 중간에서 커미션을 꽤 떼먹었을 텐데도 재휘가 더 오래 앉아 있지 않은 게 아쉬운 모양이었다. 선영도 두세 판 정도 더 게임을 하다가 그만 가겠다고 일어났다.

"돈 따고 일어나는 사람이 여기 또 있네."

누군가 빈정거렸다. 그 말에 선영이 대충 칩을 세보니 천만 원 가까이 됐다. 그녀는 자기가 딴 금액의 절반을 뚝 잘라 딜러

와 플레이어들에게 개평으로 나눠줬다. 별로 아까워하는 내색
을 보이지 않고 후하게 돈을 나눠주자 입이 툭 튀어나와 있던
사람들이 금방 생글생글 웃는 표정이 되었다. 이로써 그들은
몇 시간은 더 앉아 있을 여유가 생긴 셈이었다.

"씨 유 레이러."

윤구는 벌떡 일어나 문까지 마중하며 다음에도 또 와달라고
두 손으로 공손히 명함을 바쳤다. 선영은 살랑거리는 배신자의
면상이 불쾌하기 짝이 없었지만 '오케이'를 연발하며 가게에서
나왔다. 문어 교수는 가게 앞에서 차를 대기시켜놓고 기다리고
있었다.

"호텔까지 태워드릴게요."

"아니에요. 들렀다 갈 곳이 있어서."

선영은 한사코 데려다주겠다는 문어 교수에게 수고비를 쥐
여주고 겨우 보냈다. 그녀가 갈 목적지는 수유역, 피아노 바. 누
군가 알아선 곤란했다. 그녀는 택시를 타고 성신여대역 앞에서
내려 다시 지하철로 갈아탔다. 혹시라도 추 마담이 붙여놓은
미행이 있지 않을까 하는 생각에서였다.

시간은 자정이 지났지만 수유역 대로는 유흥업소로 불이 환
했다. 선영은 그 깊숙한 곳으로 들어갔다. 행인들이 잘 찾지 않
을 만치 안쪽까지 향하자 일치감치 문을 닫거나 텅텅 빈 가게
들이 하나둘 나타났다. 그리고 그 사이에 '피아노 바'라고 적힌
간판이 보였다.

선영은 바 안으로 들어갔다. 느린 피아노 연주곡이 흐르는 캄캄한 실내에는 잔뜩 취한 연인 한 쌍만 앉아 있었다. 장사가 잘되는 집은 아니었다. 그때 주방에서 과일 접시를 든 젊은 사장이 나왔다.

"몇 분이세요?"

그는 혼자서 주방, 서빙, 카운터를 모두 보는지 급하게 안주를 대령하고 돌아와 물었다.

"혹시 남자 손님 한 분 안 오셨나요?"

"아, 재휘 형님이요? 1번 룸에 계신데."

이 젊은 사장이 재휘를 형님이라고 부르는 걸 보니 그가 왜 이곳에서 보자고 했는지 알겠다. 선영은 왠지 아까보다 마음이 편안했다. 그녀는 사장이 손짓으로 가리킨 1번 룸으로 향했다. 하지만 선뜻 그 안에 들어갈 용기는 나지 않았다. 그녀는 문 앞에 서서 추 마담과의 통화 기록을 확인했다.

'이대로 돌아가야 하나? 오빠를 만나야 하나?'

잠시 갈등이 일었다. 추 마담은 그녀의 정체가 드러난 걸 알면 당장 돌아오라고 할 사람이었다. 하지만 선영의 뇌리에서는 재휘가 나직하게 부르던 그 음성이 떠나질 않았다.

'아무도 알아볼 수 없게 변했는데, 오빠는 날 어떻게 알아봤을까?'

선영은 두려움 반, 설렘 반으로 문을 열었다. 그러나 재휘는 그녀의 등장에 별로 반가워하는 얼굴이 아니었다. 그는 앞에 있던 스트레이트 잔에 양주를 따라 한입에 들이켰다.

"진짜 오선영 맞구나."

그는 쓴웃음을 지으며 첫마디를 뱉었다. 확실히 환영의 뜻은 아니었다. 선영은 핸드백을 들고 굳은 듯이 서 있었다. 뭐라고 말을 꺼내야 할지 알 수 없었다.

"앉아."

재휘가 맞은편 자리에 잔을 따라 죽 내밀었다. 선영은 머뭇거리다가 일단 그 자리에 가서 앉았다. 여기까지 온 이상 더 빼는 것도 우스운 일이었다. 하지만 그렇다고 내가 오선영이 맞노라 순순히 밝히고 싶은 생각도 없었다. 선영은 일부러 그를 시험하며 홍콩식 영어로 물었다.

"날 오선영이라고 생각하는 이유가 뭐죠?"

"흥."

재휘가 코웃음을 쳤다. 굳이 설명을 해야 하느냐는 표정을 짓는 그는 예전과 달라 보였다. 재휘의 손에 든 잔이 빙글빙글 돌아가면서 술도 따라 흔들렸다.

"아버지 병원에서 널 처음 만났지. 눈에 띄는 외모였어. 네 곁을 스쳐 지나갈 때 이상하게도 네 특유의 향이 나기에, 같은 향수를 쓰나 하고 잠깐 생각했을 뿐 네가 오선영일 거라곤 전혀 생각하지 못했지."

선영은 그와 재회했던 첫 만남을 떠올렸다. 무심하게 알아보지 못하고 지나간다고 생각했는데, 그 역시 자신을 떠올렸었다는 말에 가슴이 뛰었다.

"병실 냉장고에 식혜가 가득 들어 있는 걸 보고, 어쩌면 네가 왔었던 건지도 모른다는 생각이 들었어. 아버지가 식혜를 좋아한다는 것을 아는 사람이 너 말고 또 있을 리가 없었으니까. 간호사 말로는 방금 어떤 여자가 왔다 갔다고 하는데, 설명을 들어보니 복도에서 마주쳤던 여자 같더군. 하지만 아무리 생각해도 연결 고리가 없었어. 난 그저 내가 모르는 아버지 지인인가 보다 하고 생각할 수밖에 없었지."

"그런데?"

"오늘 하우스에 온 널 보고 우연이 아니구나 싶었어. 창잉, 이번 강 회장 하우스에 참가한다고 들었던 여잔데 말이야. 다른 플레이어와 달리 알려진 정보도 없고, 베일에 싸여 있는 이 여자가 어째서 아버지 병원에 왔던 걸까? 우리 아버지가 그렇게까지 글로벌한 사람은 아닌데. 게다가 내가 게임 하는 하우스에서 만나게 된 것도 우연이 아닌 것 같고."

선영이 변명하듯 말했다.

"당신이 게임하는 스타일을 보고 싶었을 뿐이에요. 그것만 가지고 날 오선영이라고 판단하기에는 근거가 부족한 것 같은데?"

"그래, 긴가민가했어. 그런데 참 재미있는 일이 벌어지더군. 네 카운팅 기술이며 포커 실력이 어쩐지 나하고 닮은 구석이 있더라고. 철두철미하고 자로 잰 듯 완벽한 계산을 바탕으로 하는 승부. 네가 근소한 승률 차이까지 계산해낸 뒤 후회 없이 카드를 접는 걸 보고 속으로 감탄했어. 아, 이 여자 보통내기가 아니구나. 그때 처음으로 네가 오선영일지 모른다는 생각이 들 었지."

재휘는 씁쓸한 표정으로 술잔을 내려놓았다.

"기억나? 너한테 포커 가르쳐주면서 동영상 찍었던 거."

그가 갑자기 하던 얘기를 끊고 뜬금없는 옛이야기를 꺼냈다. 선영은 아무 대답도 않았다. 그러나 그녀 역시 처음 포커를 배 울 때, 복기 연습차 캠코더로 녹화했던 걸 기억하지 못할 리 없 었다. 깔깔 웃고, 혼도 나고, 싸우기도 했던 지난 일들이 옛날 영화처럼 지나갔다. 재휘도 추억에 잠긴 눈빛이었다.

"다들 포커를 칠 때 자신만의 사소한 버릇이 있지. 칩을 만지 면서, 얼굴을 만지면서, 다른 사람을 살피면서, 카드를 들추면 서……. 하지만 정작 본인은 잘 몰라. 다른 플레이어들도 눈에 띄는 행동이 아닌 이상 그런 버릇을 일일이 잡아내진 못하고. 그런데 네 동영상을 백 번쯤, 천 번쯤 보니까 그게 보이더군. 놀 라운 일이었어. 내 눈앞에 오선영과 똑같은 버릇을 가진 여자 가 또 있다니 말이야."

그가 선영을 쳐다봤다.

"나한테 속을 들키지 않으려고 눈 감는 버릇 있는 건 여전하 더군."

선영은 속이 뜨끔했다. 그러나 여기서 자신이 선영이라고 인 정하긴 싫었다.

"제대로 된 증거는 없는 셈이군. 모두 추측일 뿐이야."

재휘의 목소리가 커졌다.

"아니! 복도에서 이름 불렀을 때 난 네가 오선영이라는 걸 확신했어. 눈은 거짓말을 못 하는 법이니까."

두 사람의 눈빛이 공중에서 서로에게 가 멈췄다. 일순 모든 게 정지된 듯했다.

"왜 돌아왔어?"

조용한 가운데 스피커에서 흘러나오는 구슬픈 피아노 선율이 방을 울렸다. 선영은 담담하고 차분하게 자신을 응시하는 재휘를 보고, 계속 시치미를 떼봐야 통하지 않으리라는 걸 깨달았다.

"미안……."

처음 나오는 한국말이었다. 그러나 막상 정체를 밝히려고 하니, 미안하다는 말조차도 울컥 목이 메어 제대로 마치질 못했다. 재휘는 흐릿하게 떨리는 그녀의 목소리에 대답이 없었다. 정적이 돌았다. 그는 술만 또 한 잔 마셨다.

"눈…… 다쳤다고 들었어."

"보는 데 지장 없어. 예전과 다른 게 있다면 시야가 좀 좁아졌다는 것뿐이야."

목소리가 차가웠다. 재휘의 눈동자는 더 이상 온기를 품고 있지 않았다. 그는 한때 연인이었다는 게 믿기지 않을 만큼 냉정했다.

"널 원망하지 않아. 처음부터 네게 도박을 가르쳐준 내가 잘 못이었으니까. 언젠가는 너도 나처럼 복수심을 내려놓을 거라고, 그렇게 만들겠다고 생각했던 게 나의 오만이었을 뿐이야. 그러니까 내게 용서를 구할 필요는 없어."

"하지만⋯⋯."

재휘의 목소리는 가시가 돋친 듯 날카로웠다.

"돌아가."

"오빠, 난 오빠를 구하려고 돌아온 거란 말이야. 강 회장 손에서 오빠를⋯⋯."

"돌아가라고!"

언성이 높아졌다. 그의 눈이 어두운 조명 아래서 무섭게 빛났다.

"오선영, 네가 이기든 지든 결과는 같아. 넌 날 구할 수 없어."

"그게⋯⋯ 무슨 말이야?"

"내 친아버지 역시 나와 같은 눈을 가지고 있었어. 게임의 모든 수를 볼 수 있었지. 기계처럼 정확하게 말이야. 그런데 어떻게 됐는지 알아?"

선영은 오래전 용팔에게 들었던 얘기를 생각했다. 재휘의 친부를 강 회장이 죽였을 거라 생각하지만 증거가 없었다고 하던 바로 그 얘기였다.

"강 회장은 내 친부에게 큰돈을 약속하며 선수로 끌어들였어. 그런데 그 이튿날 아버지는 변사체로 발견됐지. 아버지가 그 게임에서 이겼는지, 졌는지는 지금도 알 수 없어. 하지만 아마 아버지가 이겼더라도, 졌더라도 결과는 같았을 거야. 아버지는 죽을 운명이었던 거지. 한 번 쓴 카드를 미련 없이 버리는 게 이 바닥의 룰이니까."

재휘의 입술이 일그러졌다. 우는 얼굴인지 웃는 얼굴인지 알 수 없는 표정이었다. 선영의 눈에서 눈물이 툭 떨어졌다. 생살을 도려내듯 가슴이 아파왔다.

"그만 돌아가."

재휘가 벗어두었던 재킷을 들고 일어났다. 선영은 재휘 앞을 가로막으며 그 앞에 무릎을 꿇었다.

"오빠 죽으면 나도 죽어."

"이러지 마."

재휘가 선영을 억지로 잡아 일으켰다. 선영은 악착같이 재휘를 붙잡고 늘어졌다.

"못 가. 이대론 못 가!"

그녀는 엉엉 울면서 재휘의 가슴을 때렸다.

"그렇게 가고 싶다면 차라리 날 욕하고 때리고 가. 너 때문에 이렇게 됐다고 원망이라도 하란 말이야. 왜 못 해? 왜? 나 혼자 이 지옥 속에서 평생 살게 두고, 오빠만 좋은 사람 돼서 떠나지 마. 그러지 마. 나 너무 무섭단 말이야. 여기에 나만 남겨두지 마. 오빠, 제발."

재휘는 입술을 깨물며 고개를 돌렸다.

"선영아……."

그 역시 눈물 한 줄기가 흘렀다. 이대로 선영이를 안고 어디 먼 곳으로 도망칠 수만 있다면. 아무것도 몰랐던 예전으로 돌아갈 수만 있다면. 이룰 수 없는 꿈이 그를 비웃으며 신기루처럼 공중으로 흩어졌다. 재휘는 이미 다른 사람으로 변해버린 선영의 뺨을 어루만지고, 그 입술에 조용히 입 맞췄다. 이제 마지막이 될지도 모를 키스는 예전처럼 따뜻하고 부드러웠다. 눈을 감은 두 사람 곁으로 피아노 멜로디가 위로하듯 내려앉았다. 달빛처럼 은은한 곡이었다.

갈등

선영이 일어났을 때 재휘는 이미 떠나고 없었다. 그녀는 침대에 앉아 쓸쓸한 호텔 방을 둘러봤다. 커피 테이블 위에 메모 한 장이 있었다.

'사랑한다.'

쓸쓸히 이 한마디를 두고 떠났을 그를 생각하니 또 가슴 한쪽이 저릿했다. 선영은 눈가를 훔치며 쪽지를 가슴에 품었다. 결전의 날은 단 하루밖에 남지 않았는데, 마음은 어느 때보다 무거웠다. 그녀는 추 마담이 있는 호텔로 돌아온 후에도 재휘가 했던 이야기를 곱씹었다. 승부에서 이겨도, 져도 재휘를 구할 수 없게 된다면. 머리가 복잡했다.

그런데 그때 알 수 없는 번호로 한 통의 전화가 울렸다.

"헬로?"

상대는 말이 없었다. 선영은 전화를 끊으려다가 전화 너머에서의 잔기침 소리에 손을 멈췄다. 가슴이 쿵 내려앉았다.

"선영아."

둔탁하게 갈라진 목소리는 다름 아닌 용팔이었다.

"아저씨."

"그래, 나다. 잘 지냈니?"

"이 번호를 어떻게……."

"오늘 병실에 추 마담이 다녀갔어. 내가 살날이 오늘내일하니 마지막으로 너하고 통화를 한 번 하고 싶다고 했다."

"아저씨, 몸은, 몸은 괜찮으신 거예요?"

"죽기 전에 기운이 솟을 때가 꼭 한 번 온다더니 내가 지금 그때인가 보다."

용팔은 괴로운 듯 쿨럭쿨럭 기침을 내뱉으면서도 너스레를 떨며 웃었다.

"아저씨……."

선영은 마음이 아파 말이 나오질 않았다. 그가 그런 마음을 안다는 듯 다정하게 선영을 불렀다.

"선영아, 추 마담이 한국으로 왜 돌아왔는지 알아. 강 회장과의 시합 때문이겠지. 언젠가 오리라 생각은 했지만 그 판에 너와 재회가 있게 될 줄은 몰랐는데……."

"아저씨, 제가 꼭 오빠를 구해낼 거예요."

용팔이 그 말에 긴 한숨을 쉬었다.

"네가 마카오에서 얼마나 피눈물을 흘렸을지는 나도 안다. 나도 정연 형님을 잃고 그런 적이 있었어. 하지만 말이다. 강 회장은, 강 회장은 절대 재휘를 놓아주지 않을 거야."

그의 목소리는 단호했다. 선영은 더듬거리며 물었다.

"어째서, 어째서 그런 말을 하세요?"

"재휘가 잡혀간 날, 돼지엄마 편으로 기별을 넣어 강 회장을 만나러 갔다. 강 회장은 재휘를 놔줄 생각이 없었어. 강릉의 닥터 황에게 보내겠다고 하더군. 너도 알겠지만 그 친구 손에 들어간다는 건 죽는 거나 다름없단 소리였지. 나는 지푸라기라도 잡는 심정으로 재휘의 친부 얘길 했었다. 재휘 역시 똑같은 눈을 가지고 있다고, 그러니 제발 살려달라고 빌었어."

용팔의 목소리가 비통함으로 젖어들었다.

"강 회장은 피 칠갑이 된 재휘를 앉혀놓고 포커를 치게 했다. 그 때 조금만 일찍 병원에 갔더라도 어쩌면 왼쪽 눈이 그렇게……."

선영은 입술을 깨물며 천장을 올려다봤다. 참혹했을 당시 상황을 떠올리자 눈물이 흘렀다.

"강 회장은 재휘가 카드의 모든 수를 꿰뚫는 걸 확인하자 재휘의 목숨을 살려주기로 했다. 널 다신 쫓지 않겠다는 약속도 했어. 하지만 대신 그 아이를 갖겠다고 하더구나. 돈이 억만금이 있더라도 다신 재휘를 빼 올 수 없는 계약이었지. 하지만 다른 선택권은 없었어. 그땐 정말 어쩔 수 없었다. 그 방법

뿐이었어.”

선영은 그때야 비로소 재휘가 이겨도, 져도 절대 구할 수 없다고 했던 말의 의미를 깨달았다.

“하지만 강 회장도 분명 전 재산을 잃으면 생각이 달라질 거예요. 추 마담 밑에 있던 홍후와 종루를 살려 보내줬듯 분명 오빠도⋯⋯.”

“그들을 미련 없이 보내줬던 건 그저 2인자였기 때문이야. 강 회장은 재휘의 천재성을 알아. 그는 황금 알을 낳는 거위를 가질 수 없다면 차라리 그 배를 갈라놔야 직성이 풀리는 인간이지. 그의 손에 재휘의 친부도, 손 선생도 죽었어. 그가 재휘를 돈 몇 푼에 넘길 리는 없다.”

“제가 오빠를 이기면 강 회장도 더 이상 오빠가 쓸모없다고 생각할 거예요.”

선영의 말에 용팔은 대꾸가 없었다. 잠시 뭔가 생각하는 눈치였다.

“아저씨?”

선영이 그를 불렀다.

“맞아, 넌 분명 재휘를 이길 거다. 이길 수밖에 없을 거야.”

용팔의 말이 의미심장했다. 아무리 선영이 밤낮으로 칼을 갈고 닦았다지만 재휘를 상대로 승리를 쉽게 점칠 수 없는데, 그는 이 승부의 결말을 단호하고 분명하게 예상하고 있었다.

“누가 더 포커를 잘 치느냐는 중요한 문제가 아니야. 왜냐하면 재휘는 처음부터 널 이길 생각이 없을 테니까."

뒤통수를 한 대 얻어맞은 듯했다.

"강 회장이 그걸 알아보지 못할까?"

선영은 그의 질문에 대답하지 못했다. 실타래의 끝은 아무리 찾아도 보이지 않았다. 그런데 그때 용팔이 "으윽!"하고 고통에 찬 신음 소리를 흘렸다. 갑자기 호흡이 가빠진 듯 그의 숨소리도 거칠어졌다. 전화 저편에서 간호사 목소리가 울렸다.

"이용팔 환자분! 뒤로 누우시고 호흡하세요. 정면 보시고……."

"아저씨!"

선영이 용팔을 부르자 그가 숨을 헐떡이며 말했다.

"선영아, 재휘가 아닌 강 회장을…… 강 회장을 이겨야 한다. 하지만 그를 이기겠다는 복수심에 사로잡히면…… 절대 이길 수 없어."

그 말을 끝으로 전화가 끊겼다. 선영은 몇 번이나 용팔의 이름을 부르다가 바닥에 주저앉았다. 혼자 병상에서 고통에 몸부림칠 그를 생각하니 애끓는 심정이 되었다. 선영은 오랫동안 울었다. 용팔과 재휘를 떠올리면 떠올릴수록 추억은 여전히 예전 그대로 머물러 있었다.

'오빠를 구하려면 어떻게 해야 할까? 오빠가 아닌 강 회장을 어떻게 이길 수 있을까? 복수심, 복수심에 사로잡히지 않는 방법……'

안개 속을 걷듯 막막했다.

그런데 그때 호텔 초인종이 울렸다. 인터폰으로 보니 추 마담이었다. 그녀는 막 용팔의 병실을 다녀온 듯 수행원들과 함께였다. 선영이 문을 열었다. 추 마담은 수행원을 물리고 들어와 앉았다.

"무슨 일 있었어?"

"아니요. 아무 일도."

선영은 눈가를 훔치며 소파 자리를 내줬다.

"어젠 어떻게 된 거야? 하우스에서 나와서 바로 호텔로 돌아오지 않다니?"

"죄송해요."

"중요한 일을 앞두고 있어. 이재휘를 만나서 심란하겠지만 그렇다고 해서 일을 그르쳐서는 안 돼."

"알아요."

그녀는 좀 못 미더운 얼굴이었지만 더 캐묻지 않았다. 대신 가죽 장갑을 벗고 핸드백에서 뭔가를 꺼내 건넸다. 귀고리 케이스였다.

"받아."

선영이 의아한 눈으로 케이스를 열자 연푸른 터키석 귀고리 한 쌍이 나왔다.

"특별히 터키석으로 세공을 부탁했어. 성공을 의미하는 보석이거든. 물론 그런 이유만으로 이걸 주는 건 아니지만."

추 마담은 핸드백에서 작은 기계를 꺼냈다.

"귀고리의 터키석을 눌러봐."

"이렇게요?"

선영이 터키석 표면을 누르자 육각형 홈으로 알이 살짝 들어가더니 기계에서 "이렇게요?" 하고 되묻는 선영의 목소리가 나왔다. 도청 장치였다.

"이건 금속 탐지기에도 걸리지 않도록 만들어졌어. 내일 강 회장 하우스에 들어가면 분명 신체검사를 할 거야. 탐지기를 통과하거든 귀고리를 만지는 척해서 작동시켜. 내가 하우스 근처에서 대기하면서 듣고 있을 테니까. 물론 무술 달인들로 꾸려진 가드들이 곁에 있겠지만 160억이나 따면 순순히 내보내주지 않을지도 몰라. 그땐 내가 마중을 나갈게."

"네."

평소라면 할 말이 끝나자마자 자리를 파하는 추 마담이건만 그녀의 엄지손가락이 잠깐 턱 끝에 머물렀다. 뭔가 고심하는 표정이었다.

"참…… 이용팔 씨와는 통화해봤어?"

선영이 고개를 끄덕였다.

"담당 의사 말로는 내일이나 모레쯤 고비가 올 것 같다고 했어. 이번 일이 성공적으로 끝나면 바로 들러보도록 해."

선영은 아까 용팔과 했던 통화 말미가 떠올라 마음이 짠했다. 추 마담은 기운 내라는 듯 선영의 어깨를 두드리고 자리에서 일어났다. 그때 선영이 그녀를 붙잡았다.

"저, 그런데 혹시…… 강 회장은 당신이 살아 있다는 걸 알고 있나요?"

"응?"

추 마담이 문고리를 잡다가 뒤를 돌아봤다.

"아니, 그 사람은 내가 죽었다고 믿고 있을 거야. 그런데 갑자기 그건 왜?"

"문득 강 회장이 당신을 만난다면 어떤 표정을 지을까 하는 생각이 들었어요."

추 마담이 픽 웃었다.

"글쎄, 날 알아볼까? 난 20년간 그와의 상봉을 기대하면서 살아왔는데, 기억조차 못 하는 건 아닐지 걱정이야. 그럼 내가 너무 손해 보는 건데 말이지."

그녀가 재미있다는 듯 후후 웃더니 금방 가버렸다. 선영은 한동안 추 마담의 말을 되새김질했다.

'강 회장은 추 마담이 죽었다고 생각한다. 죽었다고…….'

순간 선영은 자리에서 벌떡 일어났다. 미궁 속에서 탈출할 해법이 보이는 듯했다.

결전

선영은 차에서 내려 별장을 둘러봤다. 정원수가 잘 가꿔진
으리으리한 집은 안팎으로 수십 명의 가드들이 둘러싸고 있어
보안이 철통같았다. 추 마담의 예상대로 선영이 데리고 들어온
가드만으로는 여길 뚫고 나가기 어려워 보였다. 그때 강 회장
의 수하 중 우두머리로 보이는 남자와 통역사가 나왔다.

"어서 오십시오. 안으로 모시겠습니다."

그는 극진한 태도로 선영과 수행원들을 별장 홀로 안내했다.
내부는 강 회장의 취향대로 바로크풍의 유럽 가구들로 꾸며져
고상하면서도 위압감을 느끼게 했다.

"음악이 좋군요."

선영은 귀에 익숙한 클래식 합창곡이 마음에 든다는 듯 생긋

웃었다. 그러자 통역사가 그 말을 남자에게 옮겼다.

"강 회장님께서 가장 좋아하는 곡이죠."

남자가 묘한 웃음을 지었다. 그런데 갑자기 홀 안쪽에서 사내들의 고성이 들렸다.

"무슨 일이죠?"

"무기 소지가 금지되어 있는데, 일본 손님 수행원들이 일본도를 절대 내놓지 못하겠다고 하셔서 실랑이가 있나 봅니다. 소란스러운 모습을 보여 죄송합니다."

선영이 작게 웃었다.

"저흰 맨몸으로 왔어요. 필요하시면 몸을 수색해보셔도 상관없고요."

"결례를 너그러이 이해해주셔서 감사합니다."

남자는 여비서를 시켜 금속 탐지기로 선영과 가드의 몸을 여러 번 훑었다. 깨끗했다.

"그럼 안으로 입장하시죠."

선영은 흐트러진 옷매무새를 바로잡는 척하면서 귀고리를 만져 도청기를 켰다.

"한국의 강 회장님 소문을 많이 들어서 한번 뵙고 싶었는데, 오늘 게임 할 때는 안 들어오시나 봐요?"

그때였다.

"그럴 리가요. 전 재미있는 구경을 놓치는 사람이 아닙니다."

낮고 굵직한 목소리의 주인공이 불쑥 나타났다. 강 회장이었다. 선영은 그의 맹수 같은 눈매를 똑바로 쳐다봤다. 검게 번적이는 눈동자가 마카오로 떠나던 그 두렵고 무서웠던 밤바다를 연상시켰다. 그러나 선영은 주눅 들지 않았다. 그녀의 두 어깨에 재휘의 운명이 걸려 있었다. 선영은 용팔의 말을 기도문처럼 되뇌었다.

'복수심을 버려야 그를 이긴다, 복수심을. 강 회장을 두려워해서도, 저주해서도 안 돼. 그래야 그의 마음을 꿰뚫을 수 있어.'

선영이 입을 열었다.

"안녕하세요?"

그녀의 미소에 강 회장도 빙그레 웃었다.

"반갑습니다, 창잉 아가씨. 소문대로 미인이시군요."

"별말씀을요."

두 사람은 입에 발린 가벼운 대화로 첫인사를 나누며 안쪽 룸으로 들어갔다. 넓은 포커 테이블에서는 벌써 플레이어들이 제각각 자리를 잡고 얘기를 나누고 있었다. 톱스타 강동민과 창연 엔터테인먼트 최 전무는 며칠 전 다른 하우스에서 있었던 얘기를 하는 중이었고, 박사는 바텐더에게 음료를 주문하고 있었다. 나비는 전보다 살이 많이 빠져 퀭해 보였는데, 긴장한 탓인지 연신 줄담배를 피워댔다. 그리고 테이블 가장 안쪽에는 재휘가 있었다. 그는 명품으로 차려입고, 유창한 외국어로 중국왕 장군과 통성명을 하고 있어 마치 성공한 청년 사업가처럼 세련돼 보였다.

"소개하죠. 홍콩에서 오신 창잉 아가씨입니다."

강 회장의 소개에 선영이 가볍게 목례했다.

"안녕하세요?"

재휘가 그녀를 돌아봤다. 선영도 그를 흘끔 쳐다봤다. 그러나 그는 무표정하게 시선을 거둘 뿐, 별 반응이 없었다. 예상했던 일이었다. 선영은 재휘의 싸늘한 태도에 개의치 않고, 다른 손님들을 향해 생긋 웃었다. 남자들은 강 회장을 통해 차례차례 자기소개를 대신하며 싱긋이 웃었다. 이런 미모의 여인이 올 줄 몰랐다는 표정들이었다.

"여기 좀 덥네요?"

선영은 실내가 더운 것처럼 손부채질을 하면서 코트를 벗었다. 안에는 속이 비치는 시스루 블라우스를 입었는데, 그마저도 단추를 두 개나 풀었다. 그러자 사내들 눈빛이 금세 끈적해졌다. 선영은 다리를 꼬고 앉아 담배에 불을 붙였다. 짧은 스커트가 말려 올라가 허벅지가 훤히 드러나고, 빨간 입술 사이에서는 요염한 담배 연기 한 줄기가 피어올랐다.

강동민이 꼴깍 침을 삼키며 선영의 옆자리로 옮겨 왔다.

"헤이, 걸. 두 유 노우 미?"

그의 으스대는 꼴이 우스웠지만 선영은 "음, 코리안 액터?"라며 모호한 눈웃음을 흘렸다.

"오, 예스. 아임 강동민."

강동민은 자신을 알아본 게 꽤 뿌듯한 얼굴이었다. 그런데 그때, 문이 벌컥 열리며 키가 작고, 눈이 쭉 찢어진 남자가 씩 씩거리며 들어왔다. 일본의 지쿠니 사장이었다. 그는 수행 팀의 일본도 문제로 꽤 기분이 상한 듯했다. 그러나 다른 쟁쟁한 손님들도 맨몸으로 들어왔다는 소리에 계속 떼를 쓸 수도 없어 큰 소리만 쿵쿵 냈다.

"어서 게임이나 시작합시다."

지쿠니 사장은 냉수 한 잔을 벌컥 들이켠 뒤 팔을 걷어붙였다. 팔뚝에는 그의 변덕스럽고 다혈질적인 성격처럼 카멜레온 한 마리가 칼을 물고 엎드려 있었다. 왕 장군은 이 안하무인의 일본인 졸부가 마음에 들지 않는지 입으로 쯧 소리를 내며 중국어로 중얼거렸다.

"용도 아니고 도마뱀 따위를 그려 넣었군."

선영이 그의 농담에 피식 웃었다. 그러자 강 회장이 끼어들었다.

"자, 게임 전에 세 가지 룰을 말씀드리겠습니다. 첫째, 이제부터 테이블에서의 공식 언어는 영어입니다. 플레이어의 모든 말은 여기 통역사를 통해 영어로 되풀이됩니다. 그러니 상대에게 욕을 하거나 치팅을 할 생각은 버리십시오. 둘째, 게임이 끝날 때까지 그 누구도 여기서 나갈 수 없습니다. 그게 몇 시간이 되든 말이지요. 셋째, 한 번 테이블에서 퇴출당할 경우 어떠한 경우라도 게임을 할 수 없습니다. 서로 간에 돈을 빌리는 일도, 빌려주는 일도 불가합니다. 아시겠습니까?"

다들 고개를 끄덕거리자 강 회장은 딜러를 시켜 자리를 정하는 카드를 뽑게 했다. 자리 배치는 선영이 딜러 버튼을 쥐고, 좌로 박사, 왕 장군, 나비, 재휘, 강동민, 최 전무, 지쿠니 사장으로 정해졌다. 그리고 바에는 강 회장이 와인을 한 잔 따라 앉았다. 게임 돌아가는 게 훤히 보이는 그곳이 그의 지정석인 셈이었다.

"큰판을 벌이는 만큼 먼저 돈부터 확인하고, 칩을 바꿔드리겠습니다. 각자 가지고 온 돈 가방을 보여주십시오."

사람들은 자기 자리에 앉은 채 수행원들이 갖다 주는 가방을 열었다. 가방마다 누런 5만 원 지폐 뭉치가 빵빵하게 쏟아져 나왔다. 강 회장 수하들은 순서대로 손님들의 가방에서 돈을 꺼내 기계에 넣었다. 위조 여부와 액수를 확인하는 과정이었다. 한편 테이블 딜러는 돈을 세는 동안 칩을 준비해서 나눠줬다. 개당 1억짜리 일곱 개의 레드칩, 5천짜리 스무 개의 옐로칩, 천짜리 서른 개의 블루칩이 줄을 맞춰 플레이어들 앞에 쌓였다. 강 회장은 손님들에게 게임 시작 전에 하고 싶은 말은 없는지 물었다. 다들 서로 얼굴만 쳐다봤다. 별 할 말이 없다는 눈치였다.

"좋습니다. 시작하죠. 노리밋이고, 시작은 천, 3천으로 갑니다. 블라인드는 2천, 5천, 1억, 5억, 10억으로 올리고, 카드는 무조건 쇼다운입니다. 재미있게들 즐기십시오."

그 말을 시작으로 카드가 돌아갔다. 이제 게임이 끝날 때까지 누구도 이 피 마르는 검투장에서 벗어날 수는 없었다. 그러나 사람들의 얼굴에는 생기가 돌았다. 마치 여기서 살아 있음을 확인하는 표정들이었다. 칩이 쌓이고, 쌓이고, 그 위에 또 쌓이면서 패가 여러 번 돌아갔다.

왕 장군이 몇 번쯤 땄는데, 딱히 실력이 좋아서라기보다는 카드 운이 따랐다. 그는 계속해서 자기 팔목에 찬 나무 염주를 만지작거렸다. 중국인이 좋아하는 용이 그려진 걸 보니 그 나름 행운의 징표인 모양이었다.

"쳇, 안 풀리는군."

지쿠니 사장의 칩이 가장 먼저 줄었다. 아까의 소동으로 분기가 가라앉지 않아 카운팅도 없이 대충대충 올려붙인 탓이었다. 지쿠니 사장은 입술이 바짝 타는지 연신 물을 주문해서 들이켰다. 포커 판에서 운도 실력도 중요하지만 자금이 든든한 것도 무시할 수 없었다. 돈이 적으면 상대가 뻥카 같아도 출혈을 감내하고 쫓아갈 수가 없어, 아쉽게 돈만 물고 죽어야 하는 까닭이었다. 지쿠니 사장은 점점 궁지로 몰리고 있었다.

반면 왕 장군은 기세등등해져서 레이즈를 계속 불렀다. 선영은 그가 돈을 딸 때마다 "어머, 또 땄어요? 살살 좀 치세요"라며 애교 섞인 콧소리를 냈다. 나비도 선영의 미인계를 간파했는지 눈치껏 한마디씩 거들었다. 그러자 무뚝뚝하던 왕 장군도 으쓱해졌는지 나중에는 이를 드러내고 웃었다. 지쿠니 사장은 연신 투덜거렸다. 이제 그에게 남은 선택지는 별로 없었다.

"레이즈."

한 시간이 지났을 무렵, 지쿠니 사장이 거액을 올리자 사람들이 서로 눈치를 살폈다. 막다른 골목에서 마지막으로 블러펑을 시도하고 있을 가능성이 높았지만 그렇다고 이걸 쫓기엔 리스크가 컸다. 선영과 재휘, 박사, 나비는 카드를 접고 죽었다. 동민과 최 전무는 긴가민가하면서 콜을 불렀고, 왕 장군은 어디 한번 붙어보자는 듯 레이즈를 불렀다.

"레이즈."

지쿠니 사장이 또 돈을 올리자 동민과 최 전무가 고개를 짤짤 흔들며 패를 접었다. 아까 괜히 콜을 불렀다는 얼굴이었다. 그러나 왕 장군은 달랐다.

"레이즈."

그도 칩을 잔뜩 걸었다. 지쿠니가 그를 비웃듯 픽 웃으며 칩을 몽땅 내놓았다.

"올인."

이쯤 되면 왕 장군도 갈등을 느낄 만했다. 그런데 선영이 그 틈에서 "와우, 대단하군요"라며 지쿠니 사장을 향해 작은 감탄사를 뱉었다. 나비와 박사도 "후" 하고 입을 모아 놀란 표정을 지었다.

"콜."

순간 왕 장군이 마지막 액션을 취했다. 이 한 판에 얼마나 큰 금액이 걸려 있는지를 알면서도 찰나의 자존심과 오기가 부추긴 결과였다.

커뮤니티 카드는 하트 2, 다이아 3, 다이아 4, 클로버 10, 클로버 Q였다. 딜러가 두 사람의 카드를 오픈했다. 왕 장군은 스페이드 Q, 하트 Q로 Q 트리플이고, 지쿠니 사장은 클로버 5, 스페이드 6으로 2-3-4-5-6 스트레이트였다. 지쿠니 사장이 "우하하!" 웃음을 터뜨리며 자신의 카멜레온 문신을 자랑스럽게 보였다.

"이봐요, 용은 상상 속의 동물이라고요. 한마디로 실재가 아닌 허상인 거지."

지쿠니 사장이 능숙한 중국어로 말했다. 그 역시 아까 왕 장군이 했던 모욕적인 농담을 알아들었던 것이다. 왕 장군은 부끄러움과 분노로 얼굴이 벌겋게 달아올랐다. 그 후 그는 내리 열 판 동안 한 번도 이기지 못했고, 테이블에서 가장 먼저 퇴출당했다.

그다음은 최 전무와 강동민이었다. 그들은 아예 둘이 한편을 먹기로 작정한 듯했으나 손발을 맞추는 게 훤히 드러나 보기 안쓰러울 지경이었다. 기침을 하거나 머리를 만지고, 눈곱을 떼는 시늉을 하는 등 손이 한시도 가만히 있지 않았다. 지쿠니 사장은 눈치채지 못한 듯했지만 선수들은 알면서도 모르는 척했다. 대놓고 카드가 뭔지 알려주는데, 그걸 받아먹지 않을 이유가 없었다. 최 전무와 강동민은 처음에는 돈을 제법 땄지만 점점 이유도 모른 채 칩이 줄었고, 나중에는 짜고 치던 요령조차 엉켜 자멸하다시피 했다.

강 회장은 알거지가 된 손님들이 "내 돈!"을 외치며 발악을 할 때마다 친절하게 옆방으로 강제 이송시켰다. 그러면 그 안에서 약을 타 먹이는지, 브로커를 붙여 골프 관광 특전을 주겠다고 살살 달래는 건지는 알 수는 없지만 절규에 가깝던 괴성이 수그러들었다. 이 광경을 연달아 지켜본 지쿠니 사장은 그 후로 함부로 베팅을 하지 않았다. 위기감을 느낀 게 분명했다.

선영은 그때부터 지쿠니 사장을 은근히 밀어주는 플레이를 했는데, 홀로 하우스 선수 전부를 상대하기는 힘든 이유였다. 다행히 지쿠니 사장은 이 난전에서 제법 잘 버텼고, 칩 순위에서도 재휘, 선영, 지쿠니, 박사, 나비순으로 선전했다.

"좀 쉬었다 하실까요?"

두 시간쯤 지나자 강 회장이 게임을 끊고, 15분간의 휴식 시간을 제안했다. 재휘의 컨디션을 생각한 게 틀림없었다. 선영을 비롯한 선수 모두가 휴식에 대해 흔쾌히 수락했다. 물론 말 많은 지쿠니 사장은 흐름이 끊기네 어쩌네 하면서 투덜거렸지만 전원이 휴식 시간을 찬성하자 그도 별수 없었다. 사람들은 각자 담배를 피우거나 바에서 음료를 찾아 마셨다.

선영은 화장실에서 찬물로 손을 여러 번 씻었다. 겨울철이라 냉수가 얼음장 같았지만 시간이 지날수록 정신이 느슨해지지 않으려면 계속해서 자극을 줄 필요가 있었다. 그때 나비가 그녀 곁으로 다가와 립스틱을 덧발랐다.

"제법이에요, 홍콩 아가씨?"

외국인 손님들을 자주 상대해왔던 까닭인지 나비의 영어 실력이 유창했다.

"칭찬인가요?"

"그럼요. 난 하우스에서 나보다 포커 잘 치는 여자는 본 적이 없는데, 아까 게임 하면서 솔직히 좀 놀랐어요."

"립 서비스라도 기분은 좋군요."

"나 그렇게 괜한 얘기 하는 사람은 아닌데?"

"도박사들 말은 믿을 수가 없어서."

선영이 농담조로 웃었다. 나비 역시 샐쭉 웃었지만 거울로 비껴 보는 그녀의 왼쪽 손목은 전에 없이 칼로 그었던 흔적이 선명했다. 그 흔적은 그간 그녀가 무슨 일을 겪었는지, 지금 무슨 마음으로 이 도박판에 임하고 있는지를 보여주는 증거였다. 선영은 마음이 씁쓸했다. 그런데 그때 나비가 한마디를 덧붙였다.

"하긴 그러고 보니 그쪽 말고 한 명 더 본 적이 있네요. 나보다 포커 잘 치는 여자. 뭐, 지금은 실종돼서 살았는지 죽었는지도 알 수 없지만."

선영에 대한 얘기 같았다. 분위기가 어색해지자 나비는 괜한 얘길 했다는 듯 어깨를 으쓱하고 나가버렸다.

선영은 테이블로 돌아와 재휘의 안색을 살폈다. 그는 겉으로는 내색지 않았지만 지쿠니 사장의 질문에도 단답형으로 대답하며 대화를 피하는 게 보였다. 힘든 게 분명했다. 그렇게 15분은 금방 흘렀다.

"이제 게임 시작합시다."

강 회장의 주문에 게임은 속개됐다. 그러나 판은 아까보다 시원스럽게 돌아가지 않았다. 두 시간이 경과되어 블라인드가 8천, 1억으로 오른 이유였다. 한 번 콜을 부르는 대가로 1억이 들었고, 한 판에 수억이 돌았다. 사람들은 카드를 덮어놓고 칩을 달그락거리며 촉각을 곤두세웠다.

그런데 갑자기 지쿠니 사장이 카드가 깔리자마자 레이즈를 부르며 칩을 한 뭉텅이 내놓았다. 박사가 곁눈질로 그의 눈치를 살폈다. 뻥카인지 아닌지 묘했다. 선영과 나비는 죽고, 박사와 재휘는 콜을 했다. 네번째 카드가 깔렸다. 지쿠니 사장이 레이즈를 부르며 칩을 또 한 뭉텅이 내놓았다. 여기서 또 콜을 부르려면 5억이 들었다. 박사는 재휘를 흘낏 봤다. 너라면 어쩌겠냐는 얼굴이었다. 그러나 포커페이스인 재휘의 얼굴에서는 어떤 미동도 찾을 수 없었다.

"콜."

박사는 지쿠니 사장이 아마추어라는 사실을 상기하며 일단 돈을 걸었다. 그리고 재휘 역시 일찍 죽지 않았으니 지쿠니 사장이 공갈을 치는 게 확실하다는 판단에서였다.

"폴드."

재휘가 카드를 접었다. 박사는 땀이 흘렀다. 바닥에는 하트 A, 스페이드 3, 다이아 6, 다이아 9, 클로버 10이 있고, 그의 카드는 스페이드 A, 클로버 10이라 A 투페어였다. 지금 쥔 패라면 당연히 콜을 부르는 게 옳았다. 박사는 지쿠니 사장이 그를 이길 가능성을 계산했다. 트리플이 아니면 이길 리가 없는데, 그가 정말 트리플일까? 다시 생각해도 공갈 같았다. 그런데 지쿠니 사장이 마지막 카드를 보고도 또 거액을 올렸다. 그는 마치 해볼 테면 해보라는 표정이었다. 박사가 신경질적으로 칩을 만지작거렸다. 여기서 또 콜을 부르려면 10억이 드는데, 어째야 좋을지 갈등하는 게 역력했다.

"폴드."

박사가 짜증스러운 얼굴로 카드를 던졌다. 지쿠니 사장은 히히 웃으면서 자기 패를 보였는데, 겨우 6 원페어였다. 박사는 공갈에 속아 좋은 카드를 버린 것 때문에 약이 올랐는지 테이블을 쾅 내리쳤다. 점잖았던 그가 평정심을 잃는 순간이었다. 이후 박사는 점점 세가 기울었는데, 그의 몰락은 재휘가 돌연 블러핑을 시도하면서 확고해졌다. 누군가 연달아 뺑카를 칠 거라고 예상도 못 했거니와 그게 하필이면 1위를 달리며 신중하게 플레이를 하던 재휘일 거라곤 아무도 생각지 못한 듯했다. 이 의외의 뺑카에는 나비와 박사, 지쿠니 사장이 모두 걸려들었다. 그러나 선영은 재휘의 블러핑 시도를 잘 피해 갔다. 이 자리에 있는 그 어떤 누구보다 그의 눈빛과 손짓을 잘 읽을 수 있는 사람이 바로 그녀였다.

게임이 흐를수록 칩의 탑은 점점 그 주인을 달리했고, 박사는 결국 퇴출됐다. 시간은 또 한 시간이 지났고, 블라인드는 1억 8천, 2억이 됐다. 콜을 불러 카드 한 장을 더 보는 데 2억씩 드는 셈이었다. 지쿠니 사장과 나비는 재휘에게 워낙 당한 탓에 칩이 각자 20억씩밖에 남지 않았다. 이제껏 죽은 사람들이 모두 네 명이니 80억이나 풀렸는데도 그들은 여전히 본전인 셈이었다. 차이는 점점 확연해졌고, 한 판에 10억 이상을 넘나들자 판돈이 작은 두 사람에게는 남은 기회가 몇 번 없었다.

재떨이에는 담배가 수북해졌다. 딜러가 바닥에 클로버 K, 스페이드 4, 다이아 8을 깔았다. 재휘와 선영은 패를 접었다. 이제 승부는 나비 대 지쿠니 사장이었다. 나비는 스페이드 K, 하트 Q를 쥐고, 지쿠니 사장은 스페이드 J, 하트 J를 쥐었다. 나비가 올인을 불렀다. 더 남은 기회도 없거니와 여기서 승기를 잡지 못하면 재휘, 선영과 겨루기 어려우므로 승부를 보자는 뜻이었다. 지쿠니 역시 올인했다. J 페어면 나쁘지 않은 패인 까닭이었다.

둘은 추가로 취할 액션이 없으므로 카드를 열었다. 승자는 딜러가 무슨 카드를 내놓느냐에 달려 있었다. 이길 확률은 나비가 91퍼센트, 지쿠니가 9퍼센트였다.

딜러는 네번째 카드로 클로버 6을 내놓았고, 그다음으로 다이아 9를 내놓았다. 20억 대 20억이 걸린 승부는 나비의 K 원페어, 지쿠니는 J 원페어로 끝났다. 지쿠니는 머리카락을 쥐어뜯으며 애처럼 엉엉 울었다. 입에서는 발음이 다 뭉개지다시피 한 "빠가야로"라는 말만 반복될 뿐이었다. 믿을 수 없었다. 네 시간의 난투 끝에 도달한 곳이 왕 장군이 있는 저 옆방이라니. 하지만 승패의 결과는 냉혹했다.

"뭐 해? 옆방으로 모시지 않고."

강 회장의 나긋한 말 한마디에 수하들이 그를 우 둘러싸서 데리고 나갔다. 테이블에 남은 이는 재휘, 선영, 나비, 세 사람이었고, 각각 70억, 50억, 40억의 칩이 산처럼 쌓여 있었다.

다시 카드가 돌아갔다. 시간은 벌써 네 시간이 흘러 블라인드는 6억 8천, 7억이었다. 세 사람은 몇 번 칩을 주거니 받거니 했는데, 재휘가 몇 번이나 이기는 바람에 칩이 95억으로 불었고, 선영과 나비는 각각 34억, 31억으로 떨어져 비슷한 지경에 이르렀다. 선영에게는 위기가 아닐 수 없었다.

'금액이 너무 커. 승부를 볼 기회가 얼마 없다. 여기서 끝내야 해.'

물론 그 생각은 나비 역시 다를 게 없었다. 세 사람에게 두 장의 카드가 돌아갔다. 그때 재휘가 카드를 가볍게 던졌다. 이번 판은 접는다는 뜻이었다. 선영과 나비가 서로를 노려봤다. 이제 둘의 승부였다. 어영부영 간을 볼 것이냐, 끝까지 붙어볼 것이냐.

"올인."

나비가 미련 없이 칩을 다 내놓았다. 선영은 그녀의 눈동자에서 높은 가능성을 봤다. 뱅카가 아님은 분명했다. 그러나 바닥에 깔린 카드가 없었기에 그녀가 뭘 쥐고 있는지는 짐작할 수 없었다. 선영이 쥔 카드는 다이아 K, 하트 8로 결코 좋은 카드는 아니었다. 그녀는 고심하면서 칩을 만졌다.

"올인."

선영이 응수했다. 두 사람이 카드를 뒤집었다. 나비의 카드는 다이아 A와 하트 J였다. 선영은 저도 모르게 자리에서 일어났다. 앞으로 어떤 카드가 나올지는 알 수 없지만 지금 단 두 장의 카드를 놓고 승률을 따지자면 나비가 66퍼센트, 선영이 34퍼센트였다.

"하하. 미녀들의 싸움이라, 재미있는 그림이군."

강 회장이 기쁜 얼굴로 테이블 곁으로 다가왔다. 여기서 나비가 이기기만 한다면 게임은 끝난 거나 다름없었다. 딜러는 두 사람의 카드를 커뮤니티 카드 라인에 좌우로 붙이고 세 장의 카드를 열었다. 다이아 J, 클로버 9, 클로버 Q. 이제 승률은 나비가 73퍼센트, 선영이 27퍼센트였다.

나비의 얼굴에 미소가 떠올랐다. 남은 카드는 단 두 장이었고, 이 순간만 지나면 강 회장이 약속한 자유가 그녀를 기다리고 있었다. 딜러가 네번째 카드를 열었을 때, 그녀는 손을 들어 환호했다. 클로버 7, 두 사람 모두에게 아무 의미가 없는 카드였다.

재휘는 눈을 감았다. 이 순간 선영이 어떤 표정을 짓는지 보고 싶지 않았다. 그리고 천에 하나, 만에 하나라도 제 얼굴에 슬픔이 스치는 걸 들키고 싶지 않았다. 그는 그 짧은 찰나에 아버지를 떠올렸다.

'때때로 신은 우리 마음을 시험하기도 하지만 그걸 이겨낸

사람에게는 반드시 값진 선물을 주고 떠난단다.'

그런데 그때, 선영의 목소리가 들렸다.

"고생 많았어요."

그녀는 마지막 카드 한 장을 두고도 냉정함을 잃지 않고 차분했다. 선영이 나비에게 손을 내밀자 나비가 그 손을 잡아 악수했다.

"나보다 포커 잘 치는 여자는 이제 없는 셈이군요."

약간 들뜬 말투가 승리를 확신하는 게 분명했다. 그리고 그때 딜러가 다섯번째 카드를 열었다. 하트 K. 그걸 본 선영과 나비의 입이 벌어졌다.

"말도, 말도 안 돼. 어떻게……."

선영을 붙잡고 있던 나비의 손이 아래로 툭 떨어졌다. 그녀는 테이블로 뛰어가 카드를 맞춰봤다. 그러나 구멍이 날 만큼 뚫어져라 쳐다본들 애먼 카드 무늬가 바뀔 리는 없었다.

"이, 이럴 리가 없는데. 이럴 리가."

나비가 강 회장을 돌아봤다. 강 회장은 몹시 불쾌한 얼굴로 위스키 한 잔을 들이켰다.

"옆방으로 모셔."

그 말에 부하들이 나비를 붙잡았다. 그녀는 제대로 반항 한 번 하지 못하고 질질 끌려 나갔다. 나비가 애타게 그렸던 자유는 백일몽처럼 허공 속으로 사라진 듯했다.

최후의 승자

재휘와 선영은 긴 테이블을 사이에 두고 서로를 마주 봤다. 칩은 산처럼 쌓였고, 그 산의 정상에 남은 사람은 둘뿐이었다. 달그락달그락 두 사람이 칩을 만지는 소리가 카지노의 머신 돌아가듯 울렸다. 이제 블라인드는 10억이 올라 17억이 됐다.

두 사람은 카드 두 장을 받자마자 서둘러 승부를 결정지어야 했다. 일찍 죽든가, 계속 가든가. 막판까지 따라붙었다가 접기엔 리스크가 커도 너무 컸다. 열 차례가 넘는 짧은 핸드가 이어졌다. 승부는 거의 막상막하였고, 칩도 변화가 없었다.

지지부진한 레이스 속에 째깍째깍 시곗바늘이 자꾸 돌았다. 큰돈이 걸린 만큼 사람들은 말이 없고, 분위기는 팽팽한 긴장감만 감돌았다. 그때 딜러가 물었다.

"다섯 시간 지났습니다. 블라인드 조정하시겠습니까?"

재휘와 선영이 강 회장을 쳐다봤다. 게임은 두 사람이 하는 것이지만 룰은 하우스 업주인 그의 권한이었다.

"시간 참 빠르군요."

강 회장은 시간을 끌면서 재휘의 얼굴을 쳐다봤다. 재휘의 이마에는 실핏줄이 선명하게 서 있었고, 왼쪽 눈 아래 근육은 파르르 떨렸다. 카운팅 기술이 떨어질까 진통제도 먹지 않고, 무리하게 게임을 지속해왔으니 지금쯤 한계에 임박한 것이 분명했다. 그러나 여기서 블라인드를 더 올리면 승부는 5회 내에 끝날 텐데, 30억을 이기고 있는 재휘에게 불리한 룰로 바꿀 필요는 없었다. 강 회장은 고심하는 표정으로 와인 한 잔을 따랐다.

"죽느냐, 사느냐. 그것이 문제로다."

그가 재휘를 바라보며 희미하게 웃었다. 선영은 그 말의 속뜻이 재휘에게 가하는 협박이라는 걸 알았지만 어쩔 도리가 없었다. 그녀는 아무것도 모르는 듯한 얼굴로 담배에 불을 붙여 길게 한 모금 빨았다. 그러나 재휘는 평온한 목소리로 대답했다.

"셰익스피어의 글 중에 이런 말도 있죠. 겁쟁이는 죽음에 앞서 몇 번이고 죽지만 용감한 사람은 한 번밖에 죽음을 맛보지 않는다."

쫄지 말고 가자는 얘기였다. 강 회장은 그 패기가 만족스럽다는 듯이 껄껄 웃었다.

"좋습니다. 그럼 마지막 문을 열죠. 지금부터 10억을 더 올리겠습니다. 괜찮습니까?"

"화끈한 한판이 되겠군요. 좋아요."

선영이 흔쾌히 제안을 수락했다. 판돈은 재휘가 95억, 선영이 65억이었고, 블라인드는 27억까지 올랐다. 승부의 결말이 정말 눈앞에 있었다. 딜러는 긴장한 얼굴로 카드를 섞었다. 테이블에는 고요함만이 감돌았다. 카드 두 장이 그 적막을 가르며 미끄러지듯 두 사람에게 돌아갔다.

선영이 먼저 카드를 확인했다. 하트 A, 클로버 K. 빅에이스라 불리는 좋은 패였다. 그녀는 재휘를 쳐다봤다. 그는 입가에 자신만만한 미소를 띠며 칩 무더기를 쏟아냈다.

"레이즈."

선영도 칩을 한 움큼 올렸다.

"레이즈."

딜러는 땀이 송골송골 맺힌 콧등을 살짝 훔친 뒤 칩을 세고, 뒤이어 세 장의 플랍 카드를 펼쳤다. 카드는 클로버 A, 하트 8, 다이아 4였다.

"콜."

재휘가 대담하게 칩을 또 내밀었다. 강 회장은 올 것이 왔다는 표정이었다.

"체크."

선영은 공격적인 플레이를 멈추고 한 템포 쉬었다. 네번째 카드가 펼쳐졌다. 다이아 8이었다. 재휘가 칩을 또 한 무더기

내놓았다.

"레이즈."

선영이 빨리 액션을 취하지 않자 기다리던 딜러가 숫자를 셌다.

"20, 19, 18……."

8초쯤 남았을 때 선영이 칩 한 줄을 넣었다.

"레이즈."

끝까지 가겠다는 뜻이었다. 그때, 딜러가 마지막 카드를 펼쳤다. 스페이드 A였다. 딜러는 저도 모르게 강 회장의 눈치를 살폈다. 테이블에는 A 페어, 8 페어가 있으니 둘 중 하나를 가졌을 경우 풀하우스였다. 강 회장은 테이블로 서서히 걸음을 옮겼다. 누가 말하지 않아도 이 게임은 이미 끝에 다다라 있음이 확연했다.

"올인."

재휘의 칩이 와르르 바닥으로 쏟아져 들어왔다. 냉랭하던 그의 입가에 처음으로 옅은 미소가 그려졌다. 진짜 끝이었다.

"올인."

선영 역시 칩 전부를 주저 없이 밀어 넣었다. 남은 것은 쇼다운뿐이었다. 선영의 패가 먼저 공개됐다. A 풀하우스였다. 강 회장은 재휘를 노려봤다. 8 포카드만이 그가 이길 수 있는 패였다.

"설마……."

재휘가 강 회장을 보며 재미있다는 듯 하하 웃었다. 순간 강 회장은 뭔가 잘못됐다는 생각이 들었다. 재휘는 절대 승리를 거머쥐고도 환호를 지르거나 크게 소리 내 웃는 타입이 아니었다. 그런 그가 다른 사람도 아니고 강 회장을 향해 하하 웃는다?

강 회장은 딜러가 패를 뒤집기도 전에 테이블로 달려가 카드를 뒤집었다. 그의 카드는 스페이드 7, 스페이드 2. 원페어조차 아닌, 아니 처음부터 절대로 베팅해서는 안 되는 개패였다.

"이재휘!"

강 회장은 성난 사자가 포효하듯 테이블을 내리쳤다. 그의 분기에 카드가 뒤집히고, 칩들도 요란하게 울렸다. 그의 얼굴은 '이재휘가 목숨 줄이 간당간당하는 판에 이렇게 죽을 리가 없는데, 이런 개패로 끝까지 승부를 걸 리가 없는데. 어째서!'라고 외치는 듯했다.

그러나 재휘는 초연한 얼굴이었다.

"이걸로 모든 게 끝났군요. 당신도, 나도."

그 목소리에는 두려움도, 아쉬움도 없었다. 오직 다행스럽고, 후련할 따름이었다. 강 회장은 그제야 그가 죽기를 각오하고 일부러 졌다는 것을 깨달았다.

"네놈이, 네놈이 감히……."

강 회장의 눈에서 시뻘건 핏발이 섰다. 재휘는 모든 걸 포기한 사람처럼 순순히 수하들의 손에 붙들려 일어났다. 이렇게 깽판을 쳤으니 곱게 죽이지는 않겠지만 그래도 이제 상관없었다.

"이재휘가 그쪽 하우스 선수였군요? 질 거라는 생각은 못 하셨나 봐요."

선영이 혀를 끌끌 찼다. 강 회장은 대답이 없었다. 그녀는 분노로 몸서리치는 그를 뒤로하고 가드들에게 손짓을 보냈다. 게임 끝났으니 어서 가방에 돈을 담으라는 신호였다. 그러나 강 회장의 가드들이 이 꼴을 순순히 보고만 있을 리는 없었다.

"이대로는 못 보내주지."

수하 중에 우두머리가 시퍼렇게 날이 선 회칼 한 자루를 꺼냈다. 선영의 수하들이 움찔하면서 수비 태세를 취했지만 저쪽이 머릿수도 많고 무기도 죄 가졌으니 싸워서 될 일은 아니었다.

"못 보내주겠다?"

선영이 조롱 섞인 투로 물었다. 강 회장은 소름 끼치는 미소를 짓더니 돈이 빵빵하게 든 가방 중 하나를 집어 테이블로 던졌다.

"창잉 아가씨, 내가 오늘 이 판 준비하느라 들인 공이 많아서 말입니다. 여기 30억을 드릴 테니 이쯤에서 두 발로 곱게 걸어 나가시는 건 어떨까요?"

"싫다면요?"

그는 터벅터벅 재휘에게 다가가 그의 턱을 잡아 흔들었다.

"그럼 뭐, 사이좋게 앉아서 이 친구 사지절단 쇼라도 봐야겠네요."

선택권이 없어 보이는 질문에는 벌써부터 비릿한 피 냄새가

났다. 추 마담은 스피커에서 흘러나오는 강 회장의 목소리에 역겨운 표정을 짓더니 곁에서 수행을 하던 홍후를 불렀다.

"게임은 끝난 것 같군. 지금 애들 보내서 돈 찾아와."

"오선영과 이재휘는 어떻게 할까요?"

"오선영?"

추 마담은 성가신 듯 미간을 찡그렸다.

"오선영은 정체 밝히고, 강 회장한테 넘겨."

"오선영을 넘기라고요?"

홍후가 망설이는 얼굴로 물었다. 선영을 강 회장에게 넘긴다는 말은 죽으라는 말과 같았다.

"어차피 쓰고 버릴 카드였어. 강 회장에게 가장 중요한 건 돈인데, 이제 그가 모든 걸 잃었으니 오선영이 더 이상 무슨 쓸모가 있겠어? 미쳐 날뛰는 강 회장의 분풀이 상대가 돼주는 역할 정도가 남았을 뿐이야."

"하지만……."

그러나 추 마담은 그녀의 동정심을 비웃듯 냉랭하게 대답했다.

"야수들이 득실거리는 이 도박판에서 믿을 사람은 아무도 없어. 한 번 당했으면서 아직도 그걸 깨닫지 못했다면 죽을 운명인 게지."

"그래도 이용팔 씨의……."

"그 친구에게 진 빚은 이미 갚지 않았나? 이 바닥에서 두 번의 기회 같은 건 없는 법이야."

그런데 그때, 스피커에서 선영의 깔깔대는 웃음소리가 흘러
나왔다. 추 마담과 홍후는 멈칫하고 스피커를 주시했다. 선영은
이제껏 영어와 광동어를 섞어 쓰던 말을 버리고, 똑 부러진 한
국말로 강 회장을 불렀다.

"강 회장님, 절 너무 얕보셨네요. 제가 이 정도 준비도 안 하
고 여길 왔을까 봐요?"

만면에 섬뜩한 미소를 머금고 있던 강 회장과 추 마담의 표
정이 동시에 일그러졌다. 예상치 못한 일이었다. 선영은 자기
귀에 있던 귀고리를 끌러 테이블 위에 던졌다.

"도청 장치예요. 확인해보세요."

그녀의 말에 수하 중 우두머리가 튀어나와 귀고리를 낚아채
갔다. 강 회장은 선영의 얼굴을 자세히 살폈다. 어디서 본 걸까.
이 배짱 좋고, 당돌한 눈빛은 낯이 익었다.

"우리가 구면이던가요?"

선영이 대답 대신 고개를 까딱하면서 웃었다. 그때 가드 우
두머리가 퍽퍽, 구둣발로 선영의 귀고리를 짓뭉갰다. 안에서 도
청 장치가 나오자 강 회장은 가드들에게 뒤로 물러나라는 표시
를 했다. 이 정도로 작정하고 들어왔다면 회칼 따위가 위협이
되지 않으리라는 걸 알았다.

"너 누구야?"

선영은 고개를 뻣뻣하게 쳐들고 강 회장의 눈을 정면으로 노

려봤다. 일촉즉발의 상황이었다. 재휘는 수하들에게 붙잡혀 있는 손을 풀려고 몸부림치며 소리를 질렀다.

"안 돼! 그러지 마! 안 돼!"

그는 자기를 살리기 위해 불구덩이로 뛰어드는 선영을 말리고 싶었다. 강 회장은 재휘와 선영을 묘한 시선으로 번갈아 봤다. 재휘가 느닷없이 소릴 지를 이유가 뭐가 있을까. 그때 선영이 말했다.

"저예요, 오선영. 못 알아보시겠어요?"

그녀의 말에 강 회장이 크게 웃음을 터뜨렸다.

"오선영?"

강 회장은 눈을 희번덕거리며 선영을 위아래로 훑었다. 오선영, 그래. 오선영. 이재휘가 목숨 걸고 지키려고 했던 그 오선영. 문자 그대로 환골탈태를 해서 조금도 닮은 구석이 없는데, 저 눈이, 길들여지지 않는 매 같던 저 눈빛이 그대로다. 그대로.

"선영아……."

재휘가 안타까운 눈으로 선영을 바라보다 고개를 떨궜다. 강 회장은 그제야 천하의 이재휘가 개패를 들고, 순순히 죽었던 이유를 풀었다. 엊그제 밤 그가 가드를 따돌리고 밤새 어딜 쏘다니다가 왔는지 끝끝내 말하지 않았던 것도 왜인지 알겠다. 오선영, 모든 게 오선영과 짜고 쳤던 것이 분명했다.

그러나 여전히 답이 나오지 않는 것도 있었다. 빈털터리가 됐을 오선영이 홍콩 거부의 딸로 다시 돌아올 수 있었던 것은 누구의 도움으로 가능했을까? 호스피스 병동에 누워 있는 이용 팔이? 변두리 불법 도박장 주인 돼지엄마가? 아니, 절대 불가능하다.

다만 하나 확실한 게 있다면, 그 누군가가 전신 성형을 해주고, 도청 장치를 설치하고, 무술 유단자 가드들을 붙이고, 현찰 20억을 들려 보낼 수 있는 사람이라는 것이다. 강 회장은 이 정체를 알 수 없는 적이 누군지 생각했다. 그러나 적이 강하다고 해서 지레 겁먹을 것도 없었다. 아니, 오히려 선영의 가장 소중한 사람인 재휘를 붙들고 있는 이상 그녀보다 우위에 있는 걸지도.

"날 이기면 이재휘가 죽는 걸 몰라?"

강 회장이 한결 여유롭게 담배를 입에 물었다.

"알아요. 그래서 협상을 하려고 해요."

"무슨 협상? 협상할 건더기나 있나?"

강 회장이 비꼬듯 물었다.

"마지막으로 한 번 더 게임을 해요."

"나와 게임을 하자고?"

"그래요. 난 이 돈 전부를 걸고, 당신은 이재휘를 걸고."

그녀는 마치 강 회장이 제 아버지를 죽음으로 몰아넣었던 것처럼 제안하고 있었다.

"선영아, 안 돼! 그러면 안 돼, 선영아!"

재휘가 소리를 질렀다. 강 회장이 턱으로 까딱 신호하자 수하 중 하나가 그의 입에 재갈을 물린 뒤 테이프를 바르고, 양손을 힘껏 붙들었다. 선영은 마음이 찢어졌지만 그를 향해 단 한 번의 눈길도 던지지 않았다. 만약 그 눈을 본다면, 절망에 찬 그 눈동자를 본다면 겨우 붙들고 있는 이 정신을 놓고, 눈물을 쏟아낼 것 같았다.

"싫은데?"

강 회장이 비식비식 웃다가 라이터 불을 떵 켰다. 시퍼런 불꽃이 일렁거리며 그의 눈앞을 비추다가 사라졌다.

"도청 장치가 왜 있었는지는 잘 아실 텐데요. 곧 날 도와준 사람들과 가드가 올 거예요. 내가 이긴 이상 그들이 이 돈을 가지고 나갈 명분은 충분하죠. 그들은 나와 오빠를 버리더라도 이 돈을 포기하는 일은 없을 거예요. 뭐, 싸움이야 해봐야 아는 거겠지만 저 돈이 당신 손에 온전히 남지 못할지도 모르는데, 그게 당신이 원하는 건가요?"

선영의 말에 강 회장이 고개를 끄덕거렸다.

"꽤 설득력 있게 들리는군. 하지만 고분고분하게 이재휘를 놔주고 싶은 생각은 요만큼도 들지 않는데? 너희 연놈들이 짜고 친 판을 어째서 인정해줘야 하지?"

선영은 팔짱을 낀 채 묘한 웃음을 지었다.

"짜고 친 적 없어요. 하지만 그렇게 생각하고 싶겠죠. 당신은 날 이길 자신이 없을 테니까요."

"내가 널 이길 자신이 없다? 할 말이 없군."

강 회장은 말싸움 따위에는 흥미 없다는 듯 코웃음을 쳤다.

"얘들 대충 처리하고, 연장 챙겨 나와라."

그 말에 수하들은 쇠파이프와 회칼, 일본도를 꺼냈다. 재휘는 온몸으로 뛰어가 선영을 보호하려고 발버둥을 쳤다.

"읍! 읍!"

강 회장이 볼썽사납다는 표정으로 그를 흘끔 쳐다봤다.

"불쌍해서 못 봐주겠군. 그 애비나 자식이나 여자 때문에 골로 가는 인생이라니. 그래도 네 애비는 마지막에 이기기라도 했는데, 이러고 보면 같은 천재라도 네가 이정연만 못해."

그의 말에 재휘가 우뚝 멈췄다. 아버지의 죽음에 대한 진실이 밝혀지는 순간이었다. 재휘의 눈빛은 말로 다 할 수 없는 분노로 가득했다. 강 회장은 그를 비웃듯 씩 웃었다.

"왜? 진짜 몰랐어? 네 아버지, 내가 죽이고 사고로 위장한 거? 난 또 아는 줄 알았지."

"으읍!"

재휘가 발을 굴러 강 회장에게로 튀어 나갔지만 그를 향해 달려든 순간 수하들에게 붙들렸다.

"이 새끼가!"

수하들 여럿이 그에게 달려들어 주먹질을 했다. 재휘는 발악을 했지만 양손이 묶인 채 그가 할 수 있는 일은 없었다. 재휘는 얻어터질 대로 터져 바닥에 쓰러졌다. 강 회장은 고통 속에 신음하는 재휘의 뺨에 발을 올려 질근질근 문댔다.

"돌았어? 어딜 덤비려고 그래? 응? 그러게 왜 그 좋은 눈을 가지고 병신같이 저년한테 올인을 해서는…… 쯧, 목숨 귀한 줄도 모르고 말이야. 하긴 네놈이 이겼어도 절대 살려 보내줄 생각은 없었다만."

선영은 눈을 질끈 감았다. 차마 못 볼 참혹한 광경이었다. 강 회장은 재휘의 얼굴에 침을 탁 뱉고 등을 돌렸다.

"그만 가자."

그때 선영이 그 등에 칼을 꽂듯 한마디를 내질렀다.

"겁쟁이!"

강 회장의 발이 우뚝 멈췄다. 수하들이 일제히 눈을 치켜뜨고 선영을 돌아봤다. 너 방금 뭐라 했냐고 묻는 듯한 얼굴들이었다. 선영도 알았다. 그녀가 절대 해서는 안 될 말을 했다는 것을. 오래 전 하우스에서 한 술 취한 사장이 강 회장을 "겁쟁이" 라고 불렀다가 코가 떨어져 나갈 때까지 두들겨 맞았다고 들었다. 그러나 선영은 강 회장의 분노가 조금도 두렵지 않았다. 그녀는 오히려 당당하게 소리쳤다.

"그래, 겁쟁이. 당신은 겁쟁이일 뿐이야. 손 선생을 이기고 싶었지만 결국 한 번도 못 이겼어. 여자도 뺏기고, 손가락도 잘리고. 평생 못 이길 것 같아서, 그래서 죽여버렸지. 재휘 오빠의 아버지도 마찬가지였어. 아마 그가 2인자였다면 홍후나 종루처럼 살려줬을 거야. 돈 몇 푼짜리 커미션이 아까워서? 아니, 당신은 그 천재성을 질투했던 거였어. 죽었다 깨어나도 당신은 결코 될 수 없는 사람이었으니까. 그게 미워서, 그걸 가질 수 없어서 죽였지. 당신이 나와 재휘 오빠를 죽이는 이유도 똑같아. 당신은 우릴 결코 이길 수 없어."

강 회장이 천천히 등을 돌렸다. 그의 쇠로 만든 의수가 까딱까딱 움직였다. 선영은 그 소름 끼치는 오라에도 굴하지 않고 쐐기를 박듯 또박또박 힘주어 말했다.

"열등감에 절어 있는 패배자, 그게 당신이야."

그녀는 경멸과 동정을 섞은 묘한 표정으로 웃었다. 그리고 그 순간 강 회장의 입에서 거친 숨소리가 흘러나왔다.

"뭐? 패배자?"

강 회장의 볼이 울룩불룩 움직였다. 그의 눈빛은 당장이라도 선영을 난도질해 죽일 듯했다. 그는 셔츠 단추를 풀며 낮은 목소리로 말했다.

"저년…… 저년 테이블에 앉히고, 돈 가방 도로 갖고 와. 캠코더 켜고."

수하들은 놀라서 서로 얼굴만 쳐다볼 뿐 꼼짝도 않았다.

"어서!"

강 회장의 고함 소리가 우레처럼 울리자 수하들은 그제야 허둥지둥 그의 지시를 따랐다. 선영은 다시 테이블에 앉았고, 테이블 한쪽은 돈 가방으로 가득 찼다. 졸지에 끌려 나온 하우스 딜러의 손은 사시나무 떨듯 했다.

"오선영, 네 소원대로 큰판 한번 붙어주지."

강 회장의 선전포고에 방 안은 얼음물을 끼얹은 것처럼 살벌했다. 수하들은 입을 다문 채 서로 눈치만 살필 뿐, 누구 하나 꼼지락거리는 소리도 내지 않았다. 근 20년간 회장이 직접 포커를 친 적은 단 한 번도 없는 만큼 지금 그의 행동은 하늘이 무너지고 땅이 갈라질 일이었다.

"첫째, 여기서 네가 이기면 너와 이재휘, 둘 다 살려줄 뿐 아니라 저 돈도 모두 주겠어."

강 회장이 놀랄 만한 제안을 했다.

"둘째, 네가 질 것 같아 중간에 카드를 접었는데, 정말로 그 패가 나보다 낮은 패였을 경우 정상참작을 해서 30억을 주고, 너희 둘 중 하나를 살려주도록 하지. 셋째, 네가 카드를 접었는데 그게 날 이기는 패였을 경우, 또는 끝까지 갔지만 내가 이겼을 경우, 저 돈은 모두 내 것이 될뿐더러 너흰 둘 다 죽는 거야."

강 회장의 무서운 선전포고에도 선영은 아까의 재휘처럼 담담했다.

"좋아요."

그 말이 떨어지기가 무섭게 강 회장이 딜러에게 셔플을 시작하라는 눈짓을 줬다. 딜러는 후들거리는 손으로 카드를 섞은 뒤 그들에게 각각 두 장의 카드를 던졌다. 어차피 승부는 단 한 판이었기에, 강 회장은 카드를 받자마자 바로 오픈했다. 스페이드 9, 스페이드 5였다. 선영도 카드를 오픈했다. 하트 3, 스페이드 3이었다. 승률은 반반이었다.

딜러는 이를 딱딱 부딪치며 세 장의 플랍 카드를 열었다. 스페이드 6, 스페이드 7, 스페이드 3. 순간 강 회장이 "으하하!" 하고 큰 소리로 웃었다. 아직 두 장의 카드가 남아 있음에도 그는 이미 스페이드 플러시였고, 선영은 3 트리플이었다. 선영은 승률을 계산해봤다. 강 회장은 66퍼센트, 그녀는 34퍼센트. 승리의 여신은 그에게로 향하는 듯했다.

'만약 다음 카드로 8이 나온다면 강 회장은 5-6-7-8-9 스트레이트 플러시까지 노릴 수 있다. 내가 이기기 위해서는 8 카드가 나오지 않은 상태에서 6이나 7이 나와 풀하우스가 되는 것, 또는 3 포카드 뿐이다. 여기서 내가 이길 가능성은…….'

딜러는 두 사람의 카드를 커뮤니티 카드 양옆으로 붙였다. 선영은 굳은 표정으로 테이블을 두드렸다. 계속 간다는 뜻이었다. 딜러가 네번째 카드를 펼쳤다. 하트 K. 승률은 강 회장이 76퍼센트, 선영이 24퍼센트로 변했다. 강 회장은 바에서 술을 가져와 느긋하게 한 잔 들이켰고, 선영은 침묵했다. 끝까지 가야 할까, 여기서 접어야 할까. 이제 정말 마지막 결정을 내려야 할 순간이었다.

"어떻게 하시겠습니까?"

딜러가 선영의 대답을 기다리며 리버 카드를 내밀었다. 선영은 복잡한 실타래처럼 엉킨 카드 뒷면을 가만히 응시했다. 저 카드의 무늬에 따라 그녀와 재휘의 생과 사가 달라진다. 선영이 재휘 쪽으로 고개를 돌렸다. 그는 세차게 고개를 흔들었다.

풀하우스도, 포카드도 가능성은 너무나 낮았다. 재휘는 카드를 접고 그녀라도 살아서 나가라는 간절한 눈빛을 던졌다.

선영은 마지막 호흡을 고르며 눈을 감았다. 아버지의 죽음부터 시작해 용팔 부자와 인연을 맺었던 일, 재휘에게 도박을 배우고 그와 사랑에 빠졌던 순간들, 강 회장을 피해 마카오로 도망친 뒤 술에 절어 살던 때, 추 마담을 만나 다시 돌아오기까지의 모든 일이 주마등처럼 스쳐 지나갔다. 선영은 가슴속에 차오르는 뜨거운 복수심을 느꼈다.

'강 회장을 이기고 싶다. 패배감에 차서 허물어지는 그 표정을 보고 싶어. 승자로 올라서서 마음껏 그를 비웃고 싶다!'

손이 떨렸다. 선영의 승부사적 기질이 자꾸만 그녀에게 테이블을 두드리라고 재촉했다. 선영은 주먹을 쥐었다.

그러나 그때 용팔의 목소리가 귓가에 울렸다.

"그를 이기겠다는 복수심에 사로잡히면…… 절대 이길 수 없어."

오래전 재휘가 했던 말도 떠올랐다.

"승부에 집착하는 순간 지는 거야."

선영의 눈꺼풀이 미세하게 떨렸다. 주먹도 움찔움찔했다. 선영은 마지막 결단을 앞두고 스스로에게 질문했다.

'내가 이 승부를 겨루는 이유, 그 이유는…….'

그 순간 마지막 승부에서 망설임 없이 모든 걸 잃어주던 재휘의 얼굴이 어른어른 나타났다. 그는 지고도 웃었다. 그리고 그 웃음이 여름 섬에서의 아름다운 한때로 그녀를 이끌었다. 좋았던 추억은 바람처럼 머물다가 사라졌다. 간절히 돌아가고 싶었다.

'그래, 내가 이 승부를 겨루는 이유는 재휘 오빠를 지키기 위해서야. 재휘 오빠와 여기서 함께 살아 나가는 것, 그것이 복수야. 그것이 진정으로 복수하는 거였어. 나는 더 이상 집착하지도, 휘둘리지도 않아. 나는 나를 넘어선다.'

선영은 마침내 눈을 떴다.

"폴드."

고요한 방 안에 그 짧은 말이 떨어지는 순간, 강 회장은 목청이 떨어져라 미친 듯이 웃었다. 강 회장의 수하들조차 몸이 떨릴 정도의 소름 끼치는 웃음소리였다. 공포에 질린 딜러는 얼굴이 시퍼렇게 변해 덜덜 떨었다. 선영과 재휘, 두 사람 중 하나라도 살 수 있을지, 없을지는 온전히 그가 뒤집는 카드 한 장에 달려 있었다.

"카드 오픈해."

강 회장의 지시에 딜러는 울 것 같은 얼굴로 간신히 카드를 뒤집었다.

"하!"

순간 강 회장이 기쁨에 찬 소리를 질렀다. 클로버 3, 선영이 죽지 않았더라면 포 카드가 됐을 숫자 3이었다.

"나보고 겁쟁이라더니, 네가 이길 패를 들고도 죽었단 말이야? 이런 병신 같은 년. 하하하!"

강 회장은 방이 떠나가라 쩌렁쩌렁한 목소리로 선영을 조롱했다. 재휘는 절망하는 표정이었다. 그러나 선영은 조금도 흔들림이 없었다.

"그래요, 난 이 게임에서 졌어요. 하지만 정말 당신이 이긴 게임일까요?"

선영의 입가에는 의미심장한 미소가 서려 있었다. 강 회장은 미간을 찌푸렸다. 뭔가 석연찮았다.

"그게 무슨……."

그때 쾅! 문짝 부서지는 소리와 함께 밖에서 10여 명의 가드가 방 안으로 밀고 들어왔다. 추 마담이 보낸 가드들이었다. 강 회장의 부하들은 모두 무기를 집어 들었다.

"씨팔! 뭐야!"

수하 중 우두머리가 회칼을 휘두르며 상대를 견제했다. 그러나 저편도 제각각 손에 무기가 들린 데다 쪽수로 쳐도 절대 뒤지질 않았다. 강 회장 수하들의 눈동자가 좌우를 부지런히 오갔다. 어찌해야 될지 모르는 눈치였다. 두 패거리는 대치 상태로 서로를 겨누며 간격을 벌렸다.

그때 낮이 익은 여자가 그 사이를 가르며 사뿐사뿐 안으로 들어왔다. 홍후였다.

"안녕하세요?"

수하들은 그녀의 당당한 보무에 움찔움찔 물러나며 길을

텄다.

"이게 누구야?"

강 회장이 회칼을 테이블 바닥에 사납게 내리꽂으며 그녀를
맞았다.

"강 회장님을 이렇게 또 뵙게 되니 반갑네요."

"오선영 뒤에 있던 게 너였어?"

강 회장이 히죽 웃으며 반문했다. 홍후는 선영을 날카롭게
째려봤다. 아까 귀고리가 깨지면서 도청기가 망가진 탓에 그
후의 대화를 듣지 못했는데, 선영이 제 입으로 정체를 밝힌 게
틀림없었다.

"그것참 이상한 일이야? 홍후, 네가 오선영 배후에 있을 레베
루가 아닌데 말이지. 뭐, 하긴 니년들 뒤에 누가 있든지 간에 이
젠 상관없어. 왜냐하면 오선영이 방금 그 돈을 홀랑 날려버렸
으니까."

강 회장이 킬킬 웃었다.

"방금 오선영 씨가 이재휘 씨에게 이긴 걸로 아는데요?"

"그 뒤는 못 들었나? 내가 다시 오선영을 이겼는데 말이야.
못 믿겠으면 저기 캠코더에 녹화 떴으니 확인 한번 해보고."

홍후의 매서운 시선이 선영에게로 넘어갔다.

"그게…… 사실이에요?"

그녀가 따지듯 물었다.

"네, 맞아요. 강 회장과의 승부에서 제가 졌어요."

선영이 망설임 없이 대답했다. 홍후는 테이블 위에 펼쳐진 방금 전 승부의 결과를 힐끔 봤다. 강 회장의 말이 거짓은 아닌 게 분명했다. 추 마담의 가드들은 추 마담에게 무전으로 연락해 사실을 알렸다. 홍후는 안타까우면서도 씁쓰레한 얼굴이었다. 일이 이렇게 되면 강 회장에게 돈을 내놓으라고 말할 명분이 없었다.

"오선영 씨, 우리 약속을 잊지는 않았겠죠?"

추 마담이 도움을 준 이유는 강 회장의 파멸을 원해서였고, 그 담보로 선영의 목숨을 걸었다는 걸 상기시키는 목소리였다.

"물론이죠."

"하지만 당신은 약속을 어겼군요."

홍후는 추 마담과 선영이 처음 만난 날, 추 마담이 뽑았던 카드 점괘를 떠올렸다. 약속을 깨뜨린다던 추 마담의 점괘가 이렇게 들어맞다니. 이제 선영은 강 회장 손에 죽든 홍후 손에 죽든 꼼짝없이 죽을 운명이었다.

그러나 선영은 당당한 표정으로 대답했다.

"아뇨, 전 약속을 지켰어요. 약속을 어긴 건 제가 아닌 강 회장이에요."

"그게 무슨 말이에요? 당신이 아니라 강 회장이 약속을 어긴 거라뇨?"

홍후가 강 회장을 흘끔 쳐다보자 그도 영문을 모르겠다는 듯이 어깨를 으쓱했다. 선영은 테이블을 짚고 가볍게 일어났다.

"오래전, 강 회장은 손 선생과 내기를 했었죠. 지는 사람은 도박을 끊고, 그 증표로 손가락을 자르기로 약속하고 말이에요. 하지만 오늘 강 회장은 그 맹세를 어겼어요."

강 회장의 눈이 커졌다. 선영은 계속해 말을 이었다.

"다시는 도박을 하지 않겠다는 맹세를 어기면 그 대가가 뭔가요, 강 회장님?"

강 회장은 대답이 없었다. 그의 붉게 달아오른 목은 힘줄이 불끈 솟아올라 있었다. 그가 사납게 고함을 질렀다.

"무슨 헛소리야? 내기? 웃기지 마. 그런 내기 했다는 증거 있어? 그걸 본 사람은? 고작 내 의수를 두고 사람들이 지어낸 소문 따위로 지금 날 옭아매보겠다 이건가?"

그때 또각또각, 저 멀리서 힐 소리가 들렸다. 선영은 승리의 미소를 지었다. 추 마담이었다. 그녀는 우아한 모습으로 걸어 들어와 강 회장을 향해 눈인사를 했다.

"오랜만이야."

강 회장의 의수가 떨리며 달각달각 쇳소리를 냈다.

"추, 추정혜. 당신이, 당신이…… 어, 어떻게……."

단 한 번도 강대한 기세가 꺾인 적 없던 강 회장이 처음으로 말을 더듬었다. 마치 유령이라도 본 듯한 표정이었다. 추 마담은 바에 있던 술을 빈 잔에 따른 뒤 그를 향해 쓸쓸하게 웃었다.

"죽은 줄 알았던 모양이지?"

그녀는 술을 쭉 들이켜 마신 뒤 '탁' 소리가 나게 잔을 내려놓았다.

"그 내기에 나와 당신, 그리고 그 사람. 우리 셋이 함께 있었지."

"정혜야, 나, 나는⋯⋯."

추 마담이 강 회장을 노려봤다.

"맹세를 어기면 어떤 대가가 따르는지 나는 똑똑히 기억하는데, 당신은 어째서 기억하지 못할까? 이제껏 잘 지켜왔으면서 말이야."

추 마담의 붉은 입술이 그를 저주하듯 비틀렸다.

"그동안 당신이 그 맹세를 지켜온 이유가 궁금한 적도 있었어. 도박사로서의 마지막 자존심이었을까? 아니면 나와 손 선생을 죽인 죄책감 때문이었을까? 하지만 이젠 그 의문도 부질없어졌군. 맹세를 저버렸으니 말이야."

강 회장은 마치 덫에 걸린 짐승처럼 사납게 고함을 질렀다.

"아니야! 아니라고! 아니야!"

마구 헝클어진 사자 갈기 같은 머리카락 사이로 그의 야수 같은 눈동자가 번쩍거렸다. 그는 테이블에 박았던 회칼을 도로 뽑았다. 그러자 그의 수하들도 다 같이 무기를 휘두를 태세를 취했다.

핀을 뽑은 수류탄을 들고 있는 것처럼 분위기가 아슬아슬했다. 그때 추 마담이 핸드백에서 총을 뽑아 들었다. 그와 동시에 홍후도, 그녀의 뒤에 있던 모든 가드도 품에서 총을 꺼냈다. 강 회장 수하들은 놀란 표정이었다. 우두머리의 손에 든 회칼도 흔들렸다. 추 마담의 가드 중 하나가 그때를 놓치지 않고, 그를 향해 총구를 겨눴다.

"씨, 씨발…… 뭐, 뭐야."

강 회장 쪽 우두머리는 당황한 듯 회칼을 좌우로 흔들었다.

"주, 죽고 싶어?"

그가 뛰어들려는 시늉을 하며 발을 굴리는 그때, 탕! 탕! 두 발의 총성이 허공을 울렸다. 순식간에 강 회장 졸개들이 몸을 움츠리며 저희끼리 넘어지고 자빠졌다. 대리석 천장에 뚫린 동그란 구멍에서는 후두두 건물 잔해가 바숴져 내렸고, 탱, 탱, 탱, 탄피 구르는 소리만 적막을 흔들었다. 이제 강 회장이 도망갈 구멍은 없어 보였다.

"추정혜! 내가 이렇게 무너질 것 같아? 내가 여기까지 어떻게 왔는데! 어떻게 왔는데에!"

강 회장이 마지막 발악을 하듯 혼자 칼을 집어 들고 추 마담을 향해 뛰어들었다. 그 순간 탕! 또다시 한 발의 총성이 귀를 찢었다. 홍후가 쏜 총알이었다. 강 회장 수하들은 모두 귀를 막고 엎드렸다.

재휘는 피범벅이 된 상태에서도 절뚝거리며 선영에게 달려가 그녀를 안았다. 선영은 그 품에서 강 회장이 어깨를 움켜쥐고 쓰러지는 걸 쳐다봤다. 마치 영화처럼 그는 느린 속도로 천천히 쿵, 무릎을 찍었다. 그가 입은 검은 재킷이 금세 흥건해졌다. 손끝에는 검붉은 액체가 뚝뚝 흘렀다.

"정혜야……."

강 회장이 추 마담을 향해 벌벌 떨면서 손을 뻗었다. 추 마담은 그의 몰락을 바라보며 알 수 없는 미소를 지었다.

"좋았던 날도 많았는데, 어쩌다 우리가 이렇게 마주하게 됐을까."

그녀의 손이 부르르 떨렸다. 찰칵, 탄약이 장전되는 소리가 들렸다. 강 회장의 공허한 눈동자가 추 마담을 지나 천장으로 향했다. 황금으로 쌓은 성의 환영이 어른거리고, 달그락거리는 칩 소리가 귓가를 스쳤다. 강 회장은 실성한 사람처럼 "우하하하!" 웃었다.

그러나 그 달콤했던 꿈도 잠시. 손 선생, 이정연, 오 사장을 비롯한 수많은 이들의 그림자가 먹구름처럼 몰려왔다. 강 회장은 필사적으로 손을 내저었다.

"안 돼! 안 돼! 내 거야. 이 성의 주인은 나란 말이야! 전부 다 내 거야. 전부 내 거란 말이야!"

황금 성의 환영은 모래처럼 허물어져 내렸다.

"이럴 순 없어!"

텅 빈 천장을 응시하는 강 회장이 고함을 내질렀다. 추 마담은 눈물을 흘리며 입술을 깨물었다.

"잘 가."

최후의 포효와 함께 탕! 마지막 총성이 울렸다. 방 안은 총성의 메아리만이 요동칠 뿐, 빈방처럼 조용했다. 강 회장의 몸뚱이가 힘없이 쓰러지자마자 바닥에 깔린 카펫은 그를 중심으로 검붉게 변했다. 그의 주검은 마치 박제된 것처럼 절규하는 마지막 모습 그대로였다.

"20년을 공들여 보게 된 결말이 고작 이거라니. 당신도, 나도 불쌍한 인생이군."

추 마담은 안타까운 표정으로 고개를 돌린 뒤 권총을 가드에게 넘겼다. 또각, 힐 소리가 났다. 추 마담은 나가려다 말고 흘끗 선영을 쳐다봤다.

"오선영, 내가 배신할 거라는 걸 언제 알았지?"

"…… 당신이 강 회장의 파멸을 원한다고 말하던 처음, 그 순간부터요."

추 마담은 씁쓸하게 웃었다. 선영의 처지에 그때의 제안은 거절할 수 없을 만큼 달콤했을 텐데도 "생각해볼게요"라고 대답했었다.

"그걸 알아봤다니 대단하군."

"눈을 보면 그 사람의 진심을 알 수 있거든요."

추 마담은 고개를 끄덕였다. 만약 선영이 강 회장을 테이블에 앉히지 못했더라면, 강 회장을 이기겠다는 그 마음을 끝내 버리지 못하고 승리했더라면 절대 그녀가 선영을 구해주는 일은 없었을 것이다.

"진짜 승자는 당신이었어."

추 마담은 허탈한 웃음을 끝으로 홀 밖으로 사라졌다. 선영은 재휘의 입에 물려 있던 재갈을 벗기고 그의 얼굴을 어루만졌다. 재휘는 피와 땀으로 범벅이 되어 거의 탈진한 상태였다. 선영은 축 늘어진 그를 보듬고 엉엉 울었다.

"집으로, 집으로 갈 시간이야. 오빠."

재휘가 고개를 끄덕이며 그녀의 머리카락을 가만히 쓸어내렸다.

"그래, 그만 돌아가자."

두 사람은 눈물을 흘리며 서로를 부둥켜안았다. 긴 여정이 끝나는 순간이었다.

세번째 만남

"솔민아, 할아버지께 드리겠다고 일주일 동안 고생해서 만들었잖아. 자, 어서 보여드려야지."

선영의 말에 그녀의 긴 치맛자락을 붙들고 있던 꼬마가 수줍은 듯 종이꽃 한 다발을 불쑥 내밀며 앞으로 나왔다.

"안녕하세요, 할아버지!"

그러나 그 말도 부끄러운지 아이는 인사가 끝나자마자 또 선영의 뒤로 숨었다. 재휘는 납골당의 유리문을 열어 아들, 솔민이가 정성스럽게 접은 종이꽃 뭉치를 넣었다. 사진 속의 용팔은 그 어느 때보다 환하게 웃고 있는 듯했다.

"아버지, 잘 지내셨어요? 7년 전에 미국으로 떠난 후로 처음 왔으니, 너무 오랜만에 왔네요. 죄송해요."

재휘가 그리운 표정으로 그의 사진을 어루만지며 쓸쓸하게 웃었다. 선영은 그의 팔을 어루만지면서 왼쪽 어깨에 가볍게 머리를 기댔다. 재휘는 그녀의 이마에 입 맞춘 뒤 솔민에게 이리 가까이 오라는 손짓을 했다. 솔민이 삐죽거리며 나왔다.

"얘는 이솔민, 아버지 손자고, 이제 여섯 살이에요."

재휘가 동글동글한 눈망울로 자신을 올려다보는 솔민의 머리를 쓰다듬은 뒤 말을 이었다.

"세월이 참 빠르죠? 한국 떠나던 날, 솔민이가 갓난쟁이였는데 이렇게 많이 컸어요. 그리고 저는 심리학 석사를 마쳤고요. 아버지 장례식 날, 앞으로 도박 중독자들을 위해 일하겠다고 약속을 드렸는데, 드디어 그 약속을 지킬 수 있을 것 같아요. 강원랜드에 딜러가 아니라 상담사로 취업을 했거든요. 재미있죠? 딜러 하던 놈이 도박꾼들 상담을 하게 되는 날도 오고. 제가 앞으로 잘할 수 있을지 모르겠어요."

그가 선영을 쳐다봤다. 그녀는 따뜻하게 미소 지었다.

"당신보다 도박에 대해 잘 아는 사람이 또 있을까 봐? 분명 잘해낼 거야."

재휘가 피식 웃었다.

"선영이도 이번에 법대를 졸업하고 국제변호사 자격증을 땄어요. 며칠 전에 증권사에서 면접을 봤는데, 본인 말로는 합격이 분명하다고 큰소리예요. 자기는 면접관 눈빛만 봐도 안다고."

선영은 재휘의 옆구리를 가볍게 쳤다.

"이거 보세요. 제가 요즘 이렇게 맞고 살아요. 그래도 앞으로 선영이가 저보다 돈을 더 잘 벌 것 같아서 이 여자하고 결혼하길 잘했다 싶어요."

선영이 아랫입술을 삐죽하게 내밀자 재휘가 장난이었다는 얼굴로 그녀를 꼭 끌어안았다. 선영은 그의 품에 안긴 채 용팔을 떠올렸다. 그녀 역시 용팔이 너무나 보고 싶었다. 두 사람은 서로의 체온에 기댄 채 7년 전, 용팔의 임종을 떠올렸다.

강 회장 하우스에서 나온 뒤 달려간 병실에서 용팔은 산소호흡기를 쓰고 서서히 죽음을 맞고 있는 중이었다. 선영과 재휘는 눈물을 흘리며 이제 다 끝났노라 그의 손을 붙잡았다. 그는 두 사람을 바라보며 말없이 미소 지었다. 비록 아무 말도 할 수 없었지만 선영도 재휘도 그의 눈을 통해 알았다.

'잘했다, 잘했어. 난 너희가 해낼 줄 알았다.'

용팔은 스르르 눈을 감고, 행복한 꿈을 꾸는 얼굴로 그들을 떠나갔다. 그의 마지막 표정은 더 바랄 게 없다는 듯 평온하고 잠잠했다.

두 사람은 그날을 떠올리며 서로의 등을 쓸어주다 문득 솔민이가 곁에 없다는 걸 알았다.

"어, 여보? 솔민이, 솔민이 어디 갔지?"

선영의 말에 재휘가 두리번두리번 주위를 둘러봤다. 아이가 보이지 않았다.

"솔민아!"

두 사람은 이름을 부르면서 복도 여기저기를 둘러봤다. 좀처럼 말썽을 피우는 법이 없는 얌전한 녀석인데 말도 없이 어딜 갔을까. 그런데 그때, 1층 홀 중앙에 있는 대형 TV 앞에 아이가 혼자 앉아 웅얼거리는 게 보였다. 재휘는 달려가 솔민이를 붙잡았다.

"솔민아, 너 여기서 뭐 해?"

"저거……."

솔민이의 고사리 같은 손가락이 TV 화면을 가리켰다. 화면에는 유명 아나운서가 세계 포커 챔피언과 함께 포커 대회를 생중계하는 모습이 흘러나오고 있었다.

"네! 여기는 강원랜드! WPT 월드포커 파이널대회 현장입니다. 리밋 홀덤 이벤트 부분 결승전에 시청자 여러분도 손에 땀을 쥐고 계실 텐데요. 네, 말씀드리는 순간, 미국 교포 출신의 브래드 씨가 칩을 모두 밀어 넣었습니다. 네! 올인입니다!"

아나운서가 흥분한 목소리로 손을 번쩍 들었다. 화면에서는 요즘 한창 유명세를 떨치고 있는 한국인 포커 선수가 카드를 오픈하는 모습이 나오고 있었다.

"45.3……."

솔민이 화면 속에 나온 브래드의 카드를 보고 중얼거렸다.

"뭐?"

재휘가 고개를 갸우뚱하다가 화면을 쳐다봤다. 카메라가 중계하는 테이블에 펼쳐진 브래드의 패는 하트 A, 스페이드 A고, 상대인 야마토는 다이아 J, 다이아 10. 플랍은 다이아 K, 다이아 Q, 클로버 J였다.

"승률이 45.3퍼센트⋯⋯."

그가 솔민을 향해 눈을 돌렸다. 아이는 까르르 웃으며 손뼉을 쳤다. 화면에는 각 플레이어의 이름 옆에 승률이 뜨고 있었다.

"보세요. 제가 맞췄어요."

아이는 마치 누군가와 얘길 나누고 있는 듯 중얼거렸다. 재휘는 주위를 둘러봤지만 근처에는 아무도 없었다.

"솔민아!"

선영이 뒤늦게 달려왔다.

"너 말도 없이 사라지면 어떻게 해? 엄마랑 아빠가 계속 찾았잖아."

"아니야, 나는 할아버지랑 계속 같이 있었는데?"

"얘가 무슨 소릴 하는 거야? 너 잠깐 꿈이라도 꿨어? 옷 얇게 입고 이런 데서 자면 감기 걸린단 말이야."

선영은 들고 있던 점퍼를 챙겨 입히며 아이를 폭 안았다. 재휘는 아이가 선영의 품에 안긴 채 저편으로 작은 손을 펼쳐 흔드는 걸 가만히 바라봤다. 멀리 햇빛 속에서 그들을 배웅하는 용팔의 잔상이 비치는 듯했다.

재휘는 두 사람과 손을 잡고 납골당을 나왔다.

"여보, 저 꽃나무 참 예쁘다."

선영이 납골당 주위를 에워싼 매화나무를 가리켰다. 가지마다 하얀 꽃봉오리가 활짝 피어 바람결에 은은한 향기가 묻어났다. 제비 한 쌍도 하늘 속을 유영하듯 자유롭게 날았다. 바야흐로 세상은 봄, 봄이었다.

인터파크도서에서 큰 상을 주셔서 감사합니다. K-오서 공모전에 워낙 좋은 작품들이 많이 올라와 수상은 어렵겠다고 생각했는데 뜻밖에 5차 최종후보작으로 당선이 되어 기쁘고 황송합니다.

『야수의 나라』는 직장을 그만두고 전업 작가의 길을 가기로 결심하고 쓴 글입니다. 좀 더 대중적인 글쓰기에 초점을 두다 보니 전작인 로맨스소설과 사뭇 다른 결과가 나와, 어찌 보면 전작을 읽은 독자들에게는 낯선 글이 될지도 모르겠습니다.

그러나 개인적으로는 의미가 깊은 소설이라 생각합니다. 실은 이 글을 쓰기 전에는 카지노를 가본 적도 없고, 텍사스 홀덤 게임이 뭔지도 몰랐거든요. 뭐에 홀린 듯 '도박'을 소재로 삼아

고생도 많이 했습니다만, 뜻밖에 재미있는 경험들을 할 수 있어서 즐거웠습니다.

『야수의 나라』를 쓰는 동안 큰 도움 주셨던 한가람 님, 한동훈 님, 조현호 상병, 여러 지인과 친구들에게 고마운 마음을 전합니다. 또한 제게 큰 기회를 주신 인터파크와 네오북스 출판사에 감사의 말씀 드립니다. 잊지 않고 응원해준 독자들과 다시 만날 수 있어 기쁜 마음을 감출 수 없습니다.

이 글을 준비하면서 카지노를 답사하고, 딜러를 인터뷰하고, 전직 불법 도박장 사장과 은밀히 통화했던 그 경험들, 그 잠시 잠깐 엿본 신세계를 독자 여러분도 한 편의 영화를 보듯, 잠깐의 여행을 하듯 즐겨주시길 바랍니다.

다음에 더 좋은 글로 찾아뵙겠습니다. 항상 건강하고 행복하세요. 감사합니다.